HISTOIRES NOIRES
POUR
NUITS BLANCHES

ALFRED HITCHCOCK
présente :

HISTOIRES NOIRES POUR NUITS BLANCHES

PRESSES POCKET

Titre original :
I AM CURIOUS (BLOODY)

© H.S.D. Publications, Inc.
Tous droits réservés pour les traductions.

ISBN 2-266-01666-0

Meurtre entre amies

par

NEDRA TYRE

Alors qu'elles prenaient leur café de dix heures, Mme Harrison et Mme Franklin se demandèrent comment elles allaient assassiner leur propriétaire, M. Shafer. La veille, elles étaient arrivées à la conclusion que l'assassiner était la seule solution raisonnable.

— Je prendrais bien encore un peu de sucre dans mon café, Matilda, dit Mme Franklin.

A soixante-dix ans, elle avait cessé de lutter contre son amour des sucreries.

— Ce sont les meilleurs biscuits au fromage que j'aie jamais mangés. Tu es une cuisinière hors pair pour les réussir ainsi. Chaque fois, je suis ta recette à la lettre, mais les miens ne valent absolument pas les tiens.

Mme Harrison était aux anges. Quel plaisir de régaler une aussi gentille personne que Mary Sue Franklin qu'elle connaissait depuis les premières années d'école !

Elles mangèrent leurs biscuits au fromage et sirotèrent leur café avant de s'essuyer délicatement les lèvres pour en revenir à l'assassinat de M. Shafer.

— Une arme, il n'en est pas question, dit Mme Harrison. Rien qu'à en voir une, j'ai atrocement peur. Je ne pourrais jamais appuyer sur la détente. De plus, où s'en procurer ? Il faut un permis de port d'armes pour en acheter une.

— Effectivement, c'est exclu, confirma Mme Franklin, et elle soupira. Que n'écrit-on pas sur le crime !

Mais quand on est confronté au problème, il est bien difficile de l'envisager concrètement.

Tandis qu'elles conversaient, elles pouvaient entendre M. Shafer qui fulminait dans les couloirs, tel un minotaure à la recherche de sa prochaine victime.

— Je prendrais bien encore un biscuit au fromage, Matilda, avant d'aller faire mes courses. As-tu besoin de quelque chose ?

— Non, merci, Mary Sue. Demain, nous devons régler tous les détails. M. Shafer devient chaque jour de plus en plus insupportable.

Elles terminèrent leur café. Mme Franklin se proposa pour la petite vaisselle, mais Mme Harrison ne voulut pas en entendre parler. Mme Franklin redescendit chez elle, et regagna son petit studio-kitchenette où elle alla chercher son filet à provisions. Elle tomba nez à nez avec M. Shafer qui remontait l'escalier.

— Alors, les vieilles concierges, quels sont les cancans du jour ? lui lança-t-il avec agressivité. Vous avez décidé de renverser le gouvernement ?

Mme Franklin était d'un naturel enjoué. Les femmes aiment faire les coquettes, quel que soit leur âge, mais avec M. Shafer, il était impossible d'avoir des relations désinvoltes. Elle lui adressa son plus aimable sourire et inclina la tête.

— Non, cher monsieur, lui dit-elle sur un ton très comme il faut, nous avons réfléchi à la manière dont nous pourrions vous assassiner.

M. Shafer ne prêta aucune attention à ces paroles. D'ailleurs, il ne prêtait attention à personne.

— Fichues vieilles concierges, marmonna-t-il en filant à grands pas. Pourquoi le monde est-il encombré de vieilles bonnes femmes ?

Il éteignit la petite ampoule qui éclairait parcimonieusement cette partie du corridor. On l'entendit claquer une porte quelque part. La maison en trembla. En fait, rien ne justifiait le rôle de M. Shafer dans la maison. Celle-ci avait appartenu à sa femme qui, à sa mort et par testament, l'avait transmise à leur fille. Par la suite, M. Shafer lui avait rendu la vie impossible de sorte qu'elle était partie après une scène orageuse. Il avait alors tout repris en main.

Le lendemain matin, les vieilles amies parlèrent à nouveau de l'assassinat de M. Shafer.

Mme Franklin, comme d'habitude, réclama encore du sucre dans son café. Elle dit à Mme Harrison n'avoir jamais mangé meilleure tarte aux pommes.

— C'est la cannelle qui fait toute la différence, c'est simple, dit Mme Harrison avec modestie. Et j'ajoute un peu de jus de citron.

Elles terminèrent leur petit en-cas. Elles s'essuyèrent délicatement la bouche.

— Nous ne pouvons pas empoisonner M. Shafer, dit Mme Harrison. Nous nous y connaissons trop peu en poisons, n'est-ce pas ?

— Nous pourrions nous renseigner, répondit Mme Franklin.

— Où pourrions-nous nous renseigner, Mary Sue ? Si nous allons à la bibliothèque pour emprunter des livres sur les poisons, on se souviendra certainement de nous. Je connais tous les employés. En outre, quand on achète du poison, le préposé le consigne dans son registre. La police remontera jusqu'à nous.

Le lendemain, tout en mangeant un gâteau au chocolat, Mme Franklin dit :

— Impossible de le noyer.

— Je suis de ton avis, la noyade n'est pas la solution. Il n'y a pas d'endroit où l'eau soit suffisamment profonde, à part le lac du jardin public. Et comment y attirer M. Shafer ?

— Il ne viendrait jamais avec nous. Il a horreur des femmes.

— Il déteste tout le monde.

Le jeudi, lorsqu'elles achevèrent leur tarte aux ananas renversée, ni l'une ni l'autre n'avait de suggestion nouvelle sur la manière dont il faudrait envisager le trépas de M. Shafer.

— J'ai l'impression d'être stupide et sans imagination. Nous ne manquons pourtant pas d'esprit pratique.

— Nous serons peut-être plus en forme demain, dit Mme Franklin sur un ton optimiste.

— Que penses-tu d'une hache ? demanda Mme Harrison le lendemain quand elles en eurent terminé avec les miettes de leur gâteau au fromage. J'y ai réfléchi cette nuit et la solution de la hache m'a paru aussi évidente que deux et deux font quatre. Une hache, qu'en penses-tu ? répéta-t-elle les yeux brillants.

— C'est trop salissant, décréta Mme Franklin. Nous abîmerions nos vêtements et même si nous les brûlions, la police retrouverait les boutons et finirait bien par savoir que ce sont les nôtres.

— Je n'ai jamais imaginé de le couper en morceaux ! dit Mme Harrison angoissée à l'idée que sa vieille amie pouvait la croire capable d'une telle atrocité. Je voulais simplement suggérer de lui asséner un coup de hache sur la tête.

— Ecoute, Mary Sue, il importe que nous réfléchissions sérieusement. Nous devons très vite trouver une solution. M. Shafer a mis la pauvre Mme Grove à la porte avant-hier parce qu'elle ne voulait pas se débarrasser de son chat. Et, la nuit dernière, il a forcé M. Floyd à vider les lieux parce que son asthme le fait respirer bruyamment.

— D'accord, mais quelle est ta solution, Matilda ?

— Je n'en ai pas, Mary Sue, mais je ne doute pas que nous finirons par en trouver une. Nous perdons du temps à choisir une méthode alors qu'il y a encore toute une série de points à considérer. Quel serait le moment propice par exemple ? Comme tous les studios de l'immeuble sont loués, il faut que nous dressions un tableau avec les allées et venues de chacun des locataires, sinon nous risquons d'être vues.

Elles passèrent une semaine à l'affût, pour établir des prévisions horaires.

Elles ne semblaient jamais douter de leur réussite : elles parlaient de leur meurtre comme d'une chose allant de soi.

— C'est tout de même un peu triste, dit Mme Harrison, personne ne pleurera M. Shafer.

— Il n'y aura pas une seule larme, dit Mme Franklin.

— Crois-tu que nous devrions envoyer des fleurs pour l'enterrement ?

— Miséricorde ! Mathilda, je n'y ai pas pensé un seul instant. Je ne sais quoi te répondre.

— On pourrait se cotiser et envoyer un hortensia en pot. Une grosse couronne aurait quelque chose de trop ostentatoire.

— Naturellement, on devra assister au service funèbre.

— Oui, il faut éviter de faire naître des soupçons chez les autres habitants de l'immeuble… Mais ne crois-tu pas que nous ferions mieux de nous asseoir au fond de l'église plutôt que devant ?

— Au milieu, ce serait préférable.

— J'y avais pensé, Matilda, dit Mme Franklin alors qu'elle en était à son second morceau de tarte aux noix… Voilà la solution ! Je suis surprise que nous n'y ayons pas pensé plus tôt. Tu ne devines pas ?

— Il s'agit d'une solution à laquelle nous n'avions pas encore songé ?

— Exact. Jusqu'à aujourd'hui, nous n'avions trouvé que des méthodes irréalisables ; nous aurions été prises la main dans le sac.

— Je t'avoue que je ne vois pas… J'ai horreur de passer pour une sotte, mais je ne suis pas forte en devinettes.

— Il suffit de le pousser.

— Le pousser ?

— Oui, simplement pousser M. Shafer dans l'escalier. Celui de la cave est raide et sombre, et il le descend immanquablement chaque jour à 11 heures. On pourrait l'y surprendre. Le frapper au bas du dos, ou lui donner un coup de balai. La terre serait débarrassée d'un des hommes les plus méchants qu'elle ait jamais portés.

— Alors, n'importe quel jour mais à 11 heures ?

— Sauf le dimanche bien entendu. Nous allons à l'église à 11 h 10, ce serait impossible. Je n'ai pas l'intention de rater l'office sous prétexte que nous devons supprimer M. Shafer.

Mme Franklin avait trouvé la solution et elle en était rouge de contentement. Cela la rendait plus jolie que d'habitude, et lui donnait un côté presque enfantin. Personne n'aurait cru qu'elle avait eu soixante-six ans le 9 janvier.

— Je viens de songer à un détail, Mary Sue. Cet homme, M. Allen, qui vient d'emménager la semaine dernière. Il ne sort jamais de chez lui. Il sera donc ici à 11 heures.

— Il ne faut pas avoir peur de lui, dit Mme Franklin. Il est dur d'oreille. De plus, il est si absorbé par sa peinture que seul un tremblement de terre le ferait sortir de sa chambre.

— Alors, finissons-en aussi vite que possible !

— Le plus tôt sera le mieux, dit Mme Franklin.

Bien entendu, elles n'y pensaient pas sérieusement. Elles désiraient de tout cœur assassiner M. Shafer mais, en réalité, elles étaient d'une affreuse timidité. M. Shafer était méchant, sans nul doute. Il leur rendait la vie dure, comme à tout son entourage d'ailleurs. Elles souhaitaient pouvoir déménager et être ainsi débarrassées de lui. Malgré des recherches, elles n'avaient cependant pas trouvé de logement en rapport avec leurs possibilités financières. De toute façon, elles aimaient l'endroit où elles vivaient, près des magasins, de leur église, du cabinet de leur médecin. Elles aimaient ce vieux quartier, bien que ses maisons patriciennes aient été transformées en immeubles locatifs. Ah ! si elles pouvaient seulement être délivrées de M. Shafer et de sa cruauté ! Mais tous leurs projets criminels n'étaient que du vent. Elles avaient simplement joué avec leur imagination. Elles étaient comme deux parieuses qui parlaient de gagner une fortune sans avoir même un dollar à placer sur un cheval.

Le lendemain du jour où Mme Franklin et Mme Harrison avaient décidé que la manière correcte de tuer M. Shafer était de le pousser dans les escaliers, le printemps arriva. Elles furent sensibles à cette première journée douce et printanière. Elles remirent leur habituel petit café du matin à l'après-midi. Mme Harrison dit qu'elle descendait en ville pour voir de quoi avaient l'air les nouveaux chapeaux quoiqu'elle n'eût pas les moyens de s'en acheter un. Mme Franklin s'en fut à petits pas voir les crocus et les jonquilles dans le parc.

M. Shafer les entendit sortir.

— Fichues vieilles chipies, dit-il. Je vais pouvoir respirer un peu, maintenant qu'elles sont hors du chemin pour un petit bout de temps.

La seule autre personne à se trouver alors dans la maison était Lawrence Allen qui occupait le studio voisin de Mme Franklin. Les murs n'étaient pas épais, mais il ne l'entendit pas sortir. Sa surdité s'aggravait et les gens lui criaient plus qu'ils ne lui parlaient ; mais il prenait son mal en patience. Rien n'avait d'importance aussi longtemps qu'il ne devenait pas aveugle et que sa main droite pouvait manier le pinceau. Toute sa vie, il avait attendu le moment où il pourrait peindre. Il n'avait pas voulu être un peintre du dimanche ni un peintre amateur qui cultivait son hobby après ses heures de bureau. Il n'était pas du genre à faire les choses à moitié. Il désirait se consacrer à la peinture tout au long de la journée. Maintenant il pouvait essayer de réaliser son rêve. Il avait entretenu ses parents, puis la famille qu'il avait fondée ; sa femme était morte et ses deux fils avaient déjà eux-mêmes de grands enfants. Après une vie pleine d'obligations, Allen ne devait plus rien à personne si ce n'est à lui-même. Il n'avait besoin que d'un local pour peindre et de matériel. Il se contentait d'un repas par jour. Rien n'allait l'empêcher de s'adonner à la peinture, et après avoir cherché pendant des mois un endroit avec un éclairage adéquat, dont le prix pouvait être distrait de sa pension, il l'avait trouvé. Vivre dans cette petite pièce en ne faisant qu'un maigre repas, pour lui, c'était le paradis.

Il venait de disposer une toile sur son chevalet et prenait un pinceau lorsque la porte de sa chambre s'ouvrit violemment, livrant passage à M. Shafer.

— Mais qu'est-ce que vous fabriquez là-dedans ? Qu'est-ce qui pue comme ça ?

En dépit de sa surdité, le peintre eut les oreilles blessées par les hurlements du propriétaire.

— Foutez-moi tout ça dehors ! C'est une chambre que je vous loue, pas un atelier ! On se croirait dans une porcherie ! Ce n'est plus une chambre, mais une décharge publique ! Jamais je n'aurais imaginé que... Allez, débarrassez-moi de tout ça immédiatement !

Shafer ressortit de la chambre et s'éloigna dans le couloir. Les mains tremblantes, la gorge sèche, Allen lâcha son pinceau pour courir après lui.

— Vous ne pouvez pas me faire ça, monsieur Shafer ! Toute ma vie, j'ai attendu le moment de peindre ! J'ai cherché pendant des mois une chambre qui ait un bon éclairage ! Vous ne pouvez pas exiger maintenant que j'y renonce ! Je ne m'en irai pas !

Sa voix était devenue un cri strident dont le désespoir se répercutait dans la maison déserte.

Tout en descendant pesamment l'escalier de service, Shafer lui cria :

— Que je n'aie pas à vous le répéter ! Foutez-moi le camp avec toutes vos saletés !

Allen le suivit, le suppliant de se raviser. Il devenait comme fou à chercher le moyen de convaincre son interlocuteur, répétant qu'il ne s'en irait pas, qu'il ne se laisserait pas faire.

— Ecoutez-moi, monsieur Shafer ! Il vous faut absolument m'écouter !

L'émotion que trahissait sa voix fit se retourner Shafer :

— Je vous ai dit de vider les lieux avec toutes vos saletés ou sinon je...

Il n'acheva pas sa menace, tant il fut terrifié par l'expression d'Allen. Il courut en direction du vestibule de derrière, dont il claqua la porte au nez de son locataire, avant de se précipiter vers l'escalier de la cave. Il était 11 heures exactement — l'heure que Mme Franklin et Mme Harrison avaient estimé être celle qui conviendrait le mieux pour l'assassiner — lorsque

14

Shafer se rua dans cet escalier abrupt, mais le terrifiant souvenir de ce qu'il avait vu sur le visage d'Allen le fit chanceler et, manquant une marche, il bascula dans le vide, jusqu'en bas.

Lawrence Allen n'entendit pas le bruit de cette chute. Il avait encore les sens troublés par la rage qui l'avait possédé. Mais le fracas de la porte que Shafer lui avait claquée au nez avait eu un effet salutaire, et il avait recouvré le contrôle de soi. De quoi n'aurait-il pas été capable si Shafer n'avait pas fermé ainsi la porte ! Il regagna sa chambre, ramassa son pinceau par terre et se mit à peindre. Cela acheva de le calmer, de lui restituer sa détermination et son optimisme. Il eut la conviction que, d'une façon ou d'une autre, il trouverait le moyen de garder la chambre.

Après la mort de M. Shafer, Mme Harrison et Mme Franklin n'eurent plus beaucoup de sujets de conversation. C'était un peu comme si, à préparer l'assassinat de M. Shafer, elles avaient épuisé tout ce qu'elles pouvaient se dire.

La charmante fille de M. Shafer revint s'occuper de la maison, où l'on fut de nouveau heureux. Mme Grove réintégra les lieux avec son chat, et M. Floyd avec son asthme. Par ailleurs, la fille de M. Shafer ne vit aucun inconvénient à ce que M. Allen peigne. Tout au contraire, elle l'y encouragea, allant même jusqu'à poser pour lui. Aussi ne fallut-il pas longtemps pour qu'il eût deux de ses toiles admises à l'Exposition annuelle de la Ville.

Mary Sue Franklin et Matilda Harrison étaient toujours amies intimes, mais avec un rien de fâcherie. Mme Harrison s'indignait : un accident, mon œil ! Ces benêts de policiers pouvaient bien le croire si ça leur chantait, mais elle n'était pas si naïve et le mensonge de Mme Franklin ne l'avait pas abusée un seul instant. C'était Mary Sue qui avait fait le coup. Elle n'était pas allée se promener comme elle le prétendait, mais était revenue furtivement dès que Mme Harrison avait eu le dos tourné, et elle avait poussé M. Shafer dans l'escalier sur le coup de 11 heures, comme elles l'avaient projeté.

Quant à Mme Franklin, ce qui l'indignait, c'est qu'elle avait conçu toute seule la méthode de l'assassinat, sans le concours de Matilda, et que cette dernière s'était néanmoins arrogé le droit de le mettre à exécution, comme si c'était elle qui en avait eu l'idée ! Jusque-là, Mme Franklin avait tenu Matilda pour quelqu'un de timide et elle découvrait que son amie était une femme qui n'hésitait pas à se pousser en avant... sans jeu de mots. Cela prouvait bien qu'on ne peut jamais se fier à personne, fût-ce sa meilleure amie. Non mais, vous vous rendez compte : lui raconter qu'elle allait en ville voir les nouveaux chapeaux, alors qu'elle était restée cachée tout le temps dans le vestibule de derrière, attendant le moment de pousser M. Shafer dans l'Autre Monde !

Les deux vieilles amies continuèrent de prendre ensemble leur café matinal, mais elles veillaient à ne jamais se tourner le dos et, lorsqu'elles se regardaient droit dans les yeux, chacune était absolument sûre d'avoir une meurtrière en face d'elle.

Murder between friends
Traduction de M. Lusignan

Le talisman

par

ALICE-MARY SCHMIRRING

Charley était déprimé — fort déprimé. Laissons de côté son nom de famille ; à cet égard, la discrétion s'impose et vous verrez par la suite pourquoi. Sachez seulement, pour l'instant, que son patron serait dans une situation passablement embarrassante si j'en faisais mention.

Charley était, et il est toujours, représentant de commerce, un des meilleurs vendeurs de la profession à l'heure qu'il est ; mais il fut un temps (en fait, cela remonte à peine à un an) où la fortune ne souriait guère à Charley, qui se trouvait absolument au creux de la vague. Cela se traduisait par une chambre médiocre dans une peu reluisante pension, des pantalons pressés sous le matelas, des repas à base de « chop-suey » dans de douteux restaurants prétendus chinois, et d'éventuelles incursions dans des cinémas de troisième ordre aux heures de loisir, quand ses maigres fonds le permettaient. Charley, tel le commis voyageur type, travaillait à la commission et, selon la déplorable coutume instaurée par les fabricants, cette commission n'était payée que sur commande ferme après livraison. Pour qu'une commande soit livrée, encore faut-il que le représentant l'ait obtenue, et Charley... enfin, vous comprenez ?

Pour des raisons qui apparaîtront plus tard, nous ne révélerons pas le nom et la nature exacts de l'article que l'infortuné Charley s'efforçait désespérément de placer.

Signalons toutefois que cet article a désormais acquis une réputation nationale. Mettons qu'il s'agisse d'un ouvre-bouteilles ou d'un ouvre-boîtes breveté ; quelque chose dans ce goût-là. C'était ce qu'on appelle en termes de métier un bon article-cadeau, autrement dit susceptible d'appâter toute personne désirant offrir une chose à la fois utile et peu onéreuse, mais, de cette éminente qualité, Charley s'avérait incapable de convaincre les acheteurs professionnels ; à de bien rares exceptions près.

Le jour où mon histoire commence, il venait d'effectuer pour le moins sa cinquième tentative auprès de M. Nieuwelposte, l'acheteur chargé du rayon ustensiles et appareils ménagers des grands magasins McCord. Un rude morceau, M. Nieuwelpost, coriace ô combien. De plus, ce rude morceau considérait Charley, si l'on peut dire, comme un moins que rien, un intrus aussi minable qu'horripilant. Le pauvre intrus, après avoir été proprement éjecté et sommé de ne plus jamais oser se montrer, remontait à présent la Cinquième Avenue, se sentant, comme je vous l'ai dit, déprimé.

Il marchait lentement, les yeux fixés sur le trottoir, les mains dans les poches et traînant un peu les pieds. Il était loin d'incarner le brillant jeune homme dynamique, vif, alerte, aux vêtements bien coupés, à la démarche assurée et au regard conquérant que les fabricants aiment à imaginer en train de fasciner des acheteurs d'ustensiles ménagers. Non, Charley ressemblait plutôt à quelqu'un qui vient de se faire botter le derrière.

Des grommellements venimeux mais indistincts s'échappaient par bouffées des lèvres de Charley. Nombre de passants, d'esprit plus serein et d'un naturel plus réservé, lui lançaient des regards inquiets tout en s'écartant jusqu'à frôler le bord du trottoir, chose peu recommandable en cette artère au turbulent trafic. Il traversa la 39e Rue. Au moment où il abordait le trottoir, son pied heurta quelque chose de métallique. Une pièce de monnaie ? Il s'empressa de ramasser l'objet, fonçant dessus tel l'épervier, mais dut hélas constater que ce rond de métal ne lui rapporterait pas grand-chose en Amérique, bien qu'il eût effectivement l'apparence d'une pièce. Il était recouvert d'un gribouillis évoquant des caractères arabes et trop grand pour que l'on pût l'insérer dans un tourniquet de métro. Charley le fourra néanmoins dans sa poche ; les cabines téléphoniques offriraient peut-être une possibilité.

Il reprit sa marche morose, maugréant avec une rancœur accrue. A la hauteur de la 42e Rue, ses grommellements se transformèrent en invectives cohérentes, au demeurant un peu malsonnantes.

— Vieux saligaud ! proféra-t-il avec véhémence. Qu'il aille au diable, qu'il prenne donc ses jambes à son cou pour aller sauter à pieds joints en plein dans le lac, ce salopard !

Le mot « lac » le fit aussitôt penser à Central Park. L'après-midi était délicieux, il y avait du velouté dans l'air, comme souvent à New York en septembre, et quel autre endroit pouvait mieux que Central Park fournir un délassement bienfaisant et gratuit à un infortuné représentant au cœur meurtri ? Central Park est ouvert à tous et ne coûte rien.

Charley marcha donc jusqu'à la 59e, pénétra dans le parc et s'approcha du lac où il se plut à contempler les enfants en train de donner à manger aux canards. Cet apaisant spectacle se déroula dans un calme total durant une demi-heure environ. C'est alors que Charley perçut des cris rauques, d'abord lointains, mais se rapprochant de seconde en seconde, sans devenir moins rauques pour autant, bien au contraire. Un fort martèlement de pieds — des pieds innombrables — se rapprochait en même temps de ce décor jusque-là si serein et, soudain, saisi à la fois de stupeur, d'horreur et d'appréhension, Charley vit apparaître une silhouette solitaire, un coureur isolé, suivi d'une foule hétéroclite composée de policemen, d'enfants et de vendeurs de ballons. Le coureur isolé soufflait à peine, se révélant dans une excellente forme au vu de la distance parcourue ; distance fort appréciable que Charley pouvait évaluer très exactement, l'athlète farouche et résolu n'étant autre que ce rude morceau, l'ô combien coriace M. Nieuwelpost.

Déboussolé, désorienté, Charley s'imagina tout d'abord que sa dernière visite avait fait déborder le vase, amenant le courroux de M. Nieuwelpost au-delà des limites du tolérable, au point que ledit Nieuwelpost, craquant plus ou moins sous la pression du ressentiment, avait décidé d'en finir une bonne fois pour toutes en réduisant Charley à néant. Bondissant de son banc dans une tentative irraisonnée pour se mettre à l'abri, celui-ci ne fit que trébucher et faillit barrer malencontreusement le passage à l'acheteur d'ustensiles ménagers. Nieuwelpost, toutefois, l'ignora royalement, se contentant de le repousser du bras, un bras dont sa vie sédentaire ne semblait pas avoir amoindri la vigueur, et poursuivit sa course jusqu'au bout — un bout peu éloigné d'ailleurs.

Au moment où Charley se relevait en s'époussetant, M. Nieuwelpost — tête haute, coudes au corps, courant presque à la perfection — piquait un ultime rush et s'arrachait superbement du sol pour réaliser un magnifique plouf dans les eaux calmes du lac.

Charley ne s'attarda pas dans les parages pour poser des questions, mais les reporters s'en chargèrent, au grand embarras de M. Nieuwelpost. (Notons qu'il ne leur fit *aucune* déclaration susceptible d'éclairer leur lanterne. C'est dans le sein d'un psychiatre consulté en toute hâte qu'il s'épancha, lui confiant qu'il était en train de sonder un représentant à propos d'une batterie de cuisine, lorsqu'il avait subitement ressenti l'irrépressible et inexplicable besoin de courir à toute allure jusqu'à Central Park pour se jeter dans le lac. Le psychiatre ayant préconisé repos complet et changement d'air, ce fut un Nieuwelpost pensif mais guère plus apaisé qui alla reprendre le cours de ses occupations chez McCord.)

Charley, comme je l'ai laissé entendre, s'était éloigné de ces lieux agités avec un maximum de célérité, mais en riant comme un petit fou.

En fait, il se sentait dans un tel état d'euphorie qu'il résolut d'effectuer une démarche supplémentaire.

— Si je ne parviens pas à vendre quand je me sens aussi bien, gonflé à bloc, se disait-il, pétillant d'allégresse, autant renoncer tout de suite. Je vais aller voir — voyons un peu — oui, pardieu ! je vais aller voir Hanneman, chez R. D. Swift & Co. Et je parie que je lui vends au moins une « grosse » si ce n'est pas deux !

Or, en ville, R. D. Swift était le plus grand de tous les grands magasins, et, parmi les acheteurs, Hanneman était — et il est toujours — Le Numéro Un, ne vous recevant que sur rendez-vous, et encore pas très souvent ni très longtemps. Charley, bien entendu, n'avait pas de rendez-vous. *Jamais* personne ne donnait de rendez-vous à Charley. Pour une fois, cependant, cela ne le tracassait guère.

Pénétrant dans le bureau de réception, il dépassa la série de chaises, où patientait une belle brochette de représentants, pour aller droit à la porte du bureau de Hanneman. La réceptionniste, étouffant un cri, se leva de sa chaise comme mue par un ressort.

— Vous ne pouvez pas entrer *là !* s'exclama-t-elle, indignée, alors qu'il tournait déjà la poignée. M. Hanneman ne vous recevra pas sans rendez-vous !

— Oh, si, il me recevra, répliqua Charley, plein d'une fière assurance, au moment même où s'ouvrait la porte, révélant M. Hanneman, qui braqua son regard sur Charley.

— Mais bien sûr, je vous recevrai, dit le haut personnage, avenant et cordial à souhait, tandis qu'une lourde chape de silence recouvrait le bureau de réception, pareille à celle qui dut recouvrir Pompéi après l'éruption du Vésuve. Charley, franchissant le seuil du saint des saints d'un pas guilleret, referma la porte derrière lui d'un mouvement désinvolte.

— Monsieur Hanneman, déclara Charley (dont l'esprit évoluait encore dans une sorte de monde à part où tout lui souriait), j'ai bien réfléchi. J'estime depuis un certain temps déjà que vous devriez constituer un stock de l'Ouvre-boîtes Petit Bonhomme. Je suis donc ici pour prendre votre première commande à cet effet.

M. Hanneman *paraissait* avoir les pieds parfaitement sur terre, mais sa réponse fut dépourvue de tout sens commun, car, sans autre incitation que ce petit boniment faiblard et fort peu convaincant, il lâcha sur-le-champ :

— Mais voyons, certainement ! J'envisageais une « grosse » ; mettons deux ?

— Exactement ce que j'allais vous proposer ! ponctua Charley.

C'est à cet instant que, retombant dans le monde réel, Charley prit une conscience à peu près claire de la situation en constatant l'étrange pouvoir qui semblait lui être conféré, mais sans discerner toutefois l'essentiel : à savoir, quel en était le facteur déterminant. (Vous savez, et je sais que c'était le talisman qu'il avait ramassé. Charley ne le savait pas — pas encore.) Grisé par le succès mais saisi néanmoins d'un léger doute, il décida, le cœur battant, de prolonger un peu l'expérience, pour voir, avec prudence.

— Que diriez-vous de trois grosses ?

— Certainement pas ! trancha Hanneman, on ne peut plus catégorique.

— Vous *devriez* prendre trois grosses, insista Charley, moins par entêtement que pour sauver la face.

— Ma foi, oui, je le devrais, c'est certain, acquiesça promptement Hanneman. Disons trois.

C'est ainsi que Charley commença d'entrevoir les conditions requises pour que le charme opérât ; une affirmation nette, une assertion, une injonction, oui ; une suggestion, un vœu, un simple souhait, non. Inutile de dire, par exemple : « Je voudrais bien que tel ou tel fasse telle ou telle chose. » Non, comme pour Nieuwelpost, ce devait être quelque chose du style : « Qu'il coure se jeter dans le lac. »

Toujours est-il que Charley quitta le bureau de Hanneman muni d'une commande, dûment signée, pour trois grosses d'Ouvre-boîtes Petit Bonhomme, qu'il adressa sans tarder à la maison mère. Elle y fut accueillie avec une certaine stupéfaction par le directeur commercial, lequel avait renoncé depuis quelque temps à fonder le moindre espoir sur le dénommé Charley, estimant avoir probablement affaire à un idiot congénital et, en tout cas, à un crétin.

Hanneman ne songea pas un seul instant à l'annuler, cette commande, même en voyant le promoteur des ventes hausser un sourcil réprobateur ; bien au contraire, il resta fermement sur ses positions, s'attachant à justifier sa décision.

— Il nous les faut, ces ouvre-boîtes, je le sens. J'ai comme une intuition de ce côté-là. Croyez-moi, je vous le dis, là, nous *détenons* vraiment quelque chose.

Le promoteur des ventes, éberlué, marmonna dans sa moustache qu'effectivement, pour sûr, ils détenaient là quelque chose ; ils détenaient trois grosses d'un article qui ne valait pas chipette à ses yeux, et l'on verrait ce qu'on verrait quand sonnerait l'heure de l'inventaire. A son grand étonnement, mêlé de ravissement, ils commencèrent à se vendre, ces damnés bidules, et se vendirent même si bien que Hanneman dut câbler une commande supplémentaire de cinq grosses ; mais ceci n'est qu'un à-côté de l'histoire en cours.

Ce soir-là, Charley passa en revue les événements de la journée, sentant monter en lui une exaltation croissante. Avec délice, et un peu d'angoisse rétrospective, il revit ce farouche sprinter, M. Nieuwelpost, cet athlète résolu, sauter avec entrain, sans hésitation, dans le lac de Central Park. *Allons,* jubilait-il, *je l'ai dans le creux de la main, ce vieux salopard ! Demain, j'irai le trouver et je l'amènerai à résipiscence ; il filera doux. Je lui ferai acheter « dix » grosses d'ouvre-boîtes. Oui, dix, pour commencer ; il ne faut pas trop tenter la chance ; restons prudents.*

Le lendemain matin, voici donc notre Charley, arborant son meilleur costume (acquis en se serrant la ceinture et mis en réserve pour le cas où un acheteur accepterait par hasard son invitation à déjeuner, ce qui ne s'était jamais produit ; bonne chose, d'ailleurs, vu le niveau habituel de ses finances), le voici donc, dis-je, qui se dirige d'un pas décidé vers la porte de M. Nieuwelpost. Comme la veille, pour l'opération Hanneman, il dépassa la file des autres représentants et la fille trônant au bureau de la réception, d'abord suffoquée, piailla : « Vous ne pouvez pas faire ça ! » Comme la veille, Charley rétorqua avec une insolente assurance : « Il me recevra ! » et, comme la veille, la porte s'ouvrit et M. Nieuwelpost apparut dans toute sa majesté.

— Allez-vous-en ! Fichez-moi le camp d'ici ! tonna M. Nieuwelpost.

Charley, aussi décontenancé qu'ébaubi, recula en voyant l'acheteur avancer sur lui de menaçante façon.

— J'ai *essayé* de l'empêcher, gémit la réceptionniste, presque au bord des larmes, mais il n'a pas *voulu* s'en aller !

— Oh, que si, qu'il va s'en aller, jappa M. Nieuwelpost. Il va s'en aller d'ici à la vitesse grand V, si vite qu'en le voyant filer on pourra le prendre pour la comète de Halley, et s'il ne revient pas avant la date prévue pour la prochaine apparition de cette sacrée comète, ça m'ira tout à fait !

Charley s'en alla.

Ce soir-là, comme il retirait de sa poche ses quelques pièces de monnaie, son maigre avoir, pour les déposer sur la commode en chêne clair, assez délabrée, son regard découvrit le talisman qui était resté sur ce meuble toute la journée. Toute la journée ! Quelque chose fit tilt dans son cerveau.

Il s'en saisit, ferma les yeux, se concentra intensément, et déclara :

— Il y a un billet de dix dollars sur ma commode.

Il regarda sur la commode — il n'y en avait pas.

— Maudit truc ! proféra Charley et, dépité, il jeta le rond de métal dans la corbeille à papiers.

Puis, traversé d'une pensée soudaine, il se ravisa et repêcha l'objet.

— M. Fineman, articula Charley, d'une voix lente et claire, va venir ici dans... dans trente secondes pour me donner un billet de dix dollars.

C'était le propriétaire de Charley, M. Fineman, un gentleman chenu aux contours adoucis par la patine de l'âge.

Durant trente secondes, Charley attendit, tendu, son cœur battant la chamade en un pilonnement sourd. Tout au moins s'imaginait-il qu'il s'agissait de son cœur ; mais quand la porte s'ouvrit avec fracas, il réalisa que ce bruit sourd de pilonnement avait eu pour origine les contacts répétés, sur un rythme précipité, des pieds de M. Fineman avec les marches de l'escalier. Le pauvre diable, partant du sous-sol, avait dû les escalader quatre à quatre comme un fou, aiguillonné par ce délai limite de trente secondes, et une fois parvenu dans la chambre de Charley (troisième étage, sur le derrière, avec panorama complet sur la décharge publique), il était si pantelant qu'il eut grand-peine à émettre ces quelques mots :

— Monsieur — voici les dix dollars que je vous dois.

— Merci, monsieur Fineman, dit Charley, calme et digne, mais profondément réjoui, tant par les dix dollars que par la preuve apportée à l'appui de son hypothèse. Bonsoir, bonne nuit. Prenez tout votre temps pour redescendre.

Ainsi donc, maintenant qu'il avait découvert que le talisman opérait seulement (1) après affirmation franche, assertion ou injonction (2), sur des personnes et leurs comportements, et (3) jamais sur des objets inanimés, en dépit de toute imprécation ou autre manifestation d'humeur, la voie était libre devant Charley. Rien ne s'opposait plus à sa marche en avant ; aucun problème, c'était du tout cuit.

Il a fait son chemin, en effet, il est allé loin ; mais cela ne saurait justifier ce qu'il a fait à M. Watt, président-directeur général de la Compagnie des Ouvre-boîtes Petit Bonhomme (ce qui n'est pas son nom, ne l'oubliez pas !).

A ce moment-là, Charley était devenu le représentant vedette de Petit Bonhomme.

Au lendemain de sa glorieuse découverte finale, il retourna chez McCord ; mais vous n'imaginez tout de même pas qu'il attendit alors sagement son tour dans la lugubre file des autres représentants? Bien sûr que non. Il fonça derechef allègrement vers la porte du bureau; derechef la réceptionniste piailla pour protester; et derechef il rétorqua, mais avec un surcroît d'autorité conféré par la certitude, « Nieuwelpost me recevra ». (Pas *M*. Nieuwelpost, vous l'aurez remarqué.)

Cette fois-ci, la porte s'étant comme de juste ouverte, Nieuwelpost accueillit Charley avec d'attendrissantes effusions, pleurant presque de joie devant ces retrouvailles inattendues. Charley entra, ferma la porte, et dit :

— Nieuwelpost, il vous faut quinze grosses de Petit Bonhomme (et Nieuwelpost répondit — mais vous le savez bien, ce qu'il a répondu, Nieuwelpost).

Passons. Ce ne fut là que le commencement. Finalement — et notez bien que le triomphe de Petit Bonhomme fut entièrement dû à Charley, quoique, redisons-le, cet ouvre-boîtes ait certes constitué un bon produit, sinon les consommateurs n'en auraient pas voulu — finalement, dis-je, M. Watt estima que Charley réalisait des bénéfices excessifs sur un article devenu désormais un « article demandé », comme on dit. Aussi M. Watt prit-il une décision draconienne et ce fut là, en vérité, une terrible erreur. Il traita avec McCord, R. W. Swift & Co, et une demi-douzaine d'autres grands magasins, selon le système des ventes maison.

Ce genre de vente, sachez-le, est une vente sur laquelle un représentant ne touche aucune commission; la « maison », ou compagnie, vend directement la marchandise au client, gardant par-devers elle les 10 pour 100.

Quand Charley reçut la lettre lui annonçant cette sinistre nouvelle, il fut naturellement furieux. Si furieux qu'il partit s'enivrer. Oui, et pourquoi pas? Non, de cela, je ne puis blâmer Charley. Mais ce dont je le blâme, ça *oui*, c'est...

Il n'était pas seul; d'un naturel grégaire, il emmena

un acheteur partager sa beuverie ; précisons qu'il s'agissait de Hanneman en personne. (*Ceci* vous montre toute l'ampleur du chemin parcouru par Charley.) Charley était fin soûl, c'est certain, mais pas au point de ne pas savoir ce qu'il disait — et *cela* non plus ne saurait lui servir d'excuse.

A son huitième bourbon (correspondant au huitième de M. Le Numéro Un, qui tenait la balance égale), Charley eut un mouvement du menton agressif et hargneux.

— Ce Watt ! clama-t-il avec une vindicative ardeur. Ce gros plein de soupe ! Vous savez quoi ? (Se penchant vers Hanneman, il agitait sous son nez quelque peu rosi un doigt vengeur.) Vous savez ce qu'il peut en faire, de son Ouvre-boîtes Petit Bonhomme ? Il peut se le...

Je n'ose poursuivre. Non, vraiment, Charley n'a pas d'excuse. Cela se passait il y a juste une semaine, et voici qu'aujourd'hui, parcourant par hasard un journal spécialisé circulant dans le monde du commerce, j'ai lu ceci :

INFORMATIONS PARTICULIERES
DOMAINE
DES ARTICLES MENAGERS

On vous informe que M. Watt, président de Petit Bonhomme, l'ouvre-boîtes bien connu, se remet lentement de l'accident de santé qui nécessita son transfert à l'hôpital Samaritan. La nature de l'opération ne nous a pas été révélée.

Charley's Charm
Traduction de Philippe Kellerson

Bout de décès

par

ED LACY

La première affaire dont l'inspecteur stagiaire Jimmy
Davis eut à traiter lorsqu'il débuta à la Police judiciaire
fut le décès d'une femme de cinquante et un ans,
Mme Hanna Sands, renversée par un automobiliste qui
avait pris la fuite. Il essaya aussitôt de convaincre le
lieutenant Wintino de ce qui lui semblait être une
évidence :

— Vous allez peut-être croire que je donne trop
d'importance à cette affaire, qui est mon premier
homicide, mais *il ne s'agit pas* d'un accident : nous nous
trouvons en présence d'un meurtre avec prémédita-
tion : à 1 h 08 du matin, un témoin a vu la défunte
s'engager sur la chaussée pour traverser Carson Avenue — artère très large puisqu'elle comporte trois
couloirs dans chaque sens — qui était pour ainsi dire
déserte. Le témoin a remarqué la berline qui se
dirigeait à vive allure en direction de Mme Sands. Se
trouvant au milieu de l'avenue, Mme Sands s'est mise à
courir pour atteindre le côté opposé. Maintenant,
écoutez-moi bien, Dave, le témoin affirme que la
voiture s'est *délibérément* engagée sur le côté gauche de
la chaussée — dans le but évident d'atteindre
Mme Sands — puis, après une embardée, est repartie
sur la droite avant de disparaître à toute vitesse !

— Ça pouvait être un pochard, un homme — ou une
femme — endormi au volant et qui a perdu le contrôle
de son véhicule...

— Non, mon vieux, impossible. Le témoin est formel : la voiture *a suivi* la victime sur le côté gauche de l'avenue !

— Puisqu'il est si sûr de lui... a-t-il vu le chauffeur ? Relevé le numéro d'immatriculation ?

— Non... tout s'est passé trop vite. Mais il affirme que c'était une Buick dernier modèle et que la série de lettres de la plaque d'immatriculation commençait par un K. Bien entendu, je vérifie tout ça et...

— Où est donc ce témoin providentiel ?

L'inspecteur stagiaire Davis regardait à travers les vitres sales du bureau lorsqu'il répondit :

— C'est moi. Je sortais de chez ma mère et me dirigeais vers l'arrêt d'autobus qui se trouve dans Carson Avenue quand...

— *Tu es le témoin ?* hurla Wintino. Dis-moi, Jimmy, crois-tu que l'on joue au gendarme et au voleur ici ? Pourquoi ne me l'as-tu pas dit plus tôt ?

— Ecoutez-moi, Dave, je sais bien que ça a l'air d'être du cinéma : ma première affaire, moi-même seul et unique témoin mais... Je suis néanmoins certain qu'il s'agit d'un assassinat ! Je me suis précipité vers Mme Sands et n'ai rien pu faire pour elle : elle n'était déjà plus qu'un cadavre. Il n'y avait pas d'autre voiture sur l'avenue : impossible, donc, que je me lance à la poursuite de la Buick...

— Jusqu'à preuve formelle du contraire, pour l'instant nous avons affaire à un simple délit de fuite ! coupa sèchement Wintino. N'oublie pas que résoudre ce genre de problèmes fait aussi partie de nos attributions !

— Dave, s'il vous plaît, ne me traitez pas comme un gamin et écoutez-moi. Il y a quelque chose de pas très clair là-dedans. Mme Sands était mécanicienne dans une usine de confection et touchait un bon salaire. Séparée de son mari depuis longtemps, elle habitait un petit appartement près de Carson Avenue. Le gardien de l'immeuble m'a dit que, depuis plus de quinze ans qu'elle habitait là, jamais il n'avait vu le mari. Maintenant, voici le fait bizarre : avant-hier un type s'est présenté prétendant enquêter pour le compte d'une compagnie d'assurances — soi-disant, Mme Sands aurait été sur le point de contracter une nouvelle police — et a demandé au cerbère si Mme Sands avait des enfants, des parents proches, un mari. Et le gardien m'a dit textuellement : « Ce type avait tout à fait l'allure d'un détective de cinéma : jeune, grand, mince, large d'épaules ; portant imper et chapeau rabattu sur les yeux, il parlait d'un ton brusque ! » J'ai vérifié chez l'employeur de Mme Sands : elle n'a jamais fait allusion à une quelconque assurance, n'en avait certes pas besoin étant couverte par le contrat maison...

— La vie d'une greluche de cinquante et un ans, même en vie, ne m'intéresse pas outre mesure, alors, où veux-tu en venir ? questionna Dave, impatient.

— Ça m'amène au fait que l'expression employée par le gardien pour décrire le type me gêne : « Il ressemblait à un détective de cinéma ! » En général, pour des vérifications de routine, les compagnies d'assurances envoient des vieux machins, genre retraités. Et voici qui est encore plus troublant : hier soir le gardien a vu le même gars en imperméable venir chercher Mme Sands et tous deux sont repartis, ensemble, dans la voiture de ce dernier : une vieille MG. Deux heures plus tard, Mme Sands était morte...

Wintino passa la main dans ses cheveux coupés court :

— Ça commence à prendre forme. L'enquêteur d'une compagnie d'assurances ne l'emmènerait pas en voiture... un petit ami, peut-être ?

— Alors, pourquoi toutes ces questions le jour précédent concernant un mari et des enfants éventuels ?

— Un petit ami prudent ! répondit Dave en souriant.

L'air grave, l'inspecteur stagiaire Davis secoua la tête :

— Non, ce n'est pas bon non plus. Mme Sands, qui n'avait rien d'une beauté, menait une vie sans histoire et rentrait toujours directement chez elle après son travail pour regarder la télé et se coucher tôt. Pas du tout le genre à sortir avec un gars deux fois plus jeune qu'elle.

30

— Continue de chercher. Essaie de trouver le mari — peut-être ressemble-t-il à un détective de cinéma !

Après avoir déjeuné sur le pouce, Davis fut bientôt de retour :

— Dave, j'ai retrouvé la voiture : abandonnée à un kilomètre à peine du lieu de l'accident — phares brisés, du sang, des cheveux et des lambeaux de vêtement appartenant à Mme Sands partout sur le pare-chocs. Et toutes les empreintes ont été soigneusement effacées... La voiture appartient à un dentiste qui habite tout près de Carson Avenue. Le dentiste est sûr de l'avoir garée devant chez lui à 22 h 30 exactement. De toute évidence notre « détective de cinéma » en imper a eu une altercation avec Mme Sands... qui est descendue de la MG pour retourner chez elle à pied. Le gars a piqué la Buick, écrabouillé Mme Sands, abandonné le véhicule — arme du crime — et pris la fuite dans sa voiture de sport. J'ai enquêté dans les environs de l'endroit où la Buick a été retrouvée — personne évidemment n'a vu de MG garée par là !...

— Quelque chose sur M. Sands ?

Se référant au carnet sur lequel il avait noté ses renseignements, Jimmy énonça :

— Depuis près de dix-huit ans qu'il avait quitté Hanna Sands, il vivait avec une infirmière du nom de Irène Parks. Harry Sands aimait biberonner et, il y a six ans, le foie n'a pas résisté : il en est mort. J'ai eu un long entretien avec Mlle Parks. Elle est âgée de quarante-quatre ans et dit n'avoir jamais vu la défunte mais lui en veut pour avoir toujours refusé de divorcer. Par testament, Harry Sands avait légué tout ce qu'il possédait — une assurance de mille dollars — à Mlle Parks. Mais une partie de cet héritage revint à Hanna Sands, toujours légalement sa femme. Tout ceci, bien entendu, ayant été réglé par hommes de loi interposés, les deux femmes n'ont jamais eu à se rencontrer. De plus, Mlle Parks a un alibi parfait : elle était de service à l'hôpital la nuit du crime.

— Et que faisait le défunt Harry Sands pour gagner sa croûte ?

— Rien, la plupart du temps : c'était le genre intello flemmard. Sands était journaliste quand il a épousé Hanna. Il a publié un roman qui lui a rapporté un peu d'argent — il y a vingt-cinq ans de ça ! Puis il a rencontré Irène et quitté sa femme. C'était l'infirmière qui subvenait aux besoins du ménage — de temps en temps il trouvait de petits emplois en rédigeant des slogans pour des agences de publicité. En général... et pour cause de boisson, ça ne durait pas longtemps.

— Pas de mobile, rien qu'un grand vide comme point de départ, soupira le lieutenant.

— Nous savons au moins qu'il s'agit d'un meurtre ! Une femme d'âge moyen, sans histoire, part en voiture avec un inconnu et...

— Il ne devait pas lui être si inconnu que ça pour qu'elle parte en MG avec lui. Tout ce qu'il nous reste à faire maintenant, c'est fouiller la vie privée de Hanna Sands.

— Mais je m'y suis mis... Ne vous inquiétez pas, Dave, je le cravaterai, ce privé de pacotille !

A la fin de la semaine, l'inspecteur stagiaire Davis était obligé d'admettre que son enquête n'avait pas progressé et, la mort dans l'âme, il dut abandonner l'affaire en la plaçant dans *Dossiers en cours,* la faisant voisiner avec de nombreux autres crimes non résolus.

Bien que très occupé, Davis ne pouvait s'empêcher, dès qu'il avait un moment de libre, de ressortir le dossier Sands, y consacrant tellement de temps qu'un jour Wintino finit par lui dire :

— Ecoute, mon gars, ce n'est pas la peine de t'affoler sur ce dossier. Une affaire n'est jamais terminée tant qu'elle n'est pas résolue... un jour ou l'autre, sur un coup de pot, on...

— Je sais, Dave, mais c'est seulement que... écoutez... je l'ai vu de mes propres yeux et comme je ne crois pas au crime parfait, je...

— Moi non plus je n'y crois pas, mais là, pour démarrer, tu n'as rien sur quoi t'appuyer, pas la moindre trace de mobile. Tu veux continuer à t'en occuper seul ? D'accord ! Je n'ai rien contre les bûcheurs... je suis moi-même passé par là quand j'avais ton âge mais si tu commences à te faire des cheveux pour tous les crimes non résolus, tu seras bientôt bon à emmener chez les dingues. N'oublie jamais que le temps travaille pour nous...

Quelque dix mois après la mort de Hanna Sands, Jimmy eut une journée éprouvante à monter et descendre des kilomètres d'escaliers, sonnant à des douzaines de portes pour essayer de trouver celui ou celle qui pourrait l'aider à éclaircir le mystère de la mort d'un gamin au cours d'une bagarre de rue. Le soir même, debout dans la file d'attente d'un nouveau film que sa femme tenait absolument à voir, il s'endormit presque sur place. Le film avait recueilli une montagne d'éloges et les critiques le décrivaient comme l'une des œuvres majeures du jeune cinéma américain, qualifiant son réalisateur de « chef de file de la nouvelle vague hollywoodienne ». Quand ils pénétrèrent enfin dans la salle, plus de la moitié du film s'était déjà déroulée et Jimmy, incapable de retrouver le fil de l'histoire, s'assoupit à plusieurs reprises.

Dans l'autobus qui les ramenait chez eux, sa femme était intarissable :

— Ce Marlon Smith deviendra plus grand qu'Orson Welles — quel génie ! C'est l'idée la plus originale qu'il m'ait jamais été donné d'apprécier dans un film : chaque jour qui passe devient, pour l'héroïne, une vie tout entière — dans son esprit, l'aube de chaque journée la voit naître et le soir venu elle est à l'automne de sa vie. L'espace d'une semaine nous a permis d'être les témoins de sept vies entièrement différentes et... Jimmy, tu m'écoutes, oui ou non ?

— Oui, bien sûr ! C'était donc ça l'histoire — pas étonnant que chaque fois que j'ouvrais un œil, j'avais l'impression de m'être trompé de film ! Pourtant je suis certain d'avoir vu quelque chose qui me tracasse... Ça me turlupine, mais je n'arrive pas à me souvenir de quoi il s'agit...

— Je ne regrette pas d'avoir dû faire la queue si longtemps pour voir ce film. En fait, ce soir, j'ai l'impression d'avoir en quelque sorte participé à un grand moment de l'histoire du cinéma. Jusqu'à présent Wilma Anders n'avait eu que de petits rôles — ce film va faire d'elle une vedette. Et Marlon Smith... quel talent ! Tu imagines le courage qu'il a dû lui falloir — simple acteur inconnu cantonné dans des rôles de troisième ordre — pour produire, écrire et diriger un film d'avant-garde tel que celui-ci ? J'ai lu quelque part qu'il y a des années que Smith travaillait sur le script. D'ailleurs, je crois qu'il est en ville pour donner une interview à la télé... Jimmy ! Tu dors encore ?

— Mais non, mon trésor, je suis en train de réfléchir : à un moment, j'étais à peu près réveillé et j'ai vu ce truc sur l'écran...

— Quand tu es fatigué, sortir avec toi est vraiment une perte de temps !

— En particulier quand ça coûte deux dollars cinquante la place...

— Si jamais ce film passe dans un cinéma vers chez nous, nous retournerons le voir. C'est tellement...

Se redressant d'un seul coup, Jimmy lui saisit la main :

— Ça y est ! C'était au générique ! N'est-ce pas d'après un roman de Harry Sands ?

— Oui, je crois. Tu sais, je ne fais jamais vraiment très attention au générique. Qui est... ? Oh ! Est-ce le mari de la femme qui a été tuée par une voiture ?

Jimmy se leva et pressa la sonnette demandant l'arrêt du bus.

— Tu rentres à la maison. Je vais voir la petite amie de Harry Sands.

— A cette heure-là ?

— Elle est sûrement à l'hôpital. Je n'en aurai pas pour longtemps.

Vingt minutes plus tard, buvant un café dans la cuisine de l'hôpital, l'inspecteur stagiaire Davis s'entretenait avec Irène Parks.

— Je suis tellement heureuse que le talent de Harry ait finalement été reconnu. Il me disait toujours qu'il avait écrit ce livre avec ses tripes. Il a d'ailleurs commencé à boire parce que, pour lui, le roman n'avait jamais obtenu le succès qu'il méritait.

— Mademoiselle Parks, on dit que le film va rapporter une fortune. Qui va percevoir ce qui devrait revenir à Harry ?

— Personne : j'ai demandé à mon avocat de se renseigner à ce sujet. Le livre « étant tombé dans le domaine public parce que le copyright n'a pas été renouvelé » — ce sont les propres termes de l'avocat — il n'est pas question de droits d'auteur. Néanmoins, et puisque le film est un énorme succès, le roman va être réédité dans une collection de poche et il paraît que je vais recevoir deux mille dollars.

— Ne serait-ce pas plutôt la succession de Hanna Sands qui devrait percevoir cet argent ?

— Pourquoi ? C'est moi qui figurais sur le testament de Harry, pas elle. Logiquement... légalement... ou quelle que soit la façon dont on envisage la chose, cet argent me revient — j'ai subvenu aux besoins de Harry pendant la plus grande partie de sa vie. Je ne me plains pas : je l'aimais ! De plus, mon avocat dit que puisque le livre est maintenant tombé dans le domaine public, l'éditeur de la collection de poche *n'a aucune obligation* de donner un *cent* à qui que ce soit. S'il me paye, c'est uniquement pour éviter les ennuis d'un procès et surtout du fait que ma signature — en tant que bénéficiaire de la succession de Harry — empêchera n'importe qui d'autre de rééditer le roman. Ne trouvez-vous pas normal que je reçoive cet argent ?

— Mais si ! fit Jimmy en finissant son café.

Le lendemain matin, il se trouvait dans le bureau d'un homme de loi spécialisé dans le domaine de la propriété littéraire.

— La protection littéraire court sur vingt-huit ans et doit être renouvelée avant la fin de la vingt huitième année. D'après mes renseignements auprès de la Bibliothèque nationale, le renouvellement des droits de Sands n'ayant pas eu lieu, le roman est tombé dans le domaine public et n'importe qui...

— Mais qui aurait pu le faire ? Il y a des années que Sands est mort, intervint Jimmy.

— Sa femme, ou un enfant, héritant des droits aurait pu procéder à cette formalité.

— Et dans le cas d'une amie ? Sands aurait-il pu, plutôt que sa femme, faire hériter une amie de ces droits ?

— Non. Tant qu'elle était légalement mariée, et sans enfant, c'est Mme Sands uniquement qui pouvait effectuer cette démarche.

— N'y a-t-il pas dix mois que la protection est devenue caduque ?

— Non, sept mois seulement.

— Et n'importe qui se renseignant à la Bibliothèque nationale pouvait savoir tout de suite si le renouvellement avait eu lieu ou non ?

L'avocat acquiesça en hochant la tête :

— Mais je ne comprends pas pourquoi la police ?...

— Expliquez-moi encore une chose, coupa Jimmy, le film est sorti la semaine dernière... vous êtes au courant des pratiques du métier : combien de temps faut-il compter entre le moment où commence le tournage d'un film et celui où il sort dans les salles ?

— Impossible de savoir au juste : quelquefois, des années. Cependant, j'ai ouï dire que, en l'occurrence, le tournage a été achevé en un temps record : douze jours. Si Smith a fait accélérer le travail de montage et de tirage, il pouvait avoir le film prêt en quelques mois.

— Vous avez une idée de ce que l'entreprise a pu lui coûter ?

— Une rumeur assez fantastique voudrait qu'il soit arrivé à réaliser son film pour *moins* de soixante mille dollars.

— Et comment Smith, avec ses seconds rôles de cow-boy à la manque, a-t-il pu trouver tout ce pognon ?

L'avocat se mit à rire :

— Une fois son circuit de distribution établi, il est à peu près certain que les banques se sont bousculées pour lui prêter ce dont il avait besoin. J'aurais fait de même si j'avais pu. Pour un long métrage, soixante mille dollars sont une bagatelle, et avec un investissement de cette sorte, la réalisation d'un bénéfice est pour ainsi dire garantie. En l'état actuel des choses, le film va rapporter des millions de dollars mais, à supposer qu'il eût été un bide retentissant, cent mille dollars au minimum seraient tout de même rentrés en caisse. Comment se fait-il que la police s'intéresse tant au cinéma ?

— Ce sera peut-être aux informations de ce soir.

De retour à la Criminelle, Jimmy s'employa à convaincre le lieutenant Wintino :

— Je sais que Marlon Smith est une célébrité et que je risque de me faire salement taper sur les doigts si je me trompe, mais je suis certain qu'il est notre homme ! Souvenez-vous du gardien de l'immeuble décrivant le type comme sorti tout droit d'un film. Smith est un minutieux et si on lui demande de jouer le rôle d'un privé, il s'accoutrera exactement comme il le ferait pour tourner devant une caméra.

Hochant la tête, Dave approuva pendant que Jimmy continuait :

— J'attends un appel de la police de Hollywood. S'ils me disent que Smith était propriétaire d'une MG il y a dix mois, nous le coffrons.

Une heure plus tard, ayant obtenu sa confirmation de Hollywood, Jimmy Davis se faisait amener l'acteur. Furieux, Smith refusa de dire quoi que ce fût, si ce n'est pour se réclamer de son droit constitutionnel de téléphoner à un avocat.

Dave et Jimmy le cuisinèrent au maximum mais l'acteur se borna à rester assis en les regardant d'un air menaçant dans le silence le plus complet. Wintino fit signe à Jimmy de le suivre hors du bureau.

— Le gars est aussi coriace qu'un truand professionnel. A la minute où il aura appelé son avocat il sera libre et alors, à nous les éclaboussures ! Je vous ai mis dans un sacré pétrin, fit Jimmy.

— Peut-être. On peut encore essayer de faire durer pendant une petite demi-heure avant qu'il ne téléphone à son avocat, mais s'il n'avoue pas la moindre chose d'ici là, nous sommes mal partis — son service de publicité va se régaler : la Brigade criminelle fera la une de tous les journaux... et pas à notre avantage ! Je vais essayer quelque chose... c'est un peu particulier, un nouveau style de « cuisinage » en quelque sorte... Voilà : j'ai emprunté une caméra à la station locale de télévision — nous allons voir combien de temps un acteur peut rester de marbre face à une caméra. Si ça ne marche pas, on a intérêt à se précipiter dare-dare sur les offres d'emploi !

Lorsque la caméra fut installée, ils firent asseoir Smith face à la petite lumière rouge qui indiquait « MARCHE » juste au-dessus de l'objectif. Wintino s'adressa à l'acteur :

— Etant donné que vous êtes une personnalité très en vue et que cet interrogatoire s'étalera probablement bientôt dans tous les journaux, je ne vois aucune raison de dissimuler quoi que ce soit. Nous allons donc l'enregistrer afin que le public comprenne bien que nous n'avons pas utilisé la force pour vous faire parler. Je vous repose donc à nouveau les mêmes questions : affirmez-vous toujours n'avoir jamais vu Mme Hanna Sands ? Ne lui avez-vous pas parlé la nuit où elle a été tuée ? Ne l'avez-vous pas emmenée dans votre MG ? N'êtes-vous pas allé, le jour précédant le meurtre, poser des questions au gardien de son immeuble en prétendant enquêter pour le compte d'une compagnie d'assurances ? Cet homme est d'ailleurs en route pour nous rejoindre ici.

Pendant de longues secondes, Marlon Smith resta assis à fixer l'œil de la caméra. C'était presque comme si acteur et machine se dévisageaient...

Wintino était sur le point d'abandonner lorsque, d'un seul coup, le visage aux traits parfaits sembla se disloquer, Smith ferma les yeux, les rouvrit et, se redressant, l'air altier, rejetant la tête en arrière, il fixa résolument l'objectif : c'était le comédien en pleine possession de ses moyens.

D'une voix de basse, claire et théâtrale dans sa puissance, Marlon Smith avoua :

— Oui, je l'ai tuée — mais c'était en état de légitime défense ! J'ai perdu la tête, je suis devenu fou à l'idée de voir mon rêve se terminer en cauchemar ! J'étais encore au lycée lorsque, dans une modeste revue littéraire, j'ai lu la nouvelle de Harry Sands et, à partir de cet instant, j'ai su que je l'adapterais un jour. Moi — et moi seul — l'ai vu comme le film parfait. Des années plus tard, et par l'intermédiaire du magazine, j'ai écrit à Mme Sands, lui demandant de m'accorder une option pour une adaptation à l'écran. La revue n'existant plus depuis longtemps, la poste m'a retourné ma lettre. Alors j'ai commencé d'écrire l'adaptation cinématographique, j'ai distribué les rôles et me suis mis en devoir de rassembler les fonds nécessaires à la production. Bon sang, j'en ai bavé pendant toutes ces années ! Puis, il y a exactement onze mois, alors que j'étais enfin sur le point de réunir les capitaux dont j'avais besoin, me trouvant à Washington, j'allai déposer mon scénario. Je pensais que si un copyright avait été demandé pour la nouvelle par le magazine, ce copyright devait être fini. C'est alors seulement que j'appris que Sands avait *aussi,* et plusieurs années après la publication de sa nouvelle, transformé celle-ci en roman. C'était la première fois que j'entendais parler de ce livre.

« Les droits sur le roman avaient encore quelques mois à courir. Ayant appris que Sands était décédé, il fallait que je sache s'il laissait une femme et des enfants, c'est la raison pour laquelle je me suis livré à mon petit numéro de détective. J'ai été correct : j'ai offert à Hanna Sands dix pour cent sur les revenus du film. Refusant carrément, elle me demanda tout net de lui verser dix mille dollars *comptant.* Vous imaginez ma situation. J'essayai de lui faire comprendre ce qui se passait — si elle renouvelait ses droits, je ne pourrais non seulement jamais trouver dix mille dollars à lui donner mais il me serait impossible d'obtenir des capitaux pour mon film dès que l'on saurait que je ne détenais pas les droits d'adaptation. Je l'ai suppliée d'accepter un pourcentage sur les recettes, je lui ai offert de rédiger un contrat et lui ai même proposé vingt pour cent, mais cette espèce de cupide imbécile a froidement refusé. Elle a sauté de ma voiture. J'ai vu mon travail, ma vie, réduits à néant par son avidité ! Après, je... je ne sais plus ce que j'ai fait. Vaguement, je me rappelle avoir trouvé une voiture qui n'était pas fermée à clé... avoir renversé quelqu'un... la secousse de la voiture roulant sur un corps... comme dans un mauvais film. Essayez de comprendre... je défendais... ma vie artistique, mon talent, mon intégrité, mes rêves ! Un rêve peut être plus important que la vie même !...

La voix de Smith sombra dans un chuchotement. A deux doigts d'applaudir, Jimmy en fut brusquement dissuadé par la voix dure du lieutenant Wintino qui ordonnait :

— Tape-moi tout ça et fais-le signer. La représentation est terminée !

Curtain Speech
Traduction de Christiane Aubert

© 1962, H.S.D. Publications, Inc.

Pièges

par

EDWIN P. HICKS

On frappait à la porte d'entrée. Joe Chaviski alluma sa lampe de chevet. Le réveil marquait 2 heures, soit une bonne heure avant le moment où la sonnerie devait lui signaler qu'il était temps de se préparer pour aller à la pêche. On continuait de frapper. Que pouvait-on bien lui vouloir à pareille heure ? Et qui ?

— Ça va ! Ça va ! J'arrive ! brailla Joe, ébranlant ses cent dix kilos et posant ses grands pieds sur le plancher avec une surprenante légèreté.

Il alluma le plafonnier et se dirigea vers la porte d'entrée en se dandinant tel un ours de forte taille. Une fois déclenchée la lumière sous le porche, il aperçut par l'œilleton le visage hagard, apeuré, de Frank Waverly, le plus gros entrepreneur de Fort Sanders dans le domaine de la construction.

Joe ouvrit la porte en grand.

— Entre, Frank. Qu'est-ce qui te prend de…

Waverly s'engouffra à l'intérieur comme s'il avait le diable à ses trousses.

— Qu'est-ce qui ne va pas, Frank ?

— Je suis dans de sales draps, Joe !

— C'est-à-dire ?

— Un meurtre !

Waverly tremblait comme une feuille ; ses yeux sombres, écarquillés, lançaient des regards affolés. Son visage d'ordinaire plutôt foncé, hâlé par le soleil, était devenu de trois tons plus clair.

— Assieds-toi, dit Joe. (Waverly s'effondra sur le canapé de cuir.) Allez, allume donc une cigarette et vide ton sac ; raconte-moi tout.

— Joe, je viens te demander conseil — et aussi réclamer ton aide. Demain, dès que le meurtre sera découvert, je vais avoir la police sur le dos.

— Le meurtre de qui, Frank ?

— Sally Caviness, dit Waverly.

Il sortit son mouchoir et se tamponna les yeux.

— Sally Caviness ! (En ce qui concernait Sally Caviness, Joe était pleinement au courant. Cette jolie divorcée rousse était la maîtresse de Frank Waverly.) Je vais préparer un peu de café. Ça nous fera du bien à tous les deux.

Pendant que le café passerait, Waverly aurait le temps de se ressaisir. Ça allait être un beau merdier, cette affaire-là ! Ils étaient de bons amis, Frank Waverly et lui, depuis toujours. La vie privée d'un homme, ça le regarde, et Joe n'avait jamais parlé de Sally à Frank. N'empêche, Wanda Waverly était une amie, elle aussi, et Wanda était la femme de Frank. Dans le couple, au départ, c'est Wanda qui détenait l'argent, par héritage. Elle avait financé les débuts de Frank dans la construction, grâce à quoi il était parvenu à son actuelle situation d'entrepreneur plus que florissante ; il ne construisait pas seulement des bâtiments, mais aussi des ponts et des routes.

Frank avait environ quarante-cinq ans, et Wanda sept ans de moins. Mariés depuis quinze ans, ils n'avaient pas d'enfants. Sally Caviness ? Joe secoua la tête. Toujours la vieille histoire : l'homme d'affaires cossu saisi par le démon de midi et qui s'entiche d'une femme beaucoup plus jeune que lui. Sally n'avait pas encore la trentaine, et elle était belle, extrêmement belle, avec une silhouette qui faisait se retourner les hommes quand elle passait dans la rue.

Sur la table de nuit, Joe bloqua la sonnerie du réveil, fixée à 3 heures. Sa partie de pêche à Cove Lake, il pouvait lui dire adieu. On était le 10 octobre ; à cette époque de l'année, les poissons revenaient vers la surface.

Il apporta le café dans le living-room. Frank Waverly était toujours assis là, prostré, le visage enfoui dans ses mains ; l'air démoli, accablé, comme un vieillard sous le poids des ans.

— Tiens, avale un peu de ce café bien chaud, dit Joe.

Lentement, expulsant péniblement ses phrases, Frank raconta. Il avait quitté l'appartement de Sally, aux « Superior Arms », à 9 h 30 du soir. A ce moment-là, selon lui, elle baignait en pleine euphorie ; il venait de lui promettre de l'épouser aussitôt que le divorce d'avec Wanda serait obtenu. Waverly marqua une longue pause avant de poursuivre :

— Quand je suis revenu un peu après minuit, j'allais lui annoncer une bonne nouvelle ; et je l'ai trouvée morte — étendue par terre sur le dos, abattue à coups de revolver !

Joe posa sa tasse vide.

— Quelqu'un t'a vu aller à son appartement, ou le quitter ?

— Le liftier, au début de la soirée. Il m'a monté vers 8 heures, mais il n'était plus là quand je suis parti à 9 h 30.

— Et la seconde fois ?

— Personne ne m'a vu. C'est un ascenseur automatique, et le liftier termine son service à 9 heures.

— Tu dis que tu es revenu après minuit pour lui annoncer une bonne nouvelle. Quelle bonne nouvelle ?

— Il devait être minuit et quart, je crois. Je revenais lui annoncer que nous avions surpris Wanda — oui, ma femme — dans une situation compromettante et qu'à présent Wanda ne pourrait plus s'opposer au divorce.

— Qu'entends-tu par « situation compromettante » ? demanda Joe, se hérissant soudain.

Wanda Waverly, il l'avait connue petite fille. Après trente ans d'exercice dans sa ville natale, un policier sait pratiquement tout ce qui s'y passe — à la fois à la surface et en dessous. Wanda avait du tempérament, certes, aucun doute là-dessus, mais sur son comportement, il n'avait jamais entendu la moindre rumeur défavorable.

— Rien de plus et rien de moins, dit Waverly. Nous l'avons surprise dans une situation compromettante. Je te demande de garder ça pour toi, Joe. Nous l'avons filée jusqu'à l'hôtel Picardy. Elle s'y trouvait avec un homme.

— Quel homme ? s'enquit Joe, très froid.

— Harry Dallery.

— Ce fils de... C'était un coup monté, Frank, et par toi, je le *sais !*

— Oui, c'était un coup monté. Elle refusait de m'accorder le divorce pour que je puisse épouser Sally.

— Et alors, que veux-tu que je fasse à présent ?

— Joe, je n'ai pas d'autre recours que toi, maintenant.

— Et Wanda, qu'en fais-tu ?

— Ecoute, Joe, je n'ai pas tué Sally ! Je te jure que non. Mais dès que le meurtre sera découvert, la police me tombera fatalement dessus. Ils interrogeront le liftier et sauront que j'étais là-bas hier soir. Toute la ville connaît ma liaison avec Sally.

— Qui d'autre pourrait avoir une raison de tuer Sally à part toi — ou Wanda ?

— Justement, c'est là tout le problème ! gémit Waverly. Wanda, elle, a un alibi parfait. Elle est arrivée à l'hôtel un peu après 9 heures et elle y est restée tout le temps, jusqu'au moment où nous les avons surpris ensemble, Dallery et elle, entre 10 h 30 et 11 h 45. Et puis, après notre départ, Dallery l'a promenée en bagnole pendant une demi-heure environ. Elle avait l'air assez retournée.

— Qui c'est ça, « nous » ?

— Mon détective privé, Choc Churchill. Il y avait aussi un photographe, Jim Durnell ; et le gérant de l'hôtel, et moi naturellement.

— Bon, ensuite ?

— J'ai attendu Dallery devant les Superior Arms, comme convenu. Nous sommes restés dans la voiture pour faire le point et nous mettre d'accord sur la conduite à tenir durant la procédure de divorce, au cas où Wanda ferait des difficultés. Après quoi je suis monté chez Sally.

— As-tu vu quelqu'un entrer aux Superior Arms, ou en sortir, pendant que tu attendais dehors ?

— Non.

— Où est le mari divorcé de Sally ?

— A la prison de Leavenworth, pour violation de la loi Dyer. C'était un récidiviste ; il a encore un an à tirer.

— Pourquoi es-tu venu me trouver ?

— Joe, ça fait longtemps qu'on est amis, toi et moi. Je ne suis pas un saint, tu le sais, mais je ne tuerais jamais personne. Je t'ai vu faire tes preuves, dans la police, tout au long des années. Tu es compétent, pondéré, solide ; tu as la tête sur les épaules. Ils vont m'en faire voir des vertes et des pas mûres, tes jeunes collègues, mais, toi, ils te respectent. Tu as de l'influence là-bas. Fais quelque chose, s'il te plaît, Joe !

— La première chose que je vais faire, répliqua Joe, c'est appeler la police et leur dire que Sally a été assassinée.

— Ecoute, Joe. Tu peux le leur dire, bien sûr, mais je voudrais que tu ailles à l'appartement pour inspecter les lieux. Vois si tu déniches quelque chose qui pourrait t'aiguiller sur le meurtrier — et ce n'est pas moi. Tu es le meilleur policier qu'ils aient jamais eu. Ces blancs-becs d'à présent ne sauront pas quoi chercher ; ils n'y penseront même pas.

— Rentre chez toi, Frank.

— Chez moi ? Après ce qui s'est passé, je n'ai pas de chez moi.

— Alors va à l'hôtel, tu dois bien en connaître un.

— Je serai au Wardlow.

— Okay. Restes-y. Sois là quand on aura besoin de toi.

Joe alla décrocher le combiné.

L'Inspecteur-Chef Marty Sauer et l'Inspecteur Frank Hopp attendaient devant les Superior Arms quand Joe arriva. Johnnie Brooksher, du service d'identification, muni d'un appareil photo et du nécessaire pour relever les empreintes, sortait au même moment d'une voiture à l'arrêt.

— Sally Caviness était la petite amie de Frank Waverly, non ? dit Sauer.

Joe eut un sourire en coin. Il l'avait bien formé, Sauer. Il n'avait pas révélé au siège le nom de son informateur, et voilà que Sauer reliait déjà Waverly au crime.

Brooksher saupoudra la poignée de la porte d'entrée de l'appartement de Sally, étouffa un juron et lâcha : « Rien ; impec. »

Joe ouvrit la porte avec la clef de Waverly. Ils entrèrent — Sally gisait au beau milieu du plancher devant un divan. Elle portait une chemise de nuit bleue et un négligé transparent. Elle avait trois trous dans la poitrine.

— Automatique calibre .25, énonça Brooksher en ramassant trois douilles vides en cuivre.

D'un luxueux appareil stéréophonique s'échappait le flot tumultueux d'une sonate de Beethoven.

— Arrêtez donc ce truc, dit Sauer. Ça me fait froid dans le dos.

— Du rock and roll serait plus dans la note à ton avis ? grommela Joe.

Il coupa le son.

— Il devait y avoir de la célébration dans l'air, émit Sauer, mais s'ils nageaient dans le bonheur à ce point-là, pourquoi faut-il qu'il l'ait tuée ? Quelqu'un aurait-il mis des bâtons dans les roues ?

Joe buvait à nouveau du petit lait. Qu'il le fasse travailler, son cerveau, ce garçon ! Dix ans plus tôt, quand l'agent motorisé Sauer avait été promu, on aurait peut-être pu l'accuser de bien des choses mais sûrement pas de penser.

Hopp examinait maintenant une photographie enca-drée qu'il venait de trouver sur la coiffeuse dans la chambre à coucher. C'était un portrait récent de Frank Waverly, au bas duquel on pouvait lire « A ma Sally chérie. »

— Dommage qu'un type comme Frank Waverly ait perdu la boule pour une fille comme ça, déclara Hopp. Mais elle était jolie, faut dire — et drôlement carrossée !

Ils laissèrent Brooksher photographier le corps et la pièce, les verres sur la table, la bouteille de champagne dans le seau à glace. Après quoi ils se mirent à fourrager un peu partout. Sous un oreiller froissé, sur le divan, Sauer découvrit un automatique de calibre .25 à crosse d'ivoire.

Brooksher l'examina, puis secoua la tête, écœuré. « Essuyé ; rien. »

— Parfait, ponctua Sauer. Et maintenant, si vous nous disiez ce que vous ne nous avez pas dit, Joe ? Qu'est-ce que vous savez ?

Joe leur apprit que Waverly était venu le trouver et leur fit part de sa réaction, sans plus.

— Bon, eh bien, on va aller l'épingler, dit Sauer. C'est forcément lui ; ou si ce n'est pas lui, il sait quelque chose.

— Possible, oui, dit Joe, seulement, il y a un ou deux petits détails que je ne comprends pas. Si Frank Waverly s'est querellé avec Sally et l'a abattue, pourquoi n'a-t-il pas emporté l'arme du crime — à supposer que ce soit ce pistolet qui l'ait tuée ? Et s'il a été assez bête pour laisser sur place ce pistolet, obéissant à je ne sais quelle pulsion psychologique saugrenue de son subconscient, l'incitant à se faire prendre, pourquoi alors a-t-il pris soin d'effacer consciencieusement ses empreintes sur le pistolet ?

— Allons le lui demander, trancha Sauer.

— Vas-y, toi, répliqua Joe. Il est à l'hôtel Wardlow. Voici la clef de l'appartement de Sally. Moi, je rentre.

De retour chez lui, Joe prépara son petit déjeuner, machinalement, l'esprit ailleurs. Il pensait à Frank Waverly et au pitoyable spectacle de la somptueuse Sally Caviness gisant inanimée sur le plancher de son appartement, mais, surtout, il pensait à Wanda Waverly.

Il tenait Wanda pour une femme à la fois belle et de

grande qualité, une des plus remarquables de Fort Sanders. Elle était riche, pouvait se montrer dure et avait la réputation de régenter d'une main ferme les organisations féminines auxquelles elle appartenait. Mais, jusqu'à plus ample informé, c'était une épouse dévouée et fidèle. Jamais il n'y avait eu l'ombre d'un ragot à son sujet, même lorsque la ville s'était mise à bruire de rumeurs sur Frank et Sally. Cela faisait maintenant deux ans que Frank fréquentait Sally — encore un pauvre imbécile à se laisser embobeliner par une jolie croqueuse de diamants.

Admettons, se dit-il en repensant au meurtre, que Frank et Sally se soient querellés — peut-être Sally menaçait-elle de le faire chanter ? Il est extrêmement rare qu'un homme tue avec une arme à feu une femme le menaçant de chantage. On le voit plutôt la gifler à tour de bras ou la battre comme plâtre, ou à la rigueur l'étrangler dans un accès de rage. Mais, de toute façon, même si Waverly, sortant de la norme, avait abattu Sally à coups de pistolet, pourquoi donc s'était-il ingénié à effacer ses empreintes sur l'arme tout en laissant celle-ci dans un endroit où elle serait inéluctablement découverte ?

Et puis, autre chose : ce petit pistolet de calibre .25 à crosse d'ivoire ; à première vue, il s'agissait là d'un choix de femme. Un homme utiliserait une arme de plus grande dimension, au moins un .32 ou un .38. La crosse d'ivoire également suggérait une femme. Mais quelle femme ? Pour l'instant, les deux seules femmes, dans cette affaire, c'étaient la pauvre Sally et Wanda Waverly. Or, Wanda se trouvait à l'hôtel Picardy au moment où le meurtre devait avoir eu lieu, et plusieurs témoins pouvaient le confirmer — d'excellents témoins — son mari, un détective privé, un photographe, le gérant de l'hôtel, et Dallery.

Joe Chaviski décida de se changer les idées et d'aller quand même à la pêche. Il désirait atteindre le lac Cove juste au lever du soleil. Il partait une heure plus tard que prévu, mais en conduisant vite, il arriverait peut-être à rattraper le temps perdu.

Bagnole, remorque et bateau filèrent à 120 à l'heure tout au long de l'Autoroute 22. Au sud de Paris, Joe dut emprunter une sinueuse route de montagne et réduire l'allure. Le sommet du Mont Magazine baignait dans la brume, mais à l'est le ciel s'embrasait. L'eau du lac, elle, était encore voilée d'ombre au moment où il engagea sa remorque en marche arrière sur la pente aménagée pour le lancement. Il chargea son canot, *Lucy* : cannes à pêche, hameçons, appâts, tout le fourniment, provision d'eau, boîte à casse-croûte, et deux ceintures de sauvetage. Il fixa son réservoir d'essence au moteur, puis embarqua aussi une pagaie.

Sur le lac, Joe prospecta divers points réputés poissonneux et s'appliqua à pêcher selon les règles de l'art. Aux alentours de cette date, ces deux dernières années, il avait attrapé de grosses perches, mais Madame La Perche n'était pas chez elle ce matin-là. Joe s'interrompit de temps à autre pour jouir simplement de la nature et du grand air. La surface de l'eau se rida au moment où le soleil se leva au-dessus de la colline, transformant la rive opposée en un kaléidoscope de couleurs — le rouge du sumac, du plaqueminier, le vert des cèdres et des pins, se mêlant aux ombres bleues d'une brume légère et au gris des rochers.

Joe pêcha jusqu'à midi, attrapant du menu fretin qu'il s'empressait de délivrer et de remettre à l'eau sur-le-champ. Il dévora son casse-croûte avec entrain couronnant le tout d'une bonne rasade de lait sucré qu'il avait conservé dans la glacière. Après quoi il fit demi-tour, regagna la rive, réinstalla promptement le canot sur la remorque et prit le chemin du retour. Son expédition s'avérait décevante, mais cela lui avait permis d'examiner tranquillement l'assassinat de Sally sous tous les angles.

Une fois rentré, dès qu'il eut déchargé le canot et changé de vêtements, il se rendit au poste de police. Brooksher lui apprit du nouveau. Les balles extraites du corps de Sally à l'autopsie provenaient bien du petit automatique découvert sous l'oreiller, et Frank

Waverly reconnaissait avoir acheté le pistolet trois ans plus tôt. Le procureur demanderait sa mise en accusation pour assassinat le lendemain matin.

— Waverly aurait-il craqué ? demanda Joe.

— Non, dit Brooksher. On l'a informé de ses droits, en particulier celui de ne pas répondre aux questions, mais il n'a pas voulu en faire usage. On l'a donc mis sur le gril pendant plusieurs heures. Il jure qu'il ignorait tout de la mort de Sally avant de pénétrer dans l'appartement et de la trouver étalée par terre. Selon lui, il a aussitôt foncé chez vous, espérant que vous pourriez l'aider.

Joe alla trouver Waverly dans sa cellule et s'assit à côté de lui sur sa couche.

— Parle-moi de ce pistolet, Frank. Il paraît qu'il est à toi.

— Bien sûr qu'il est à moi. Je le leur ai dit. Je l'ai acheté chez Star il y a trois ans.

— C'est l'arme du crime ; comment expliques-tu ça ?

— Je ne peux pas l'expliquer — je sais seulement qu'on l'a dérobé dans mon cottage de Sugar Loaf Lake où l'on a pénétré par effraction voici un peu plus d'une semaine. Le shérif possède un rapport sur le cambriolage.

— Qu'est-ce qu'il faisait au cottage, ce pistolet ?

Waverly hésita avant de répondre.

— C'était celui de Wanda, en fait. C'est pour elle que je l'ai acheté il y a trois ans.

— Comment s'y est-on pris pour entrer ?

— En brisant la fenêtre avec une grosse pierre et en grimpant pour passer par là.

— Tu maintiens toujours que tu n'as pas tué Sally ? Tu n'en démords pas ?

— Joe, tu le sais, que je ne l'ai pas tuée. Je suis innocent. Et je te demande de m'aider.

Joe quitta la cellule de sa démarche dandinante. A la porte du couloir, il se trouva face à face avec Frazier Amanda, un des meilleurs avocats au criminel de la région. Amanda le salua légèrement de la tête et se dirigea vers la cellule de Waverly. Fichtre, se dit Joe, le magot Waverly va se trouver amputé d'au moins dix mille dollars.

Au moment où Joe freinait pour stopper devant la demeure Waverly, une femme en sortait, l'air très préoccupé. Passant près de lui avant de s'engouffrer dans un taxi, elle ne lui adressa pas la parole ; il la connaissait pourtant bien. C'était Elizabeth Andrews, le dernier membre en vie d'une des plus vieilles familles de Fort Sanders, et amie de Wanda Waverly depuis l'enfance. L'assassinat de Sally et la mise en garde à vue de Frank Waverly avaient été divulgués à la télévision tout au long de la journée.

Une servante répondit à son coup de sonnette. Introduit dans le living-room, il vit apparaître Wanda Waverly presque immédiatement.

— Je suis heureuse de vous voir, dit-elle.

— Wanda, qu'est-ce que cette histoire à dormir debout de rendez-vous clandestin entre vous et Harry Dallery au Picardy ?

D'abord un peu désarçonnée, elle s'empourpra légèrement, mais reprit vite son sang-froid.

— Joe, mon mari, Frank... il n'a pas... M. Dallery est un homme charmant...

— Et vous, vous êtes une charmante menteuse, dit Joe. Allons, détrompez-moi, Wanda. Vous êtes une femme bien, et intelligente ; je vous connais, ça ne vous ressemble pas.

Elle rit.

— Pour qui travaillez-vous — pour Frank ?

— Oui, pour Frank, mais pas pour de l'argent. Il est venu me trouver la nuit dernière après avoir découvert le corps de Miss Caviness.

— Oui, je sais. La télévision en a parlé toute la journée. La police est venue me voir ce matin, mais bien entendu, ne sachant rien, je n'ai rien pu leur dire. Pauvre Frank. Je redoutais qu'il ne lui arrive des catastrophes avec cette Sally Caviness.

— Fred m'a dit qu'il vous avait piégée hier soir, qu'il avait monté le coup avec Harry Dallery en lui graissant la patte.

Elle rit à nouveau mais ne dit rien.

— Wanda, j'ai choisi de vous voir d'abord. Si vous ne jouez pas franc-jeu avec moi, j'irai m'attaquer à Harry Dallery. Un minable salaud comme lui, je saurai le faire parler, sans sortir de la légalité ; j'ai mes méthodes. Frank a reconnu qu'il s'agissait d'un coup monté. Moi, je sais fichtrement bien que vous n'étiez pas éprise de Dallery. Vous êtes une femme beaucoup trop sensée pour ça. Et je sais aussi que vous n'êtes pas allée là-bas afin de susciter la jalousie de Frank. Vous aviez toujours refusé de lui rendre sa liberté pour qu'il puisse épouser Sally. Alors, cette soudaine décision d'aller à l'hôtel avec Harry Dallery, ça ne colle pas, tout simplement.

Wanda dévisagea Joe d'un air pensif durant plusieurs secondes. Puis elle sourit.

— Bon, très bien, Joe. En entrant dans cette pièce, j'ai su tout de suite que vous ne lâcheriez pas prise avant de savoir la vérité. Non, ce fringant jeune Casanova, Harry Dallery, ne m'a pas séduite le moins du monde. Il a dix ans de moins que moi, je suis une femme mariée et... Enfin, je ne suis pas ce genre de créature.

— Alors, pourquoi...

— Il m'est apparu évident dès le début que Frank avait loué les services de Harry pour que celui-ci s'évertue à me faire tomber dans ses filets. Frank s'absentait de la ville beaucoup plus souvent que d'habitude — afin de fournir à Harry toutes facilités pour me voir. Harry m'a emmenée dîner à plusieurs reprises, est devenu de plus en plus enflammé, pressant — et finalement m'a proposé la botte, de façon courtoise bien sûr — tout en me laissant entendre que Frank, de son côté, se payait du bon temps avec Sally, ce que je savais depuis longtemps.

« Alors, je lui ai forcé la main, je l'ai amené à tout me raconter moyennant un peu d'argent, et j'ai appris que Frank lui offrait mille dollars s'il parvenait à m'entraîner à l'hôtel avec lui. Frank faisait ça, bien sûr, pour me compromettre, afin que je file doux pendant la procédure de divorce qu'il engagerait contre moi.

— Et vous avez fait son jeu ? Vous lui avez facilité la tâche en tombant dans le panneau ?

— Oui, mais à dessein. En doublant la mise de Frank, j'ai obtenu de Harry la promesse de dévoiler toute cette sordide combine quand la question serait soulevée au tribunal. J'étais persuadée que, une fois cet édifiant tableau étalé sous les yeux du juge, mon avocat et moi serions en mesure d'amener Frank Waverly à maudire le jour où il avait connu Harry Dallery — ou Sally Caviness, aussi bien.

Joe émit un léger sifflement.

— Je n'aimerais pas jouer au poker avec vous, Wanda.

Elle se mit à rire.

— Je ne suis pas un ange, Joe. Mon père ne m'a pas laissé son argent pour qu'un homme comme Frank Waverly me l'enlève — et encore moins une Sally Caviness. Pour ce qui est de se battre à la déloyale, je suis tout aussi douée qu'eux — et je peux même leur damer le pion. J'ai toujours été capable de haine, Joe. Je n'oublie rien et ne pardonne jamais.

— Bon, très bien, dit Joe. J'allais vous demander ce que vous vouliez que je fasse en ce qui concerne Frank. Après tout, il devrait vous rester encore un peu d'affection pour lui après quinze ans de mariage.

Wanda perdit un instant sa fausse assurance et son air de bravade.

— J'ai profondément aimé Frank, Joe, je lui ai tout donné. Je lui ai été entièrement fidèle, en pensée comme en acte. Et puis cette petite garce de Sally Caviness est entrée dans sa vie. Depuis deux ans, il a passé son temps à réclamer le divorce, et cela, ça fait mal, Joe. Mais, en plus, il voulait s'attribuer la majeure partie de ce que nous possédons en commun — tout ça pour Sally, comprenez-vous — pour Sally !

Elle se remit à rire, bruyamment. Joe se dit qu'elle frôlait l'hystérie.

— J'aurais bien voulu, oh ! oui, s'exclama-t-elle,

j'aurais bien voulu voir sa figure quand il l'a trouvée par terre en entrant dans l'appartement, par terre, morte, *morte !*

Le soir même, Joe agrafait Harry Dallery. En moins de cinq minutes, Harry crachait tout ce qu'il savait — comment Frank Waverly avait effectivement loué ses services pour qu'il séduise sa femme et comment Wanda, perçant à jour ses intentions, avait réussi à le persuader de trahir Waverly en lui offrant encore plus d'argent.

— Quand a-t-elle décidé de se prêter à cette comédie du pseudo-flagrant délit ? demanda Joe.

— Il y a deux semaines environ. Voyons voir, c'est le soir où son mari était censé se trouver à Saint Louis. Oui, il y a eu deux semaines hier soir. Elle m'a déclaré qu'elle irait à l'hôtel comme si elle y avait un véritable rendez-vous amoureux avec moi — rendez-vous qui s'avérerait bidon d'un bout à l'autre, bien entendu.

Ce soir-là, une fois son repas terminé, Joe se mit à marcher de long en large pendant plus d'une heure, martelant par intermittence sa paume de son poing, ou fourrageant dans ses courts cheveux grisonnants, et lâchant de temps à autre un « Bon Dieu de Bon Dieu ! » ou un « Nom de nom ! »

A force de ruminer, il en arrivait à la conclusion qu'il devait y avoir une quatrième personne impliquée dans l'affaire. Le coupable ne pouvait être Harry Dallery. Pour la nuit du meurtre, tous les mouvements de Dallery étaient connus, dûment contrôlés, minute par minute. Il se trouvait soit avec Wanda Waverly, soit dans son propre appartement, attendant un appel de Wanda, soit avec Frank Waverly, depuis le moment où Frank avait quitté l'appartement de Sally jusqu'à celui où il avait découvert le corps à son retour. Ce ne pouvait être Wanda, bien qu'il eût compris, dès l'instant où il l'avait vue perdre contenance, que la liaison de Frank et de Sally lui infligeait une véritable torture morale, et que si elle éprouvait de la rancune et de la haine, ce n'était peut-être pas seulement à l'égard de

Sally, mais aussi de Frank. Il savait son ressentiment de femme bafouée suffisamment fort pour l'amener à tuer Sally au cas où l'occasion s'en serait présentée, mais Wanda disposait d'un alibi de bronze ; Dallery et l'hôtel étaient là pour le confirmer. Hopp et Sauer avaient enquêté au Picardy ; arrivée à 9 h 15, elle s'était fait monter du café à 9 h 30 et avait rendu le plateau à 10 heures.

Ce n'était sûrement pas Frank Waverly — ou plus précisément, il ne possédait pas le moindre mobile avant son expédition pour pincer Wanda en flagrant délit à l'hôtel. Cette opération n'ayant eu qu'un seul but : permettre à Frank d'épouser Sally en contraignant Wanda, une fois compromise, à accorder le divorce. D'un autre côté, si Frank avait tué Sally à son retour, quel pouvait bien avoir été subitement son mobile ? Et pourquoi diable songer à effacer toute trace d'empreintes sur l'arme du crime pour finalement la laisser sur place, complaisamment fourrée sous un oreiller du divan ? Non, sa culpabilité n'était pas plausible. D'ailleurs, Frank et Sally comptaient bien fêter leurs futures épousailles si le coup monté contre Wanda à l'hôtel Picardy réussissait ; la bouteille de champagne dans le seau à glace servait de témoin muet.

Il devait absolument y avoir quelqu'un d'autre, un quatrième élément venant se loger dans ce fichu imbroglio, une personne qui haïssait Sally Caviness. Pouvait-il s'agir d'un amoureux éconduit ? Dans cette hypothèse, que venait faire là-dedans le pistolet Waverly ? Une coïncidence ? Il se serait introduit par effraction dans le cottage Waverly, cet amoureux éconduit ? Il y aurait dérobé le pistolet et s'en serait ensuite servi pour abattre Sally ? L'éventualité d'une aussi abracadabrante coïncidence n'était guère envisageable.

Non, décidément, le quelqu'un en question en voulait à Frank Waverly, lui en voulait à mort — au point de l'attirer dans un piège fatal. *Un piège ?* Joe interrompit brusquement son va-et-vient pour s'immobiliser et se gratter le crâne.

Un *piège* — dans une rivalité d'affaires, Joe le savait, il arrive que les dirigeants d'une firme commencent par allécher la partie adverse avant de l'abattre ; lui donnent à croire qu'ils vont faire telle ou telle chose et puis en font une autre entièrement différente ; tout comme un criminel ingénieux, pour démolir sa victime, la fait tomber dans un piège au moyen d'un appât. Mais dans l'assassinat de Sally ? Supposons un ingénieux amateur — comment s'y prendrait-il, ou s'y prendrait-elle ? Joe sentait de plus en plus qu'il y avait quelque chose de louche dans cet assassinat de Sally Caviness, mais il avait beau gamberger intensément, il ne parvenait pas à rassembler toutes les pièces du puzzle. Il décida de se rabattre sur la routine, la bonne vieille routine policière.

Il alla vérifier à l'hôtel les conclusions du rapport de Sauer et Hopp sur le bref séjour de Wanda Waverly en ces lieux. Rien à redire à ce rapport : l'heure de l'inscription, l'heure où elle s'était fait servir dans sa chambre, l'heure où elle avait renvoyé le plateau, tout était rigoureusement exact. Joe se rendit ensuite au siège de la compagnie de taxis Black and White. Wanda avait-elle pris sa voiture pour aller au Picardy ou avait-elle appelé un taxi ? D'après Waverly, Dallery avait baladé Wanda en bagnole pendant une trentaine de minutes, sitôt terminée l'opération flagrant délit, mais Waverly ne lui avait pas précisé si Dallery l'avait ensuite reconduite chez elle ou ramenée à l'hôtel, où Wanda pouvait avoir laissé sa voiture — peut-être simplement garée dans la rue.

Il n'y avait pas trace d'un appel provenant de l'adresse Waverly. Joe entreprit de recenser toutes les prises en charge effectuées par les taxis au Picardy cette nuit-là. Il y en avait huit. Cinq d'entre elles se situaient en début de soirée, entre 6 et 9 heures. Il y en avait une à 10 h 10 et deux autres vers minuit.

Celle de 10 h 10, effectuée par le taxi n° 150, semblait intéressante. Le chauffeur s'appelait Chuck Frambers. Le préposé ou dispatching le joignit chez lui. Oui, pardi, il se souvenait de la course. Il s'agissait d'une

56

dame de belle apparence d'environ quarante ans. Elle portait quelque chose de bleu. Il l'avait emmenée de l'hôtel jusque chez elle, au 201 North Sixteenth Street. Son nom, il le connaissait, pour sûr, mais, sur le moment, ça lui échappait. Non, elle n'avait pas bu. Ce n'était pas une dévergondée ou quelque chose comme ça ; non, une femme bien. Elle était blonde et, selon lui, « vraiment chouette ».

On n'avait enregistré, en réponse à un appel, aucune prise en charge au 201 North Sixteenth Street ce soir-là entre 8 h 30 et 9 h 15, mais cela ne signifiait rien. La femme aurait pu se faire déposer à l'hôtel par un ami, ou une amie, puis revenir chez elle en taxi ; ou bien aller à pied jusqu'à la station de Main Street, assez proche de son domicile, et prendre là un taxi. Elle pouvait également avoir dîné dans un quelconque restaurant avant de se rendre à l'hôtel.

Naguère, Joe aurait pratiquement pu mettre un nom sur toutes les personnes habitant North Sixteenth Street. Cette rue se trouvait dans la portion la moins décrépite des vieux quartiers de Fort Sanders. Il ferait un saut, au 201 North Sixteenth Street. Cette séduisante dame « bien » qui partait seule du Picardy pour rentrer chez elle à 10 heures du soir, cela l'intriguait.

Joe jugea bon de faire d'abord une visite à la compagnie concurrente, celle des Checkered Cabs. Il eut la chance de taper tout de suite en plein dans le mille. On y avait enregistré une prise en charge au 201 North Sixteenth Street, effectuée à 9 h 8 par le nº 235. Le chauffeur, Lem Johnson, fut convoqué au bureau.

— Voyons voir, fit-il. Oh ! Oui, bien sûr, un beau brin de femme, la dame que je suis passé prendre à cette vieille bâtisse en brique. Je m'en souviens très bien — joliment fringuée, un ensemble bleu clair. Pas une jeunesse, non, mais elle en jetait, faut dire. Plutôt grande et bien roulée. Des cheveux foncés. L'ai jamais vue avant, mais je suis nouveau dans cette ville, faut dire. Je l'ai conduite à l'hôtel Picardy. Semblait un peu agitée. Mais pas une poule, non, pas du tout — une dame vraiment bien. C'est tout ce que je peux dire.

Une blonde... une brune ! Brune pour aller à l'hôtel, blonde pour en partir ! A part cela, des descriptions identiques. Un de ces types devait souffrir d'un daltonisme aggravé. Joe démarra en direction du 201 North Sixteenth. Puis en cours de route, cela lui revint — il savait qui habitait là. Il changea de cap et se dirigea vers le poste de police.

Marty Sauer s'apprêtait à s'engouffrer dans sa bagnole pour regagner ses pénates, service achevé. Joe s'arrêta à sa hauteur.

— Allez, viens, monte avec moi, dit-il.

— Pour quoi faire ?

— Pour aller parler à quelqu'un.

— A propos de quoi ?

— Tu viens, oui, ou faut-il que je fasse appel au shérif ? lança Joe.

Sauer prit place à côté de Joe.

— Où va-t-on ?

— On va faire un brin de causette avec Miss Elizabeth Andrews à propos de l'affaire Sally Caviness.

Sauer siffla entre ses dents.

Ils stoppèrent en face d'une demeure en brique plutôt vétuste, ornée de colonnes blanches ayant visiblement besoin de réfection. Deux magnolias géants se dressaient devant ; le petit jardin de façade était jonché de feuilles mortes. Le soleil se préparait à se coucher ; un oiseau moqueur poussait des trilles dans un des magnolias. Sur un panneau défraîchi, au-dessus de la porte, on pouvait lire : « Ecole d'Art Dramatique. »

Joe tira sur une sonnette ancien modèle. La porte fut ouverte par Elizabeth Andrews, vêtue d'un peignoir bleu. C'était une femme d'assez impressionnante beauté ; l'arrangement de sa coiffure blond platine était une véritable œuvre d'art.

— Oh, monsieur Chaviski, c'est vous!... c'est à peine si je vous ai reconnu. Je suis dans un tel état d'agitation que je ne sais presque plus ce que je fais. Je vais fermer mon école, monsieur Chaviski.

— Fermer votre école !

les yeux d'Elizabeth étaient rougis ; elle avait pleuré. Elle les emmena dans le living-room.

— Oui, je ferme. Il y aura une annonce dans le journal de dimanche. Je retourne à Hollywood. Mais asseyez-vous donc, messieurs. Que puis-je faire pour vous ?

— Vous retournez ? fit Joe.

— Mais oui ; voyons, vous vous en souvenez sûrement ! Il y a déjà pas mal d'années que je n'étais plus là-bas, beaucoup trop longtemps. C'est merveilleux d'y revenir.

— Vous avez signé pour un autre film ?

— Ma foi, non, pas exactement. Je vais y passer l'hiver et faire le point avec mon agent. Je voudrais entrer à la télévision. Mais monsieur Chaviski, ce monsieur est...

— Marty Sauer. Inspecteur Marty Sauer, de la Brigade criminelle.

— La Brigade criminelle ! Mon Dieu ! Je me demandais, aussi... Pourquoi êtes-vous venus me voir, *moi ?*

— C'est au sujet de cette affaire Frank Waverly, dit carrément Joe, sans prendre de gants.

le visage d'Elizabeth blanchit soudain, puis devint tout rouge.

— Vous êtes en termes très amicaux avec Wanda Waverly, n'est-ce pas ? Je vous ai vue sortir de chez elle hier après-midi.

— Une excellente amie, une amie très chère, monsieur Chaviski. Quand j'ai appris par la télévision ce qui était arrivé à Sally Caviness et qu'on avait appréhendé Frank Waverly, j'en ai été si affectée que je me suis précipitée chez Wanda pour lui apporter un peu de réconfort. Wanda ne méritait pas ça. C'est elle qui a fait de Frank ce qu'il est aujourd'hui. Il n'était rien du tout avant de l'épouser.

— Oui, oui, je sais...

Chaviski parcourait la pièce du regard. Un morceau de plâtre, de la dimension de sa main, s'était détaché près d'une encoignure du plafond. Des craquelures zébraient le mur opposé. L'étoffe recouvrant les bras de son fauteuil s'élimait. Devant la porte et les sièges, on voyait la trame de la moquette.

— Nous venons vous prendre pour vous emmener chez Wanda, dit Joe.

— Mais Wanda n'a pas besoin de me revoir. J'ai fait tout ce que je pouvais...

— Je ne le pense pas, l'interrompit Joe avec un sourire sans joie.

— Très bien, je vous suis, fit-elle d'une voix sourde après avoir scruté son visage. Laissez-moi le temps de passer quelque chose.

Elizabeth demeura silencieuse tout au long du trajet et jusqu'au moment où Wanda apparut, fort pâle, mais gardant toujours la tête haute.

— Encore vous, Joe ? Et toi, Liz ?

Joe alla droit au but.

— Voici l'Inspecteur Marty Sauer de la police criminelle. Nous avons vérifié les mouvements de Miss Andrews le soir où Sally Caviness a été tuée.

Elizabeth se leva à moitié de son fauteuil en portant brusquement les mains à sa bouche.

— Wanda, je ne leur ai rien dit, rien du tout.

— Et vous, vous ne voulez pas nous le dire, Wanda ? lâcha Joe.

— Vous dire quoi, Joe ?

— Simplement à quel point Miss Andrews se trouve impliquée dans cette affaire avec vous, Wanda. Ce serait vraiment dommage pour elle d'être obligée de renoncer à cette chance qui lui est offerte de retourner à Hollywood.

Pour la première fois, Wanda baissa la tête ; puis elle se mit à parler, d'une voix à peine audible.

— A quoi bon — à quoi bon nier quoi que ce soit. Vous ne seriez pas là si vous n'aviez pas tout compris. Et moi qui m'étais crue si habile !

Elle releva la tête ; sa voix redevint claire et son ton altier :

— Elizabeth est totalement innocente, Joe, le diable vous emporte. (Elle atténua l'invective par un sourire.)

Hier, quand, par la télévision, elle a appris la mort de Sally, elle a fait le rapprochement et elle est venue tout naturellement me trouver pour avoir des explications. Je lui ai demandé de se taire, de garder pour elle le peu qu'elle savait sans chercher à découvrir ce qu'elle ignorait et ne faisait que soupçonner — en lui laissant entendre qu'en échange je réglerais tous ses frais à Hollywood pour au moins six mois.

— Je ne leur ai rien dit ! répéta Elizabeth.

Wanda lui sourit.

— Ne t'inquiète pas, Elizabeth. Le marché tient toujours. Voyez-vous, jusqu'à hier, tout ce qu'Elizabeth a fait pour moi a été de passer une heure ou deux au Picardy en jouant le rôle de Wanda Waverly. Sachant qu'elle avait un pressant besoin d'argent, je lui ai dit que je lui donnerais deux cents dollars si elle voulait bien s'inscrire à l'hôtel sous mon nom. Je lui ai raconté que Frank essayait de monter une machination contre moi et qu'il m'était indispensable, pour la déjouer, de me trouver en deux endroits à la fois ce soir-là. Elle a accepté. Elle s'est rendue à l'hôtel de bonne heure, arrangée comme moi — même genre de vêtements, même coloris, mêmes accessoires, avec une perruque foncée assortie à ma couleur et ma coupe de cheveux. Une fois installée, quelque vingt minutes plus tard, elle s'est fait monter une consommation, conformément à mes directives, et puis au bout d'un certain temps, elle a fait enlever le plateau, en gratifiant le garçon d'un généreux pourboire pour qu'il s'en souvienne bien. Tout ceci afin d'établir la preuve que, « moi », j'étais restée tout le temps dans la chambre. Le réceptionniste ne nous connaissait ni l'une ni l'autre. Voilà, c'est tout ce qu'Elizabeth a fait et c'est tout ce qu'elle savait.

— Miss Andrew ne fera l'objet d'aucune inculpation, dit Joe, se gardant bien de préciser que, dans l'éventualité d'un procès, elle serait le principal témoin à charge.

Wanda poursuivit :

— Quand la haine s'empare de vous, elle vous rend

aveugle ; on en perd la raison. Frank est devenu méprisable à mes yeux. En fait, je me suis mise à le haïr encore plus que Sally. Il ne s'agissait pas seulement pour moi de protéger mon argent, l'argent que m'a laissé mon père. Je voulais faire souffrir Frank de la pire façon ; je voulais sa perte.

— Vous lui avez donc tendu un traquenard qui a bien failli lui être fatal. Vous l'avez berné en retournant contre lui son propre piège. Vous avez fait semblant de vous prêter à cette comédie du flagrant délit après avoir acheté Harry Dallery, vous assurant ainsi un alibi parfait. Vous avez obtenu de Miss Andrews qu'elle se fasse passer pour vous et s'inscrive sous votre nom au Picardy. Vous aviez prévu d'appeler Dallery à son appartement, une fois que, votre tâche accomplie, vous seriez en mesure de le faire, de telle sorte qu'il vienne vous rejoindre dans votre chambre d'hôtel environ quinze minutes avant l'irruption de votre mari, du photographe et des autres témoins.

— Oui, Joe. Au moment où Elizabeth se présentait sous mon nom à l'hôtel, moi, j'attendais dans ma voiture près des « Superior Arms », à un demi-pâté de maisons, guettant l'instant où Frank partirait de chez Sally. Bien entendu je savais depuis des mois où se trouvait leur nid d'amour. J'avais sur moi le petit automatique, prétendument dérobé dans le cottage près du lac. Frank est sorti vers 9 h 30 ; il est monté dans sa voiture et a filé chez Dallery pour entamer l'opération flagrant délit. Je suis entrée aux « Superior Arms » immédiatement après, arborant une perruque blonde, pour le cas où je rencontrerais quelqu'un, ce qui ne s'est pas produit. A cause de la perruque, Sally ne m'a pas reconnue quand elle a entrebâillé la porte. Je lui ai dit d'un ton confidentiel que j'avais un message de la part de Harry Dallery, et elle m'a laissée entrer. J'ai alors ôté ma perruque, afin qu'elle sache qui j'étais ; j'ai monté le son de la stéréo, et je l'ai abattue de trois coups de feu alors qu'elle me suppliait de l'épargner. Vous connaissez le reste.

Joe hocha la tête :

— Ensuite, vous vous êtes rendue à l'hôtel, vous avez pris la relève de Miss Andrews et avez appelé Harry Dallery chez lui. Vous pensiez vous être assuré un alibi en béton — « vous » étiez restée à l'hôtel toute la soirée, Harry Dallery allait vous y rejoindre pour le prétendu rendez-vous amoureux — et votre mari et ses acolytes seraient là pour témoigner que vous aviez été dans l'impossibilité d'assassiner Sally Caviness.

Le menton levé, arborant un orgueilleux port de reine, Wanda déclara :

— Rien ne m'a jamais procuré autant de satisfaction que d'éliminer Sally.

Mousetrap
Traduction de Philippe Kellerson

Faire le poids

par

D̶UANE D̶ECKER

Fatstuff se rendait compte, en passant ses doigts sur
le costume apporté à l'instant par l'infirmière, que le
tissu était du velours côtelé. Ce qui signifiait que ce
n'était pas *son* costume.

— Il y a eu une erreur, dit-il d'un ton contrarié, ce ne
sont pas là mes vêtements.

— C'est vrai, répondit-elle. Mais les vôtres ont été
très déchirés par l'accident. Ceux-ci devront suffire, en
attendant que vous en achetiez d'autres. Au fait, c'est
un cadeau de l'Armée du Salut.

— Ah ! fit Fatstuff, rasséréné. Et quand m'enlèvera-
t-on le bandeau des yeux ?

— Dès que le docteur viendra. Il sera là d'un
moment à l'autre.

— Bien, dit-il, je préfère attendre d'y voir clair pour
mettre le costume.

Il s'adossa à la tête du lit d'hôpital. Il se souvenait
nettement de son accident. Il savait pourquoi tout avait
raté : il avait bu trois bons coups de whisky pour se
donner du cran, puis marché sous un soleil brûlant.
Epuisé comme il l'était, cela lui avait joué un mauvais
tour.

A l'extrémité du pré, près de la lisière du bois, il était
arrivé jusqu'au puits tari. C'était là qu'il avait caché
l'argent plusieurs semaines auparavant, en le mettant
dans un seau en tôle galvanisée qui se trouvait maintenant sur la terre sèche, au fond du puits.

A la main, il tenait un cintre en fil de fer, dont les trois branches avaient été rapprochées en les serrant l'une contre l'autre, et qui faisait penser à un concombre terminé par un crochet. A ce dernier, il avait attaché une corde assez longue. L'ensemble ainsi bricolé formait un accessoire rudimentaire destiné à être balancé de côté et d'autre au fond du puits, jusqu'à ce que le crochet s'engage sous l'anse du seau. Fatstuff pourrait ensuite remonter le seau et en retirer l'argent. Il y en avait pour trente mille dollars.

Mais quand il eut atteint le puits, le soleil ardent et le whisky, s'ajoutant à sa faiblesse, l'avaient soudain terrassé. Il se rappelait qu'un instant avant de s'évanouir, sa tête et ses épaules avaient violemment heurté la margelle du puits grossièrement maçonnée.

En entendant sonner 5 heures à une église romaine, Fatstuff sursauta. Il avait déjà perdu six heures et Bertha était sans doute en train de faire les cent pas devant l'arrêt de l'autobus de Pomeroy. Elle devait commencer à le soupçonner d'avoir filé avec l'argent. Si elle se laissait gagner par la colère et la rancune, elle pourrait bien donner un coup de téléphone pour que la police vienne mettre la main sur Fatstuff. Il lui fallait donc sortir de l'hôpital sans perdre une minute, afin d'aller chercher l'argent et rejoindre Martha à la station d'autobus, avant qu'elle ne perdît patience.

Il demanda à l'infirmière :

— Comment suis-je arrivé à l'hôpital ?

— Un chasseur passait par là. Il vous a trouvé sans connaissance et il vous a tantôt porté, tantôt traîné jusqu'à sa voiture. C'est pourquoi vos vêtements sont tellement abîmés. Puis, il vous a conduit ici, à l'entrée des urgences.

Il pouvait bénir ce chasseur. Il revoyait clairement ce qui s'était passé et réalisait pourquoi l'affaire avait d'emblée mal tourné. Mais ce n'était pas encore trop tard. L'argent se trouvait toujours là-bas, attendant d'être ramassé par lui, et lui seul.

Tout avait bien commencé. Cela remontait à plusieurs mois. Il traînait comme un clochard et tentait de

65

gagner New York en faisant de l'auto-stop. A la nuit tombée, il s'était trouvé aux abords d'un petit patelin : Appleton.

D'une modeste ferme, en retrait d'une centaine de mètres de la rue de la Poste, les fenêtres éclairées avaient paru lui adresser une invite amicale. Il avait frappé à la porte et Bertha était venue lui ouvrir. Elle l'avait fait entrer, lui avait offert à dîner et proposé ensuite de rester pour passer une bonne nuit. Il en avait vraiment besoin.

Bertha était une pauvre veuve, vivant seule et ne possédant rien d'autre qu'une ferme ravagée par les termites. Il n'empêche que Fatstuff resta volontiers chez elle une semaine. Après qu'il eut gagné sa confiance, elle lui avait dévoilé un projet qu'elle avait mis au point depuis longtemps, en attendant de rencontrer le partenaire qui conviendrait.

Elle lui avait expliqué qu'il existait, à environ cinq cents mètres en suivant la rue de la Poste, un chemin de terre qui, après un tournant, aboutissait à la société de machines-outils Macklin. Tous les vendredis après-midi, à 3 heures exactement, le vieux Macklin passait dans sa voiture devant la maison de Bertha, s'engageait sur le chemin de terre et, passé le tournant, continuait jusqu'à son usine, muni de la paye de la semaine. Il s'en chargeait toujours seul. C'était, depuis de longues années, un individualiste intransigeant. Et il était âgé, faible, confiant et sans défense.

Tout ce que Fatstuff aurait à faire, avait poursuivi Bertha, serait de se trouver au tournant du chemin de terre un peu avant 3 heures et de se coucher sur le sol dès qu'il entendrait la voiture approcher. M. Macklin, qui remplissait à l'église les fonctions de diacre, s'arrêterait et mettrait pied à terre afin de secourir un homme en détresse. Bertha possédait un vieux pistolet Luger dont Fatstuff pourrait se servir pour tenir Macklin en respect pendant qu'il le soulagerait de l'argent de la paye.

Entre-temps, au volant de son vieux coupé, Bertha aurait suivi la rue de la Poste jusqu'à une cinquantaine de mètres au-delà de l'embranchement du chemin de terre et dissimulé le véhicule à l'écart de la rue, puis serait rentrée chez elle. Après s'être emparé de la paye, Fatstuff se hâterait de rejoindre la voiture de Bertha, la conduirait directement à l'arrêt d'autobus de Pomeroy et de là prendrait l'autobus jusqu'à New York.

Puisque personne n'aurait pu remarquer le vieux coupé lors du hold-up, Bertha, pour sa part, prendrait le bus de chez elle jusqu'à Pomeroy, y retrouverait sa voiture laissée là par Fatstuff et rejoindrait celui-ci par la route à New York.

— C'est simple comme bonjour, avait dit Bertha.

Fatstuff dut l'admettre. Il mit le projet à exécution.

Mais une surprise fâcheuse l'attendait, car le vieux Macklin avait un revolver. Des coups de feu avaient été échangés, mais Fatstuff avait tiré plus vite et plus juste.

Il avait laissé Macklin inanimé. Le vieux paraissait mort et Fatstuff n'avait pas perdu de temps à s'en assurer. Il avait foncé vers le vieux coupé de Bertha ; mais, conscient dès lors d'être un meurtrier, il lui avait semblé trop risqué de prendre la route jusqu'à Pomeroy. Contrairement au plan convenu, il s'était donc dirigé vers la ferme afin de s'y réfugier.

Il savait qu'il devrait y rester enfermé pendant quelque temps. C'est pourquoi l'idée lui était venue de cacher l'argent dans le puits à sec. Tant que Bertha ne saurait pas exactement où se trouvait le magot, elle serait contrainte de lui donner asile et de le soigner.

Peu après, la radio leur apprit que le vieux Macklin était mort, mais non sans avoir fourni de son agresseur un signalement détaillé, qui pourrait se révéler accablant pour Fatstuff.

— C'était l'homme le plus petit et le plus gros que j'aie jamais vu, avait déclaré Macklin. Le genre de type qu'on pourrait appeler un gros tas. Avec d'énormes bajoues, des cuisses si fortes qu'elles faisaient presque craquer son pantalon quand il bougeait et un ventre formidable. Impossible de ne pas le remarquer. On pourrait le repérer même dans une foule.

Fatstuff et Bertha réalisèrent qu'il ne pourrait désormais se montrer à l'extérieur de la ferme. A Appleton, n'importe qui le remarquerait et se souviendrait. C'est alors qu'une idée géniale germa dans l'esprit de l'obèse : il s'obligerait à vivre dans le grenier et y suivrait un régime sévère jusqu'à ce qu'il devienne un petit homme décharné et chétif.

Il monta donc au grenier et y demeura en solitaire pendant près de deux mois. Bertha ne lui apportait rien d'autre que du lait écrémé, des laitues et des pamplemousses. Les kilos s'envolèrent peu à peu, au point qu'il finit par ressembler à un squelette ambulant. Le jour vint où il estima pouvoir passer à l'action sans aucun risque.

Couché dans son lit d'hôpital, Fatstuff se tourna sur le côté. Il pensait que s'il était évanoui près du puits, la cause en était ce régime de famine et aussi les rasades de whisky et le soleil ardent. Mais, comme Bertha ignorait l'incident, elle avait dû prendre l'autobus pour Pomeroy, où elle l'attendait. Si jamais elle piquait une colère...

Il s'adressa à l'infirmière :

— Dois-je signer un papier pour pouvoir sortir d'ici ?

— Non, répondit-elle, vous êtes maintenant rétabli. Quant à votre état mental... enfin, la commotion n'a été que temporaire. Ah ! voici le docteur qui arrive.

Fatstuff se laissa glisser de façon à se tenir assis au bord du lit. Il sentit qu'on lui touchait l'épaule et entendit la voix cordiale du médecin :

— Hello !

Fatstuff était préoccupé par le costume de velours côtelé.

— Docteur, dit-il, j'apprécie beaucoup ces vêtements gratuits, mais ils pourraient être mieux ajustés à ma taille.

— Je crois qu'ils vous iront assez bien, affirma le médecin.

— Est-ce qu'on se moque de moi ? reprit Fatstuff. Ce costume me semble aussi large qu'une toile de tente.

— Que voulez-vous ! Pendant que vous étiez presque inconscient, vous avez fait preuve d'un appétit d'ogre.

— Mais... c'était seulement ce matin !

Il sentit que le médecin retirait avec soin le bandeau couvrant ses yeux et l'entendit qui disait :

— Qui se moque de qui ? Nous sommes le dix-sept septembre. On vous a amené ici dans les premiers jours d'août. Depuis lors, votre esprit n'a pratiquement plus rien perçu, et vos yeux non plus ; c'est-à-dire, depuis que vous avez heurté la margelle de ciment.

Le bandeau était enlevé. Fatstuff se leva lentement. Puis, à pas comptés, s'avança vers une grande glace qu'il voyait de l'autre côté de la salle. Arrivé devant, il se regarda et resta pétrifié de stupeur. Il ne pouvait détacher les yeux de son image.

Il était redevenu Monsieur Gros Tas. Les bajoues volumineuses, les cuisses épaisses, l'énorme tour de taille avaient reparu. Il était, à n'en pas douter, aussi monstrueusement gros qu'avant d'avoir suivi son régime de famine. Dès qu'il ferait un pas dans la rue, la police lui mettrait la main au collet, avant même qu'il n'ait eu le temps de ramasser l'argent ou de quitter la ville.

Derrière lui, le docteur demanda :

— A présent, êtes-vous prêt à partir ? Vous savez que vous êtes libre de vous en aller.

Fatstuff s'efforçait en vain de retrouver la parole, mais n'arrivait qu'à penser :

— Non ! Non ! *Non !*

Weighty problem
Traduction de F. W. Crosse

Poupée vaudou

par

HENRY SLESAR

Amalie passa la soirée à préparer du café et à porter précipitamment dans le bureau des tasses fumantes, tout en marmonnant de mystérieux jurons jamaïquains. Claire Pfeifer n'y prêta aucune attention : elle savait que ça soulageait sa domestique de pester contre ses révoltantes conditions de travail. Néanmoins, à 11 h 30, elle entrebâilla la porte du bureau pour signaler à son mari et à l'associé de celui-ci que la réserve de café n'était pas inépuisable.

Bill Pfeifer ne prit pas la peine de lui répondre, mais Joey Krantz leva la tête d'un air confus et s'excusa d'empêcher la maisonnée de se coucher. Mme Pfeifer apaisa les scrupules de Joey et agita la main en guise de bonsoir. Elle était habituée à ces séances tardives ; depuis que la fabrique de jouets avait vu le jour, ces réunions s'étaient multipliées. Bill disait que c'était là un des inconvénients de travailler pour son propre compte : on ne pouvait pas avoir d'horaires fixes. Claire ne s'en formalisait pas. Il y avait de l'animation quand les deux hommes discutaient avec enthousiasme d'un nouveau projet ; elle n'avait jamais connu cette atmosphère à l'époque où Bill, simple représentant en jouets, faisait péniblement bouillir la marmite. A présent, les affaires étaient florissantes ; il lui suffisait, pour s'en convaincre, de jeter un coup d'œil sur son impressionnante garde-robe.

Le sourire aux lèvres, Claire monta vivement dans la

nursery pour couver une dernière fois de son regard maternel le minois angélique de la petite Poppy.

En bas, dans le bureau, Joey Krantz, lui, ne souriait pas ; il secouait la tête avec obstination.

— Toi et ton imagination ! dit-il d'un ton irrité. Ne penses-tu pas qu'il serait temps de laisser de côté l'imagination pour lancer enfin des articles *raisonnables ?*

Son associé se passa la main dans les cheveux. Il avait huit ans de plus que Joey, mais celui-ci se comportait parfois comme un vieillard de quatre-vingt-dix ans.

— Veux-tu me dire comment nous aurions démarré, si nous n'avions pas fait preuve d'imagination ? Tu devrais savoir que, sans la Maison Hantée, nous ne serions aujourd'hui que des fabricants de jouets à la gomme comme tant d'autres. Et ma nouvelle idée est encore meilleure, Joey, j'en suis sûr. — Il frappa du poing sa large poitrine. — Je le sens *là.*

— Et moi, je le sens *là*, répliqua Joey en tapotant son portefeuille. La mode est aux jouets macabres, mais ce n'est qu'un engouement passager ; il nous faut quelque chose de durable. Des jouets mécaniques, des jeux de société amusants...

— Tu fais de l'artériosclérose, mon vieux. Voilà que tu deviens conservateur, au bout de deux ans d'activité !

— Ton idée n'est pas seulement macabre, Bill. Elle est carrément morbide.

Il prit la grande feuille de papier sur laquelle Bill Pfeifer avait dessiné son croquis.

— Une poupée vaudou, je te demande un peu ! A quels timbrés espères-tu vendre un article pareil ?

— Aux mêmes timbrés qui ont déjà acheté la Maison Hantée, répondit Bill patiemment. Aux mêmes timbrés qui dépensent un million de dollars par an pour offrir des cartes de vœux macabres ou des trucs de ce genre. Ce qu'il faut bien que tu comprennes, Joey, c'est que ces poupées ne seront pas des imitations de pacotille. Il est bien évident que nous n'en vendrions pas une

« grosse » (1) si nous les faisions fabriquer à Syracuse. Ce seront de *véritables* poupées vaudou fabriquées à Haïti.

— Je croyais que ta nénette était jamaïquaine.

— Amalie? Oui, mais elle est très au courant de toutes ces choses-là. A la Jamaïque, ça porte un autre nom, mais c'est du pareil au même.

Joey émit un grognement.

— En être réduit à demander des idées à la bonne ! Il faut vraiment que nous soyons à court d'inspiration.

— L'idée est de moi. Elle m'est venue en écoutant bavarder Amalie, mais c'est moi qui ai eu l'idée.

Il prit sa tasse de café et la vida en trois gorgées. Sans même attendre d'avoir fini d'avaler, il enchaîna :

— J'ai déjà étudié la possibilité de nous adresser à la Société Crosby pour la fabrication ; c'est une entreprise qui a de nombreux intérêts à Haïti. La main-d'œuvre locale ne coûtera pratiquement rien et les poupées seront d'une authenticité à toute épreuve.

— Je croyais que ces poupées devaient *ressembler* à la victime désignée.

— Pas forcément. Si tu veux entrer dans les détails techniques, sache qu'elles contiennent théoriquement des cheveux et des rognures d'ongles appartenant à la personne que tu désires envoûter. Mais que diable, Joey, ce n'est qu'un *jouet* ! Nous y joindrons une petite notice d'instructions, quelque chose d'amusant, et nous vendrons l'ensemble 1,98 dollar. Même en déduisant les taxes, tu te rends compte des bénéfices que nous réaliserons à ce prix-là ?

Joe Krantz continua d'arborer un air sceptique, mais il était comptable dans l'âme. Il se frotta la mâchoire, se gratta la nuque et termina son café. Lorsqu'il reposa sa tasse, Bill comprit qu'il avait gagné la partie.

— A te dire vrai, ce projet me donne la chair de poule. Mais puisque ça t'excite tellement, je marche avec toi.

_____

(1) *Grosse* : douze douzaines. *(N.d.T.)*

— Enfin, je retrouve mon vieil associé ! s'exclama Bill avec jovialité.

Il était plus de 1 h 30 lorsqu'il se glissa sans bruit dans la chambre à coucher. Il s'allongea près de Claire, qui marmonna quelque chose d'inintelligible. Il lui tapota l'épaule, ce qui eut pour effet de la réveiller. Elle donna un vigoureux coup de poing dans son oreiller et déclara :

— Poppy veut un autre mouton.

— Hmm ?

— Elle veut que tu lui rapportes demain un autre mouton. Elle a cassé celui que tu lui avais donné. Celui qui faisait de la musique.

Il eut un petit rire.

— Je me demande pourquoi j'apporte encore des jouets à cette enfant. Nous devrions l'engager à l'usine pour tester la solidité de nos articles.

— Joey est-il rentré chez lui ou reste-t-il coucher ici ?

— Il est rentré chez lui.

— Nous devrions le marier, murmura-t-elle en étreignant l'oreiller. Il n'est certainement pas heureux d'être célibataire.

— Je lui dirai qu'il est malheureux.

— Il gagne bien sa vie, à présent. Pourquoi n'épouse-t-il pas la petite Stillwell ?

— Sais pas. J'imagine qu'elle ne lui a pas encore demandé sa main.

— Oh, toi ! Espèce de... fabricant de jouets !

Il lui embrassa l'oreille.

— Ça, c'est pour le compliment. Et pour te remercier d'avoir engagé Amalie.

— Quoi ?

— Bonne nuit, dit Bill Pfeifer avec satisfaction.

Le lendemain matin, il coinça Amalie dans la cuisine et lui posa la question de confiance. Amalie secoua la tête en roulant de grands yeux épouvantés, mais Bill ne se laissa pas abuser par cette comédie.

— Je compte sur vous pour m'avoir cette poupée, déclara-t-il d'un ton assuré. Dites à votre ami que je lui en donnerai 10... non, 15 dollars.

— Mon ami est quelqu'un de *bizarre,* monsieur Pfeifer.

— Bon, j'irai jusqu'à 25 dollars.

— Oh ! il n'est pas bizarre dans ce sens-là. Je veux dire que c'est un homme de *principes ;* il n'aime pas que les gens fassent les idiots avec des choses qu'ils ne comprennent pas.

— Dites bien à votre ami que je n'ai pas l'intention de jeter un sort à qui que ce soit. Tout ce que je veux, c'est un modèle de poupée. Il vous fait confiance, n'est-ce pas ?

Amalie gloussa et Bill lui tapota le bras, qu'elle avait fort charnu.

Lorsqu'il arriva au bureau, il trouva Joey dans un état proche de l'euphorie. Sur le moment, Bill pensa que cela était dû aux réjouissants résultats que Joey enregistrait sur sa machine comptable, mais il apprit bientôt le véritable motif de cette allégresse. La veille au soir, Joey n'était pas rentré chez lui directement ; malgré l'heure tardive, il était allé voir Sally Stillwell et s'était décidé à lui faire sa demande. Bill le congratula, insista pour l'inviter à déjeuner et téléphona aussitôt à Claire pour lui annoncer la bonne nouvelle. Claire éclata en sanglots, et Bill se dit qu'il ne comprendrait décidément jamais les femmes — du moins, pas la sienne.

La journée se poursuivit aussi bien qu'elle avait commencé : Amalie avait en effet réussi à convaincre son « ami » de lui confier le prototype tant désiré. Bill poussa des cris de ravissement lorsqu'elle lui remit la poupée, soigneusement enveloppée dans du papier journal. La poupée n'était pas particulièrement impressionnante, mais son aspect rudimentaire lui conférait un cachet d'authenticité. Haute de 20 centimètres, elle était en tissu bleu foncé ; on avait grossièrement cousu des fils de couleur pour représenter le visage et les mains. Ce n'était qu'une poupée de chiffon, mais elle était suffisamment *insolite* pour qu'on pût admettre son caractère maléfique. Naturellement, il faudrait joindre à chaque article une étiquette *Made in Haïti* et un certificat d'authenticité. Bill se demanda si 1,98 dollar était un prix suffisant.

A 9 heures du soir, Joey Frantz arriva au bras de Sally. Claire et la future mariée tombèrent dans les bras l'une de l'autre en sanglotant, après quoi elles allèrent dans la cuisine échanger des secrets tribaux. Bill entraîna vivement Joey dans son bureau et lui montra la poupée. Joey eut une expression étrange.

— Qu'y a-t-il ? s'enquit Bill.

— Je n'en sais rien. — Il fit la moue. Elle ne me plaît pas.

— Elle est authentique...

— Je ne dis pas le contraire. Il n'empêche qu'elle me donne la chair de poule. Je suis toujours mal à l'aise devant ce genre d'objets.

Bill eut un rire un peu contraint.

— Tu ne vas pas me dire que tu crois à ces sornettes ?

— Non, évidemment.

— Alors ?

— Je ne sais pas très bien. Personnellement, je n'y crois pas, mais qu'est-ce qui me prouve que j'ai raison ? Je n'ai jamais quitté New York de ma vie, sauf pour passer quatre mois à Fort Benning. Les poupées vaudou, je n'y connais rien. Qu'est-ce qui me permet d'affirmer que c'est de la pure superstition ?

Son associé éclata de rire.

— Là, tu m'en bouches un coin ! Je savais que tu n'étais pas emballé par ce projet, mais je ne pensais pas que c'était pour cette raison-là.

— Bon, d'accord, je suis cinglé. Tu n'as qu'à m'intenter un procès.

— Non, non, je te comprends très bien, Joey. Du moins, je respecte ta façon de voir. Je ne suis pas expert en matière de superstitions, moi non plus. J'estime que c'est de la fumisterie, mais tu ne me verras jamais passer sous une échelle. De là à redouter une poupée vaudou...

— Puis-je te demander un service ? l'interrompit Joey. Je te préviens, tu vas bondir.

— Je t'écoute.

— Essayons cette foutue poupée.

— Quoi ?

— Essayons-la. Tout de suite.

— Qu'entends-tu par là ?

— Je me porte volontaire. Je vais te donner des rognures d'ongles et des cheveux que tu fourreras dans cette sacrée poupée de chiffon. Nous verrons bien ce qui arrivera.

— Tu perds la boule ou quoi ?

Joey prit un air buté.

— D'accord, je perds la boule. Mais à titre d'expérience, et pour ma satisfaction personnelle, je veux faire un essai. Nous allons préparer cette poupée selon le rite vaudou, puis tu planteras dedans une petite épingle. Si je ne sens rien, je serai rassuré pour la suite du projet.

Bill le dévisagea un moment, comme pour essayer de déterminer s'il parlait sérieusement. Voyant l'expression imperturbable de Joey, il haussa les épaules et alla chercher dans le tiroir de son bureau une petite paire de ciseaux, qu'il tendit à son associé. Joey se tailla gravement les ongles de la main gauche et coupa une mèche de ses cheveux blonds. Bill examina la poupée, puis il sépara le tissu bleu, sur le devant, pour atteindre le rembourrage. Il mit les cheveux et les rognures d'ongles à l'intérieur de la poupée et resserra le tissu tout autour.

— Voilà, dit-il. Et maintenant ?

— Tu as une épingle ?

Il y avait de tout sur le bureau en désordre, mais pas d'épingle. Bill dut se résoudre à interrompre l'entretien confidentiel des deux femmes pour demander à Claire une aiguille. Tout en continuant de parler, Claire prit une épingle qui était piquée dans son tablier et la tendit à son mari. Bill regagna le bureau et saisit la poupée dans la main gauche. Se tournant vers Joey, il s'enquit d'un ton badin :

— Où veux-tu que je te pique ?

— A la jambe. Et vas-y doucement, hein ! J'en tremble à l'avance.

Bill leva l'aiguille. Lentement, il l'approcha de la jambe en tissu de la figurine et l'effleura avec la pointe.

Joey retint son souffle.

— Tu as senti quelque chose ? demanda Bill d'une voix altérée.

Joey se massait la jambe gauche.

— Non, répondit-il en haussant les sourcils. Je n'ai rien senti du tout.

Bill eut un soupir de soulagement. Puis il éclata de rire.

— L'espace d'un instant, j'ai cru...

— Essayons encore. Et cette fois, vas-y carrément.

Bill s'exécuta, tout en observant le visage de son associé. Comme Joey ne réagissait pas, il s'enhardit et piqua la poupée à l'épaule droite. Toujours rien. Alors il enfonça complètement l'aiguille dans le corps en tissu.

— Ben mes enfants ! dit Joey. Je me fais vraiment l'effet d'un imbécile.

Il pouffa, et Bill l'imita. Ils s'esclaffèrent ainsi jusqu'au moment où les femmes, attirées par les rires, firent irruption dans le bureau pour qu'on leur explique ce qu'il y avait de si drôle.

Le lendemain était un samedi. Claire avait spécialement préparé à l'intention de son mari une interminable liste de tâches ménagères, mais Bill passa tout l'après-midi devant sa planche à dessin pour esquisser les plans d'une nouvelle collection de soldats de plomb. Voyant qu'elle n'avait aucune chance d'obtenir gain de cause, Claire décida d'aller au supermarché avec Amalie ; les deux femmes rentrèrent deux heures plus tard, surchargées de paquets. A 6 heures, Amalie entra dans le bureau pour demander à Bill s'il voulait du café.

— Oui, merci, dit-il avec un grand sourire. Au fait, Amalie... Vous êtes sûre de ne pas vous être fait pigeonner par votre ami ?

— Comment ça, monsieur Pfeifer ?

Il lui raconta alors la fameuse expérience ratée. Amalie ne parut nullement troublée.

— C'est normal, dit-elle.

— Ah bon ?

— Ça ne peut pas marcher avec vous, monsieur Pfeifer, voilà tout. Le vaudou, ce n'est pas pour vous.

— Qu'ai-je donc d'anormal ? dit Bill. J'ai plus de vingt et un ans.

— C'est peut-être justement ça votre problème, monsieur Pfeifer. Les gens qui pratiquent le vaudou, ils n'ont pas ces idées d'adultes que vous avez. Vous comprenez ? Vous êtes trop...

Incapable de trouver le mot juste, elle agita ses doigts épais en un geste d'impuissance.

— Trop sophistiqué ? hasarda Bill. Ou cynique, peut-être ?

— Appelez ça comme vous voudrez, monsieur Pfeifer.

Elle soupira et se tourna vers la porte.

— Vous voulez juste une tasse, ou est-ce que je prépare une Thermos ?

— Mieux vaut prévoir une Thermos, dit Bill avec entrain, M. Krantz va arriver d'ici un quart d'heure.

— Alors je vais préparer *deux* Thermos, maugréa Amalie.

La prédiction était exacte : Joey arriva à l'heure dite et se montra enthousiasmé par les croquis de Bill. Celui-ci était depuis l'enfance un passionné de soldats de plomb, et il s'y connaissait en armes. Il y avait une pile d'une trentaine de dessins, et Joey insista pour les examiner tous. Bill le laissa confortablement installé dans un fauteuil, la cafetière à côté de lui, et alla voir ce que faisait Claire à la cuisine. Elle avait une conversation animée avec Amalie, qui s'éclipsa lorsque Bill entra dans la pièce.

— Amalie me parlait de cette poupée vaudou, dit-elle. Je ne savais pas que c'était ça, ce nouveau jouet de ton invention.

Il sourit et l'embrassa sur la joue.

— C'est une poupée vaudou, effectivement. Garantie d'origine. Où est-elle, au fait?

— Je l'ai trouvée dans le bureau ce matin. Je me suis demandé ce que c'était.

— Tu l'as laissée là-bas? Elle n'était pourtant pas sur ma table.

— Non. Poppy l'a vue ce matin — elle me suivait dans toute la maison — et elle m'a fait une comédie pour que je la lui donne. Quel petit monstre, je t'assure! Tu lui rapportes des poupées à 30 dollars et elle se prend de passion pour une vulgaire poupée de chiffon! Ce n'est vraiment pas la peine de lui offrir des jouets coûteux; tout ce qui l'intéresse, c'est de les casser.

— Poppy? dit Bill. C'est Poppy qui a la poupée?

— Oui. Elle a joué avec toute la journée. Pourquoi? Il ne fallait pas?

— C'est Poppy qui l'a? répéta Bill d'une voix étrange.

Il avait les mains et les pieds glacés, tout d'un coup. Il se tourna vers la porte, hésitant, comme s'il se demandait ce qu'il devait faire en priorité. Finalement, il retourna dans le living-room. Claire le suivit.

— Qu'y a-t-il, Bill? Explique-moi!

Il s'arrêta au pied de l'escalier, les yeux levés vers le palier, puis il décida d'aller voir d'abord dans le bureau. Il ouvrit la porte. Joe Krantz n'avait pas bougé: confortablement installé dans son fauteuil, il tenait toujours les croquis entre ses mains, et son visage juvénile, au front plissé, arborait encore une expression attentive. C'était ça le plus sinistre, le plus horrible, vu que sa tête gisait sur le tapis, à mi-chemin entre le fauteuil et la porte.

Voodoo Doll
Traduction de Gérard de Chergé

On recherche...

par

JOHN LUTZ

Comment est-ce arrivé... ? Me voici, marchant seul
dans cette rue infernale, au milieu de ces détraqués. Ils
regardent mon uniforme bleu vif, l'éclat argenté de
mon insigne et, sur le trottoir chauffé à blanc, un grand
nombre d'entre eux ont un mouvement de recul vers
les murs de brique brûlants des immeubles. Le vieil
Irlandais grisonnant qui tient le kiosque à journaux ne
pose sur moi qu'un regard distrait. Les enfants nu-
pieds, les hommes en maillots de corps et les femmes en
robes bon marché me regardent un instant, puis détour-
nent les yeux. Il m'est indifférent d'être ignoré des
hommes et des femmes, mais pas des enfants.

Les klaxons retentissent, les pneus crissent sur le
macadam qui fond, et les conducteurs, heureux de voir
un agent de police dans une rue pareille, tournent
machinalement leur visage vers moi comme pour se
rassurer. Les livreurs en sueur, dans leurs camionnettes
ouvertes, avec peut-être de l'argent dans la voiture, me
regardent tous pour se réconforter. Je les observe à
mon tour, un léger sourire aux lèvres.

Un enfant brun, torse nu, descend la rue en courant
sur le large trottoir. Le camion rouge à moitié cassé
qu'il tire, heurte un joint entre deux plaques de ciment
et bondit dans un bruit de casserole. Au moment où il
me dépasse, l'enfant accélère. Je lui mets la main sur
l'épaule.

— As-tu vu Tony Randello ?

L'enfant lève les yeux vers moi dans un brusque silence. Il me regarde, interdit, essayant d'un air gêné de libérer sa frêle épaule.

— Je ne connais pas Tony Randello, monsieur l'agent. Je vous le jure !

— Vraiment ?

L'enfant baisse les yeux.

— ... Je te crois, petit, dis-je, retirant ma main.

Il part en courant et tourne dans une ruelle, poursuivi par le bruit de ferraille de son camion.

Ces gens n'ont pas confiance en moi. Je le sais. D'ailleurs, comment le pourraient-ils ? C'est mon premier jour ici et il faut du temps, beaucoup de temps, pour les connaître.

Un homme de trente ans environ est assis sur le perron d'un des immeubles sombres qui se dressent dans le ciel comme des tours. Sa chemise bariolée, à demi déboutonnée, laisse entrevoir une poitrine velue. Il me regarde avec une feinte indifférence tandis que je m'approche de lui.

— Où puis-je trouver Tony Randello ?

— Là où il est, répond l'homme, le regard endormi.

Je le fixe un long moment et il finit par détourner les yeux, plongeant la main sous sa chemise pour se gratter la poitrine là où je sais que rien ne le démange.

— ... Ce Tony... machin, qu'est-ce qu'il a fait ?

— Une action qu'il regrettera.

Une goutte de sueur, comme le passage d'un insecte, me cause une démangeaison sous ma chemise d'uniforme, mais je me retiens de me gratter.

L'homme sourit et hausse les épaules.

— Enfin, ça ne me regarde pas, monsieur l'agent, puisque je n'ai jamais entendu parler d'un Tony truc ou machin. Du moins, pas dans cette rue.

— Depuis combien de temps vis-tu ici ?

— Depuis toujours. Ici, on passe toute sa vie au même endroit.

Je tourne les talons et m'éloigne.

Un peu plus loin, j'aperçois un grand costaud derrière un étal de fruits. Il porte une chemise bleue délavée, trempée de sueur, dont les manches roulées laissent apparaître deux solides bras hâlés. Son visage, dégoulinant de sueur, indique qu'il est au soleil depuis de longues heures.

— Les pommes sont belles aujourd'hui, dit-il, souriant de ses yeux noirs tandis que je m'arrête devant lui.

— Savez-vous où je peux trouver Tony Randello ?

— Qui est-ce ?

— Un gosse de quatorze ans environ. Grand, les cheveux bruns, beau garçon, il s'habille d'une manière assez voyante quand il en a les moyens. Son casier judiciaire est déjà bien rempli.

L'homme fait non de la tête.

— Il y en a beaucoup qui lui ressemblent. Il y en a peut-être cent comme lui dans cette rue, mais son nom ne me dit rien. (L'homme a un hochement de tête plus marqué.) Non, je ne crois pas qu'il y ait un Randello dans le coin.

Puis, désignant du pouce un vieil homme assis sur un perron un peu plus bas dans la rue :

— Le vieux Bert, là-bas, il pourrait peut-être vous aider s'il n'a pas trop bu. Il connaît tout le monde.

— Merci, dis-je en m'éloignant.

— Vous ne voulez pas goûter une bonne pomme ? me lance le marchand.

Je ne prends pas la peine de me retourner.

— C'est vous, Bert ? fais-je en m'adressant au vieillard.

— Ça n'est pas nouveau ! répond l'homme, les yeux éteints, la bouche fine et ridée.

— Je cherche Tony Randello.

— Vous autres cherchez toujours quelqu'un. Vous me prenez pour un indic ?

— Contente-toi de répondre à ma question !

Quelque chose dans ma voix le rend soudain sérieux.

— Il n'y a pas de Randello dans cette rue.

— C'est un garçon d'environ quatorze ans, mince, cheveux noirs.

Le vieil homme indique de la tête les enfants qui jouent en permanence sur le trottoir.

— Ils sont tous bruns et minces.

Je reprends mon chemin.

— ... Attendez ! s'écria-t-il en passant une main squelettique entre ses cheveux clairsemés. Je crois qu'il y avait des Randello dans ce pâté d'immeubles là-bas. Ils avaient un fils, Tony, toujours en bisbille avec la justice, mais il y a bien de ça... vingt ans. Le père Randello est mort d'avoir trop bu et sa femme l'a suivi de près. (Le vieil homme regarde du coin de l'œil les façades délabrées des immeubles) : Mais ce n'est pas rare dans le coin.

— Est-ce que vous vous souvenez de ce qui est arrivé au reste de la famille ?

— Je ne suis même pas sûr qu'ils s'appellent Randello.

Le vieillard s'allonge sur les marches du perron et ferme les yeux au soleil. On devine une bouteille dans sa poche.

Je poursuis mon chemin. La chaleur, par vagues, s'élève du macadam comme de la vapeur d'essence. J'en ai le vertige. Je m'arrête et, les yeux au ciel, respire profondément. Les immeubles, telles des tours, semblent se balancer dans le bleu intense. Je prends ma tête à deux mains, baisse les yeux vers le sol ; peu importe par quel immeuble commencer, ils se ressemblent tous.

Celui que je choisis n'a pas de porte d'entrée. Attentif aux bruits de la rue, je me tiens à l'entrée d'un hall au carrelage ébréché. Sous la rangée de sonnettes inutilisées, un landau cassé et sur les murs les graffiti pornos habituels à demi effacés par des locataires. Les marches de l'escalier grincent sous mes pas, j'entends des voix étouffées, les postes de radio qui hurlent, les pleurs d'un enfant... Des murs graisseux se dégage une odeur écœurante de cuisine. Un relent d'ail dans l'air me fait monter les larmes aux yeux.

Je frappe à la première porte. Une voix de femme à l'intérieur me crie de m'en aller. Quelque part, au-dessus, un chien aboie. Je m'approche de la porte suivante et frappe fort.

Une femme d'un certain âge ouvre. Corpulente, yeux

foncés, cheveux noirs coiffés en boucles trop serrées par une permanente bon marché ; derrière elle, un mobilier usé jusqu'à la corde, des murs aux peintures craquelées.

— Je cherche Tony Randello. Un jeune garçon.

Elle me sourit et fait non de la tête.

— Pas Randello. C'est Magello.

Je regarde par-dessus son épaule.

— Je peux entrer ?

Elle hésite mais, à cause de mon uniforme, recule d'un pas et me cède le passage.

Je traverse la pièce au plancher nu et jette un coup d'œil dans la cuisine.

— Je vous ai dit qu'il n'y avait pas de Randello, explique la femme d'une voix inquiète. Ici il n'y a qu'un Magello. Mon mari s'appelle William Magello.

Hochant la tête pour toute réponse, je me dirige vers une porte. Je la pousse et découvre une petite fille, étendue sur un lit, une poupée dans les bras. L'enfant me regarde, mais je referme la porte. Il me reste encore une porte à ouvrir :

— Tony !

— Il n'y a pas de Tony, dit la femme derrière mon dos. Il n'y a pas de Tony !

— Nom d'un chien ! Qu'est-ce qui se passe ? fait une voix étouffée.

La porte s'ouvre sur un homme en robe de chambre, les cheveux gris, ébouriffés.

— ... Qu'y a-t-il, monsieur l'agent ? dit-il, voyant mon uniforme. Je dormais. (Il a un geste vers la chambre) : Je travaille de nuit.

— Je cherche quelqu'un.

Je passe devant lui en le frôlant.

La chambre est vide. J'arrache du lit les couvertures et le matelas, ouvre toute grande la porte des cabinets. Personne !

Je retourne dans le living-room et saisis l'homme par les revers de son vêtement. J'entends le tissu se déchirer.

— ... Où est-il ? (Je secoue l'homme et braille) : Je sais qu'il habite ici ! Je le sais !

Derrière moi, les hurlements de la femme. Des portes claquent, le chien se remet à aboyer.

Il me semble que je crie mais ce n'est pas moi.

Puis je reconnais le bruit et relâche l'homme. Le vacarme grandit. C'est la sirène déchirante et reconnaissable entre mille d'une voiture de police.

Le son devient assourdissant, puis il s'éteint en un vague grognement. Je sors dans le corridor, descends les marches grinçantes de l'escalier et avance à la rencontre des survenants.

Les gyrophares rouges luttent contre la lumière du soleil. Les policiers me regardent d'une façon étrange, les yeux plissés. Revolver au poing, ils avancent sur moi et me saisissent par les bras. L'un d'eux rengaine son arme et des menottes glacées se referment sur mes poignets. Un attroupement silencieux s'est formé pour regarder le spectacle inhabituel de policiers qui passent les menottes à un autre policier.

Magello, la robe de chambre déchirée, s'entretient à grand renfort de gestes avec un agent de police. Sa femme, une expression proche de la pitié dans les yeux, m'observe avec curiosité. Quelques minutes plus tard, une voiture verte s'arrête au bord du trottoir. Le docteur Moritz en sort, le visage lisse, comme à l'ordinaire, et s'approche du policier en conversation avec Magello, tandis que les deux agents qui me tiennent me conduisent vers la voiture de police.

— ... Il s'appelle Tony Randello... il ne ferait pas de mal à une mouche... ce n'est pas la première fois qu'il s'échappe de l'asile...

On ouvre en grand les portières de la voiture de police. L'intérieur sombre, grillagé, semble frais et accueillant après la chaleur écrasante et les regards fixes de la foule. Alors qu'on me pousse doucement à l'intérieur, j'entends le docteur Moritz qui poursuit :

— ... Il a grandi dans cette rue... il vole un uniforme et vient arpenter le quartier... il cherche...

« Il cherche… », répété-je en mon for intérieur.
Les portières de la voiture de police se referment en claquant.

One Way
Traduction de Philippe Barbier

Tout bien calculé...

par

RICHARD DEMING

Comme d'habitude, des cocktails leur furent servis à 17 h 30 précises. Ils passèrent ensuite à table à 18 heures. Comme à l'ordinaire aussi, Amos Crowder marqua la fin du repas en se levant exactement à 18 h 45. Chez les Crowder, tout s'accomplissait à la seconde près.

Emboîtant le pas à son hôte et patron qui les précédait pour se rendre de la salle à manger à l'immense salon, Peter Abbott comprit comment cette routine finissait par rendre folle la jeune femme de l'industriel retraité. Secrétaire du vieil homme, Abbott devait se soumettre durant quarante heures par semaine à l'emploi du temps immuable qui découpait la vie d'Amos Crowder. Quarante heures, plus la soirée du mercredi où il était l'invité à dîner des Crowder. Vivian, elle, était condamnée à respecter l'horaire vingt-quatre heures par jour et sept jours par semaine.

Elle prit sa place habituelle dans la pièce de façade et Abbott, comme à l'accoutumée, s'assit sur le canapé. Il lui venait parfois l'envie de choisir un autre siège, ne serait-ce que pour troubler le rythme strict de l'existence de son patron, mais il n'y cédait jamais. Un changement, aussi infime fût-il, dans la disposition des places d'après-dîner par exemple, aurait perturbé Amos.

Comme toujours dès après le repas, Amos Crowder

tendit quelques instants ses mains vers la chaleur de l'âtre, tournant le dos à sa femme et à son secrétaire. A soixante-cinq ans, il restait droit, musclé et plutôt bel homme à sa manière austère. Le visage n'était presque pas ridé sous la chevelure argentée, épaisse et ondulée.

Profitant que son mari ne les observait pas, Vivian forma de ses lèvres un baiser silencieux à l'adresse de Peter Abbott. Le beau secrétaire secoua la tête, en signe d'avertissement.

Après s'être réchauffé les mains pendant trente secondes, c'était le délai qu'il s'accordait — Crowder se retourna :

— Je vais chercher le café.

Un autre de ses rituels. Si les Crowder avaient à leur service une gouvernante-cuisinière et une femme de chambre, chez eux, c'était toujours le maître de maison qui préparait et servait les boissons. Avant le dîner, il avait confectionné les martinis au bar qui occupait un coin du salon. Il allait à présent rapporter de la cuisine trois tasses d'Irish coffee sur un plateau. Chez les Crowder, les repas s'achevaient toujours, non pas par du café noir, mais par un Irish coffee dégusté dans le salon.

Comme Amos disparaissait en direction de la cuisine, Peter Abbott gratifia Vivian d'un sourire complice. C'était une blonde d'une trentaine d'années, au corps mince et bien fait, au joli minois, mais au sourire rare. Elle avait été la secrétaire particulière d'Amos Crowder pendant cinq ans avant qu'il ne prît sa retraite de président de la Crowder Enterprise et elle l'avait épousé le jour où il avait cessé de travailler, un an auparavant. C'était son premier mariage, et le second pour l'industriel. Abbott n'avait pas connu la première Mme Crowder, mais il imaginait une petite créature timide qui avait enduré la routine sévère d'une union avec Crowder pendant quarante ans avant de mourir, il y avait de cela deux ans.

— Tu m'aimes toujours ? s'enquit Vivian d'une voix douce.

— Bien sûr, répondit-il sur le même ton. Mais ce n'est pas le moment d'en discuter.

L'inévitable s'était produit. Depuis six mois qu'il avait été engagé comme secrétaire particulier d'Amos Crowder, Peter s'était souvent étonné qu'un homme intelligent comme Amos pût mettre délibérément en contact presque constant sa jeune épouse avec un homme de son âge, aussi viril et libre que l'était Peter, sans prévoir ce qui arriverait. Le labeur de Peter n'était pas épuisant. Il s'occupait de la correspondance, du reste assez limitée, d'Amos, et sa besogne principale consistait à coucher sur le papier les mémoires que l'industriel dictait au magnétophone. Et Crowder s'enfermant une bonne partie de la journée dans son bureau pour dicter, Peter ne manquait pas de loisirs. Quant à Vivian, avec deux domestiques, elle n'avait évidemment plus grand-chose à faire.

Les conséquences de cet état de choses étaient prévisibles. Au début, Peter n'avait été qu'un compagnon bien accueilli parce qu'il atténuait la solitude de Vivian. Puis, petit à petit, sans qu'ils fussent réellement conscients du moment où cela avait commencé, une intimité s'était créée entre eux qui, bientôt, se manifesta de façon anodine, mais révélatrice. Lors d'un frôlement involontaire de leurs mains, l'un et l'autre sursautaient comme sous l'effet d'une décharge électrique. Quelquefois, ils se dévisageaient longuement en silence et, du même geste, se détournaient avec embarras. Puis, un jour où ils étaient en tête à tête dans le salon, ils n'avaient pas détourné les yeux. Peter avait saisi entre ses bras la jeune femme qui s'était cramponnée à lui avec passion.

Après cela, ils s'étaient clandestinement rejoints à l'extérieur pendant qu'Amos dormait. Des rendez-vous faciles à organiser parce que les heures de sommeil d'Amos étaient aussi strictement planifiées que le reste de sa vie. Etant insomniaque, il avalait un comprimé de somnifère chaque soir à 22 heures et se mettait au lit à 22 h 30. A 22 h 45, il sombrait immanquablement dans un sommeil pesant qui se prolongeait jusqu'à 7 heures le lendemain matin. Aucune des domestiques n'habitait la maison, et, faisant chambre à part, Vivian n'avait aucun mal à se faufiler au-dehors sans être repérée.

— Il faut en discuter, protesta-t-elle. De la cuisine, il ne peut nous entendre. Je ne peux plus le supporter, chéri. J'ai l'impression d'être en prison !

— Quitte-le, fit-il, pressant. En te disant que je t'aimais, j'étais sincère, avec tout ce que cela implique. Divorce et épouse-moi.

— Et de quoi vivrons-nous ?

Il rougit. A trente ans, il n'avait pas réussi sur le plan financier. Au long des années, sa carrière s'était composée dans diverses sociétés d'une succession d'emplois secondaires de secrétaire sans réel avenir. Son poste actuel chez Crowder lui procurait un salaire confortable, mais qu'il n'aurait évidemment plus s'il s'enfuyait avec la femme de son employeur. En fait, il avait peu de sécurité à offrir.

— Nous ne pouvons pas éternellement nous contenter de rendez-vous clandestins, grommela-t-il. Il faut faire quelque chose.

— Je sais, et j'y ai réfléchi. Nous en parlerons quand nous serons seuls. Si on se voyait demain soir ?

— Pourquoi pas ce soir ? suggéra-t-il.

— C'est mercredi, observa-t-elle avec une grimace.

Peter s'empourpra. Maudit soit Amos Crowder, avec son immuable routine ! Le mercredi était le soir où il daignait faire partager son lit à sa femme.

Vivian et Peter se turent quand ils entendirent le vieil homme revenir de la cuisine. Amos entra dans le salon, portant trois tasses sur un plateau. Une crème épaisse surnageait dans chaque tasse.

L'Irish coffee était un café noir dans lequel on ajoutait une lampée de whisky irlandais et une cuillerée de crème fouettée. Ce breuvage n'avait pas la faveur de Peter, mais quand on dînait avec Amos Crowder, il fallait se plier à ses goûts. Et comme il avait décidé que l'Irish coffee était idéal après le dîner, ses invités n'avaient jamais le choix.

La conversation du mercredi soir roulait toujours sur

les mêmes sujets. Amos et Peter bavardaient de la progression des mémoires du premier, et Vivian les écoutait en silence. Pour Peter, ce livre, dont un tiers était écrit, dégageait un ennui incroyable. Amos, lui, le considérait comme un chef-d'œuvre littéraire. Et Peter, soucieux de conserver son emploi, ne faisait rien qui pût troubler l'opinion de son patron.

Ce soir-là, Amos avait une lettre d'un agent littéraire new-yorkais à montrer à son secrétaire. Il avait répondu à une petite annonce de cet agent qui offrait, moyennant des frais de lecture, de prendre connaissance et de critiquer des manuscrits, puis de placer les textes jugés valables. Amos lui avait soumis un synopsis et trois chapitres de ses mémoires, le tout accompagné d'un chèque.

Selon cet agent, le livre avait de grandes qualités littéraires et, pour le montant d'un chèque supplémentaire, l'homme se proposait de fournir une lecture d'éditeur et une critique de chaque chapitre terminé. L'accord pouvait être conclu par courrier, à moins que l'auteur n'eût la possibilité de se rendre à New York, car un entretien personnel présenterait un vif intérêt.

— Je n'ai aucune envie d'aller là-bas, cela boulever-serait mon emploi du temps, déclara Amos. Vous en savez presque autant que moi sur le livre et je veux donc que vous alliez discuter avec ce type. Vous pourriez partir par l'avion de dimanche soir, le rencon-trer lundi matin, et rentrer par le vol du soir.

— C'est entendu, répondit Peter. En jet, New York n'est qu'à deux heures d'ici.

A 19 h 35 précises, la femme de chambre entra pour emporter les tasses vides. Cinq minutes plus tard, elle et la cuisinière quittaient la maison. A 20 heures, Amos se levait et allait prendre le magnétophone posé sur un coin du bar.

— Vous avez bien transcrit tout ce que j'ai enregistré ce matin, n'est-ce pas ? demanda-t-il à son secrétaire.

— Naturellement, monsieur. Les feuillets sont sur votre bureau.

— J'ai envie d'attaquer un nouveau chapitre... Oui,

je vais dicter pendant une heure. Voulez-vous m'excuser ?

— Je vous en prie, dit Peter en se dressant. Si Vivian m'y autorise, je prendrai congé de bonne heure.

Cette séparation qui sortait des ornières de la routine le surprenait un peu. Habituellement, lorsqu'il venait dîner le mercredi, Amos et lui discutaient du livre jusqu'à 21 heures. Amos se retirait ensuite dans son bureau pour corriger le texte tapé dans la journée ou bien dicter jusqu'à l'heure de se coucher — c'était alors pour Peter le signal du départ. Jamais auparavant Amos n'avait interrompu si tôt la soirée.

Vivian raccompagna son invité jusqu'à la porte cependant que son mari transportait le magnétophone dans le bureau. Elle pressa doucement la main de Peter.

— Demain soir ? chuchota-t-elle.

— Si tu crois qu'on ne risque rien.

— En dehors du mercredi, c'est toujours sans risque. Grâce au soporifique. Même lieu, même heure ?

— Heu-heu. Merci pour le dîner.

Le lendemain matin, Peter téléphona à l'aéroport où on lui apprit qu'un avion décollait pour New York le dimanche à 20 heures. Il fit une réservation pour ce vol, ainsi qu'une autre sur l'avion de retour du lundi.

Ce jour-là, il vit peu Vivian parce que, l'après-midi, elle était sortie faire des courses.

A minuit, il se gara dans le virage proche du pavillon des éléphants de Forest Park. Peu après, un cabriolet à la capote rabattue se rangea derrière lui. Quittant sa voiture, Peter releva le col de son pardessus afin de se protéger de la fraîcheur extérieure, s'approcha de la décapotable, et ouvrit la portière pour s'asseoir sur le siège avant. Malgré la simple toile de la capote, l'ambiance dans l'habitacle était confortable, grâce au climatiseur.

Vivian se blottit dans les bras de son amant qu'elle embrassa avec passion.

— Direction le motel ? proposa-t-il au bout d'un moment.

— Non, pas ce soir. Nous avons certains points à discuter.

— Quoi, par exemple ?

— Réfléchir à ce que nous allons faire. Tu l'as dit toi-même hier après le dîner, nous ne pouvons continuer à vivre ainsi. Seulement, si je me borne à quitter Amos, nous resterons sans le sou. Je le connais bien. Il s'opposera à tout arrangement financier.

— Je pourrais trouver un autre emploi, fit-il sans conviction.

— Oui, pour un salaire de misère. Ayant goûté au luxe, je n'ai pas l'intention désormais de tirer de nouveau le diable par la queue, Peter. Je te veux, toi, sans renoncer à la fortune d'Amos.

— Ce serait idéal, mais comment y parvenir ?

La tête posée sur l'épaule de Peter, elle murmura contre sa poitrine :

— As-tu quelque chose contre le fait d'épouser une riche veuve ?

— Tu ne parles pas sérieusement ? balbutia-t-il en se raidissant.

Elle se redressa pour le scruter à travers l'obscurité.

— Je n'ai jamais été aussi sérieuse, Peter, répliqua-t-elle. M'aimes-tu réellement ? Assez pour me le prouver maintenant ?

— Absolument, mais un meurtre...

— C'est ta conscience qui te tracasse ou l'idée d'être pincé ?

Après réflexion, il admit à contrecœur :

— Probablement la peur d'être pris. Amos ne m'est pas particulièrement sympathique, mais j'aurais horreur d'aller passer notre lune de miel dans la chambre à gaz.

— Nous ne serons pas arrêtés, affirma-t-elle. J'ai un plan qui ne peut pas échouer.

— Tu parles ! Nombre de cellules sont occupées par des condamnés à mort qui étaient persuadés d'avoir mis au point un plan à toute épreuve !

— Celui-ci l'est effectivement. Avec ses pilules, Amos dort comme une brute. Il n'entendrait pas un cambrioleur entrer par effraction dans la maison. Supposons alors qu'il soit assassiné par un rôdeur à un moment où nous aurions, toi et moi, des alibis parfaits ?

— De quel genre, ces alibis ?

— Le tien est déjà prêt. Le cambrioleur pénétrera dans la maison vers minuit, heure où tu te seras présenté et inscrit dans un hôtel de New York.

— Quoi, c'est toi qui commettras le crime ? s'étonna-t-il, sourcils froncés.

— Non, toi, rétorqua-t-elle. J'ai dit « inscrit dans un hôtel de New York », cela ne signifie pas que tu y seras vraiment. Mais personne ne pourra prouver le contraire.

— Je ne te suis pas... Si tu me fournissais quelques explications complémentaires ?

— J'ai fait un tour à l'aéroport, aujourd'hui. Ton avion doit atterrir à New York à 20 h 01, et un autre jet décolle à 21 h 35 de New York pour venir ici. Ce qui te laisse une heure trente-quatre pour te rendre à l'hôtel, t'inscrire, rester dans ta chambre assez longtemps pour que le portier te croie couché. Après quoi, tu t'éclipses discrètement par l'entrée de service et tu te fais conduire en taxi à l'aéroport. Là, tu embarques sous un faux nom dans l'avion qui atterrit ici à 23 h 28. A 2 heures du matin, un jet décolle d'ici qui te mettra à New York à 3 h 58. Autrement dit, tu pourras être de retour dans ta chambre avant l'aube sans que personne sache que tu en es sorti à un moment quelconque.

Il observa quelques instants de silence et dit :

— Ce qui me laisse environ deux heures et demie pour aller de l'aéroport chez toi, faire le boulot et retourner à l'aéroport. Un délai sans doute suffisant à condition que les trois avions à emprunter successivement soient ponctuels. Supposons que l'un d'eux ait du retard ?

— Si c'est le dernier, peu importe. Mais s'il s'agit du premier vol ou de celui qui te ramènera ici, et si tu ne peux pas avoir les correspondances, tu n'auras qu'à renoncer et nous attendrons une autre occasion. Nous n'y perdrons que le prix des billets.

— C'est-à-dire que… je vais devoir faire les réservations pour ces deux vols supplémentaires.

— Ça peut se régler par téléphone. Et nous les ferons sous deux faux noms différents afin de brouiller ta piste. Veux-tu que je m'en occupe demain et que j'aille chercher les billets ?

— Doucement, doucement ! protesta Peter. Comment devrai-je le tuer ? Je ne possède aucune arme.

— Moi, j'en ai une, fit-elle, ouvrant son sac pour en sortir un 32. Je l'ai achetée aujourd'hui chez un brocanteur, sous un nom d'emprunt. On ne saura pas d'où il vient car personne ne le retrouvera. Une fois que tu t'en seras servi, tu l'emporteras à New York pour le jeter dans l'Hudson ou ailleurs, à ta guise.

— Tu étais visiblement convaincue que j'accepterais ton projet.

Il chercha dans la boîte à gants une lampe-torche à la lueur de laquelle il examina le revolver. C'était un Smith et Wesson à cinq coups qui avait bien cinquante ans d'âge, mais était apparemment en bon état. Et il était chargé.

Devant l'air interrogateur de Peter, Vivian lui expliqua :

— J'ai acheté les cartouches dans un magasin d'articles de chasse. Mais je me suis débarrassée du reste de la boîte, car il ne t'en faudra pas davantage.

Il éteignit la lampe, la remit en place et fourra le revolver dans la poche de son pardessus.

— D'accord. Parlons à présent de *ton* alibi.

— J'ai prévu d'être cette nuit-là à l'hôpital… Oui, Amos dort profondément dès 22 h 45. Le St-John's Hospital n'est qu'à quelques pâtés de maisons de chez nous. Je m'y rendrai peu après 23 heures sous prétexte de violentes douleurs abdominales. Ils me garderont naturellement en observation pour la nuit. Et comme tu n'arriveras pas à la maison avant minuit trente, je serai à couvert.

— A condition qu'ils n'établissent pas l'heure réelle

de la mort, dit-il, dubitatif. Parce qu'il n'y aura aucun témoin de la mort d'Amos ?

— Les voisins entendront certainement les coups de feu.

— Oui, marmonna Peter, le front soucieux. Suppose que quelqu'un vienne aux renseignements ?

— On ne s'introduit pas dans une maison obscure parce qu'on croit avoir entendu des détonations. Les voisins s'interrogeront peut-être sur l'origine du bruit, et puis n'y penseront plus. Seulement, quelqu'un se souviendra de l'heure à laquelle cela s'est produit lorsque, plus tard, la police enquêtera dans le voisinage. Arrange-toi tout de même pour flanquer une balle dans le réveil placé sur la table de chevet d'Amos, afin d'aider à déterminer l'heure du décès.

— Entendu. De toute façon, sur ce point, l'autopsie doit fournir des indications assez précises. Et tu seras à l'abri de tout soupçon.

— Voici ce que j'aimerais que tu fasses, enchaîna-t-elle. L'affaire devant passer pour une mort accidentelle survenue au cours d'un cambriolage, je ne te remettrai pas de clé. Tu briseras la vitre d'une porte-fenêtre du salon pour t'introduire dans la maison. Tu n'as pas à craindre d'être surpris par Amos, un tremblement de terre ne le réveillerait pas quand il avale son somnifère. Tu sais où se situe la lingerie ?

— Oui.

— Tu y prendras deux taies d'oreiller et bourreras l'une d'elles de pièces d'argenterie — l'argenterie est rangée dans le buffet de la salle à manger. Tu déposeras cette taie près de la porte par laquelle tu seras entré et tu emporteras l'autre à l'étage. Après avoir tué Amos, tu abandonneras la taie par terre, près du lit. On croira que le cambrioleur l'avait montée avec l'idée de la remplir d'objets de valeur et que, dans sa panique, il l'aura abandonnée en prenant la fuite après avoir tiré sur Amos. On s'imaginera aussi qu'il était trop pressé de déguerpir pour s'arrêter en chemin et ramasser le butin préparé dans l'autre taie.

— Euh... oui, ça devrait marcher, admit Peter après avoir réfléchi. D'accord pour moi.

— Embrasse-moi, fit-elle en se glissant entre ses bras.

Le dimanche soir, le jet de Peter Abbott se posa à Kennedy Airport à l'heure précise. Peter qui n'était chargé que de son sac de voyage n'eut pas à attendre la distribution des bagages. A 8 h 40, il s'inscrivait à l'hôtel. Quinze minutes plus tard, il sortait par une issue de secours débouchant dans une rue adjacente. Il eut la chance de héler aussitôt un taxi libre et, avec la promesse d'un pourboire de dix dollars, le chauffeur roula à tombeau ouvert pour le ramener à l'aéroport. Il s'engouffra dans l'avion trente secondes avant que ne fût fermée la porte d'accès des passagers.

— M. Arthur Reynolds ? s'enquit l'hôtesse, le crayon posé sur le seul nom de la liste qui n'était pas coché.

— Hein ? bredouilla Peter qui se rappela brusquement que c'était le nom sous lequel Vivian lui avait fait une réservation. Heu, oui, c'est moi.

Ce vol aussi atterrit ponctuellement. Peter qui avait laissé sa voiture au parking de l'aéroport n'eut pas besoin d'emprunter un taxi.

23 h 45 — arrivée chez les Crowder. Peter se gara devant l'immeuble situé avant la maison et acheva le parcours à pied. La demeure comme celles qui l'encadraient était plongée dans l'obscurité, mais Peter avança néanmoins avec un maximum de précaution.

Il traversa la pelouse à pas silencieux. Parvenu devant les portes-fenêtres du salon, il promena comme convenu le pinceau de sa lampe-torche sur les vitres. Quand il eut repéré la fenêtre munie d'un loquet intérieur, il brisa le carreau avec la crosse de son pistolet, éteignit la torche et tendit l'oreille. Au bout de quelques secondes d'un silence total, il introduisit sa main gantée par le trou dans la vitre et débloqua le loquet.

La torche rallumée, il situa la lingerie et y entra prendre deux taies d'oreiller. Dans la salle à manger, il remplit l'une des taies de pièces d'argenterie et alla déposer le baluchon ainsi préparé sur le parquet du salon.

L'autre taie sous le bras, il monta l'escalier aussi discrètement qu'il le put. Entrouvrant la porte de la chambre de Vivian, il s'assura de l'absence de la jeune femme et traversa le palier pour gagner la porte d'Amos.

Le vieil homme dormait toujours les fenêtres ouvertes et, dans sa chambre, régnait une certaine fraîcheur. Sur le lit, une forme se dessinait, complètement recouverte par un édredon.

Peter entra dans la pièce, laissa tomber la taie vide près du lit et dirigea le rayon de sa lampe sur la silhouette endormie. Haussant son arme, il visa et fit feu à quatre reprises. Dès le premier coup, la forme sous l'édredon tressaillit en émettant un gémissement étouffé, mais seul l'édredon frémit sous l'impact des autres balles.

Peter se rapprocha, dirigea le rayon de sa torche sur la table de chevet. Il ajusta son tir et logea une balle dans le cadran du réveil.

Une lampe s'alluma dans un angle de la chambre.

Peter se retourna, horrifié. Il vit Amos Crowder, emmitouflé dans un pardessus, assis dans un fauteuil près de la lampe. Et le vieil homme braquait sur lui un 45 automatique.

— Lâchez votre arme, commanda Amos. Elle doit d'ailleurs être vide, mais lâchez-la tout de même.

Peter laissa tomber le revolver et la torche.

— Mais... qu'est-ce que... que...

— Ah oui, vous aimeriez avoir une explication ? fit Amos, d'un ton enjoué. Depuis quelque temps, je soupçonnais entre Vivian et vous une certaine... disons : intimité. Vous aviez une façon de vous regarder plus révélatrice que vous ne le pensiez. J'ai donc laissé ici et là le magnétophone branché, afin d'en avoir confirmation. Et ce mercredi soir où je l'avais dissimulé sous le bar, il a enregistré toute votre conversation. Comme vous aviez pris rendez-vous avec Vivian pour le lendemain soir, j'ai décidé d'espionner cette rencontre. Le jeudi, juste avant d'aller me coucher, j'ai transporté le magnétophone dans le garage où je l'ai fourré dans le coffre de la voiture de Vivian, en cachant le micro sous la banquette arrière. J'avais auparavant pris la précaution de charger l'appareil avec une bande magnétique d'une durée de deux heures, ce qui me donnait jusqu'à minuit trente. La bande s'est achevée avant votre entretien, mais l'essentiel était néanmoins enregistré.

Le regard de Peter dériva vers la forme sous l'édredon. Amos gloussa de plaisir.

— Allez vérifier, suggéra-t-il. Vivian n'est jamais allée à l'hôpital. Ce soir, après le dîner, j'avais ajouté à son Irish coffee une certaine quantité de mon somnifère.

Calculated alibi
Traduction de Simonne Huink

Infirmité n'est pas vice

par

DAN SONTUP

Le jour où il dévalisa la société de crédit, Harry se réveilla à 7 heures un quart, exactement.

Il avait le sommeil léger et le simple déclic du radio-réveil qui se mettait en marche le fit se dresser aussitôt sur son séant, les yeux grands ouverts et les idées claires avant même que la radio ait eu le temps d'émettre un seul son. Lorsque, finalement, la musique retentit, il étira son bras droit par-dessus sa tête et, se mettant à bâiller, avec béatitude, alla se gratter juste sous l'omoplate gauche.

Ensuite, immobile, il attendit que la musique cesse et que le speaker annonce l'heure. Un bref bulletin météo suivit. Lorsqu'il entendit que le temps serait frais mais calme ce jour-là, Harry émit un grognement de satisfaction, sortit du lit et se dirigea vers la salle de bains.

Tout en se rasant à petits coups rapides et précis, il contempla avec une certaine satisfaction l'image que lui renvoyait le miroir : cheveux roux ondulés coupés court, regard bleu très clair, un nez somme toute assez large et dominant une bouche aux commissures perpétuellement relevées dans un sourire railleur.

Ce sourire permanent était, pour Harry, sa façon d'envoyer au diable le monde entier.

Lentement, Harry s'habilla avec soin, mettant en place son bras artificiel avec beaucoup de précaution. Avec le pardessus léger et les gants qu'il porterait aujourd'hui, sa prothèse passerait inaperçue d'autant

plus qu'Harry était depuis longtemps entraîné à mainte-
nir ce bras dans une attitude tout à fait naturelle. Il était
très important pour lui que personne à la Société de
Crédit — comme d'ailleurs dans tous les autres endroits
qu'il avait déjà visités — ne se doute qu'ils avaient
affaire à un manchot. Ce n'était pas vanité de sa part,
c'était tout simplement la meilleure façon pour lui de se
protéger d'une identification trop précise.

La dernière chose qu'il fit avant de quitter la
chambre meublée qui lui tenait lieu de domicile fut de
vider le barillet de son revolver, plaçant les balles dans
une poche de son pardessus et glissant l'arme dans une
autre. Bien qu'il n'eût jamais perdu le contrôle de ses
actes, une arme non chargée signifiait qu'aucun accident mortel n'était possible. Harry n'aimait pas la
violence, et il savait aussi que la peine encourue pour
homicide était beaucoup plus sévère que pour un
simple vol.

Après s'être arrêté prendre un petit déjeuner rapide
dans une cafétéria proche de chez lui, il emprunta un
bus pour aller en ville. Descendant à un carrefour
encombré, il parcourut à pied la longueur de deux pâtés
de maisons puis, faisant halte face à la vitrine d'un
magasin, il inséra la main dans la poche intérieure de
son pardessus et en sortit une paire de lunettes à
monture d'écaille. Harry n'avait jamais eu aucun problème de vue mais il avait remarqué que porter des
lunettes changeait complètement sa physionomie.
C'était là son seul déguisement. L'image que lui
renvoyait la vitrine fit que son sourire railleur s'accen-
tua un peu plus. C'est tout à fait par hasard qu'il avait
découvert ce moyen de changer radicalement d'apparence et il ne manquait pas d'y recourir à chacune de ses
expéditions — ôtant les lunettes dès qu'il avait quitté le
point stratégique. Ses verres en place, Harry se mit à
marcher d'un pas rapide.

Lourdement appuyé sur des béquilles, la casquette
tendue à bout de bras, le moignon de sa jambe droite
bien en évidence pour que tout le monde le voie, un
clochard se tenait appuyé au mur d'un immeuble. Il

regarda Harry d'un air pitoyable mais celui-ci le dépassa en lui jetant un coup d'œil dédaigneux. *C'est pas mon genre, mon pote,* lui dit-il mentalement, *je ne fais pas l'aumône aux pauvres cloches !*

Harry accéléra l'allure. Trois pâtés de maisons plus loin, il arrivait au parking qu'il avait choisi quelques jours plus tôt.

Longeant le parking, Harry fut satisfait de voir que, même comble, le gardien continuait à y laisser entrer des véhicules. Il s'agissait là sans aucune doute des voitures d'employés travaillant en ville et qui ne les récupéreraient pas avant 5 heures du soir au plus tôt.

Tournant le dos au parking, Harry prit un tournant et s'engagea dans une ruelle donnant sur l'arrière de celle-ci. Tout était exactement comme il l'avait vu deux jours auparavant : la ruelle, de même qu'une impasse y aboutissant, étaient encombrées de véhicules jusqu'à la limite du possible. La plupart d'entre eux avaient un ticket de parking coincé sous l'un des essuie-glaces. C'était bien là l'endroit où le gardien faisait suivre le surplus du parking principal.

Avançant le long d'une file de voitures, Harry entreprit de jeter un rapide coup d'œil à l'intérieur de chacune d'entre elles jusqu'à ce qu'il ait trouvé ce qu'il cherchait : un petit modèle à transmission automatique. S'assurant que personne n'était en vue, il ouvrit la portière, se pencha et, rapidement, plongea la main sous le pare-soleil. Ses doigts se refermèrent sur les clefs, à l'emplacement exact où le gardien avait l'habitude de les placer.

Souriant, Harry observa à nouveau les alentours. Il était toujours seul dans la ruelle. Arrachant le ticket maintenu par l'essuie-glace, il prit place au volant. Il ne lui fallut pas plus de quelques secondes pour mettre le moteur en route et déboiter. Moins d'une minute plus tard il était sorti de la ruelle et en pleine circulation.

Pilotant avec adresse dans les rues encombrées du centre ville, Harry souriait toujours ; dirigeant avec assurance le véhicule de sa seule main droite, la prothèse était indécelable. Le moteur ronronnait :

Harry savait qu'il avait fait le bon choix. Il était maintenant en possession d'une voiture qui ne manquerait à personne jusqu'à ce que son propriétaire vienne la reprendre après avoir terminé son travail.

Quelques instants plus tard, Harry était garé à l'angle de la rue faisant face à la Société de Crédit. Regardant autour de lui d'un air détaché, il resta assis un moment. Les bureaux de la société se trouvaient au deuxième étage d'un petit immeuble qui en comportait trois. De lourds rideaux obscurcissant les fenêtres, il n'était pas possible, de la rue, de voir l'intérieur des locaux. Sauf un détail — le flic qui réglait la circulation au carrefour — c'était l'idéal pour ce qu'il avait à faire.

Observant l'agent de police qui, à grand renfort de mouvements de bras, essayait de faire avancer le flot de véhicules, Harry se dit qu'il lui serait facile de l'éviter. Après le hold-up il descendrait par l'escalier : le directeur porterait la mallette pleine d'argent et marcherait devant lui qui le tiendrait en respect, son unique main utile serrée sur le revolver non chargé dissimulé dans sa poche.

Au bas de l'escalier, Harry aurait deux possibilités : soit sortir par la porte principale, traverser la rue en passant tout près du flic et aller directement à la voiture qu'il avait empruntée, soit faire opérer un demi-tour au directeur pour sortir par la porte de derrière et atteindre un petit parking à l'arrière du bâtiment. Etant venu en reconnaissance pendant plusieurs jours, Harry savait que, chaque matin, le directeur allait se garer là. En général, le directeur arrivait un quart d'heure avant l'ouverture des bureaux au public et transportait toujours un attaché-case rebondi. Si Harry choisissait cette seconde solution, le directeur utiliserait alors son propre véhicule. Mais après avoir longuement réfléchi, Harry avait décidé d'abandonner cette idée : une fois l'alerte donnée et le secteur bouclé, on s'apercevrait vite que la voiture du directeur avait disparu du parking — ce qui signifierait une alerte immédiate par la police avec description et numéro d'immatriculation.

C'était bien trop dangereux et Harry décida donc

d'opter pour la solution la plus prudente, à savoir : passer à proximité du policier réglant la circulation au carrefour.

Harry descendit de voiture, ôta la clef de contact et jeta un regard furtif alentour. Personne ne semblait s'intéresser à lui ; d'un geste vif, il glissa les clefs derrière le pare-soleil puis remonta la vitre et ferma la portière.

Harry savait bien que laisser les clefs dans la voiture présentait une autre sorte de risque : avec une seule main, il lui était impossible, lorsque viendrait le moment de s'enfuir, de tenir à la fois le revolver et la mallette. Et puisqu'il ne pouvait se permettre de relâcher le directeur, le plus simple était de se servir de lui pour conduire le véhicule dont il aurait besoin pour s'échapper : Harry s'assiérait à la place du passager et tiendrait le directeur en respect avec le revolver. Sans les clefs, le directeur ne pouvait pas conduire, et si Harry les gardait dans sa poche, il ne pouvait les lui passer sans lâcher son arme : là était le problème. Il lui fallait donc faire confiance à la chance...

Il en était conscient et acceptait cela comme faisant partie des risques du métier. Harry savait que rien n'est jamais parfait mais préparant toutes ses opérations avec soin et sans omettre le moindre détail, il limitait au strict minimum les chances d'échec. S'éloignant de la voiture et de la Société de Crédit, Harry tourna à l'angle de la première rue. Vers le milieu du pâté de maisons, il entra dans un drugstore et acheta trois rouleaux de sparadrap qu'il emporta dans un petit sac.

Maintenant, il était temps de passer aux choses sérieuses.

Retournant au carrefour, Harry attendit que l'agent lui fasse signe avant de traverser puis, marchant d'un pas rapide, il atteignit l'autre côté de la rue et pénétra dans l'immeuble.

Il monta l'escalier jusqu'au premier étage et, sans aucune hésitation, ouvrit la porte de la Société de Crédit.

Le bureau était divisé par une cloison à mi-hauteur,

genre de balustrade comportant un portillon à l'une des extrémités. Du côté où se tenait Harry, un client, assis à une petite table, était occupé à remplir un formulaire de demande de prêt. De l'autre côté de la cloison se tenaient deux hommes et une jeune femme. L'un d'entre eux — le directeur — était assis à un bureau sur lequel une plaque portant son nom le désignant comme étant « J. WILSON ». L'autre n'était sans doute pas suffisamment important pour mériter une plaque à son nom. La situation de la jeune femme était éloquemment démontrée par la façon dont elle se déchaînait sur sa machine à écrire.

Un petit bureau, nota Harry. Une pièce seulement. Ce qui signifiait que la prise serait mince, mais Harry s'en était douté. Petits boulots signifiaient aussi petits risques...

Harry s'approcha de la balustrade et, avec précaution, posa le paquet en équilibre sur l'étroite main courante. Le directeur lui jeta un bref coup d'œil puis reprit son travail alors que l'autre homme se levait et, se dirigeant vers Harry, lui demandait :

— Que puis-je faire pour vous, monsieur ?

— C'est très simple, fit Harry, portant la main à sa poche et exhibant son arme. Ne faites pas l'idiot, s'il vous plaît, vous pourriez le regretter.

Fixant le revolver dans la main gantée de Harry, l'homme déglutit avec difficulté. D'un seul coup, le bruit de la machine à écrire s'arrêta, et le directeur fit mine de se lever.

— Doucement, dit Harry avec calme, et le directeur se rassit aussitôt.

Rapidement, Harry regarda du côté du client assis à la petite table : le stylo en suspens au-dessus du formulaire qu'il était en train de remplir, l'homme semblait pétrifié.

— Voulez-vous rejoindre les autres, s'il vous plaît, mais auparavant, veuillez verrouiller la porte, je vous prie...

Ne quittant pas Harry des yeux, l'homme paraissait avoir pris racine sur son siège.

— S'il vous plaît ! répéta Harry, élevant le ton juste ce qu'il fallait.

Dans un sursaut, l'autre lâcha son stylo, se leva d'un bond, marcha jusqu'à la porte et la verrouilla.

— Parfait, approuva Harry et, lui faisant signe de son arme, maintenant, vous rejoignez les autres.

Ouvrant le portillon, l'homme passa de l'autre côté de la balustrade et alla se placer près du bureau de la dactylo.

— Allons-y, Wilson, lança Harry au directeur, venez ici et prenez ça.

D'un mouvement du menton Harry désignait le paquet toujours posé en équilibre sur la balustrade.

Wilson se leva de derrière son bureau et se dirigea vers Harry qui, immédiatement, se mit à le détester. De toute évidence, Wilson n'était pas le moins du monde effrayé. S'il laissait deviner une émotion, c'était tout au plus une sorte d'amusement. L'ébauche d'un sourire sur les lèvres, se redressant, il traversa la pièce en fixant Harry d'un air arrogant.

— Ça alors, ironisa-t-il en prenant le paquet, un vol audacieux en plein jour, comme diraient les journaux.

— Votre sens de l'humour manque un peu d'originalité, répliqua Harry. Ouvrez ce paquet, voulez-vous ?

Wilson s'exécuta et sortit du sac les trois rouleaux de sparadrap.

— Bâillonnez-les, ordonna Harry. Puis attachez-leur les mains dans le dos, et aussi les chevilles.

— Vous croyez qu'il y aura assez de sparadrap ? demanda Wilson l'air narquois. Peut-être que vous n'avez pas assez bien préparé votre coup...

— Ça suffit ! Il y en aura largement assez ! Faites ce que je vous dis... et vite !

Wilson haussa les épaules et se tourna vers les trois autres.

— Tenez-vous tranquille, continua Harry, et tout ira bien pour vous.

Le coude appuyé sur la balustrade, il garda l'arme pointée vers Wilson pendant que celui-ci bâillonnait et entravait ses compagnons.

— Parfait. Maintenant, allez me chercher votre attaché-case.

— Peut-être que je n'en ai pas ! lança Wilson.

— Vous en avez un !

Haussant à nouveau les épaules, Wilson se dirigea vers son bureau de derrière lequel il sortit une mallette ventrue.

— Videz le contenu sur votre bureau.

Ouvrant l'attaché-case, Wilson le souleva à bonne hauteur et, d'un geste théâtral, il le retourna. Papiers et dossiers tombèrent en tas sur le bureau.

— Maintenant, ouvrez le coffre et mettez l'argent dans l'attaché-case.

— Sûr... c'est vous qui tenez le revolver !

— Et vous êtes prié de ne pas l'oublier... je ne voudrais pas avoir à m'en servir !

— Je n'en doute pas ! lâcha Wilson avec une sorte de ricanement, mais exécutant néanmoins ce qu'avait ordonné Harry.

— Très bien, fit ce dernier lorsque Wilson eut terminé. Apportez-moi la mallette.

Sans manifester aucune frayeur, Wilson passa de l'autre côté de la balustrade.

— Nous allons descendre par l'escalier, expliqua Harry. Vous marcherez devant moi et porterez la mallette. Je veux que vous marchiez lentement et en faisant très attention, parce que j'aurai cette arme dans ma poche, pointée sur vous en permanence.

Soupirant bruyamment, Wilson regarda Harry avec l'air de prodigieusement s'ennuyer.

— Allons-y, fit Harry, et il glissa le revolver dans sa poche.

Se tournant légèrement vers les autres, il continua :

— Je ne pense pas devoir vous rappeler que la sécurité de M. Wilson dépend de ce que vous ferez une fois que nous serons sortis d'ici. Inutile de jouer les héros en faisant voler les vitres en éclats pour attirer l'attention de quelqu'un. M. Wilson sera celui qui paiera pour la moindre erreur que vous commettrez.

D'un mouvement de tête, Harry fit signe à Wilson

d'ouvrir la porte. Celui-ci s'exécuta et sortit dans le hall — Harry le suivit, pratiquement collé à lui.

— Refermez la porte !

Wilson posa la mallette, sortit des clefs de sa poche, ferma la porte à clef et rempocha le trousseau.

— Maintenant, on descend l'escalier... doucement !

Ayant repris la mallette, Wilson s'engagea dans la cage d'escalier, Harry tout proche derrière lui. Pendant qu'ils descendaient, Harry se remémorait mentalement toutes les phases de son plan. Sortir par la porte de devant, traverser la rue, monter en voiture. Wilson conduirait. Harry le ferait aller jusqu'à la sortie de la ville et de là ils s'engageraient sur une route secondaire. Un peu plus loin, Harry obligerait Wilson à descendre et lui ordonnerait de marcher droit devant lui. Lorsque Wilson serait à une distance raisonnable, Harry ferait demi-tour et repartirait. Il faudrait un certain temps à Wilson avant de trouver une cabine téléphonique et cela permettrait à Harry de retourner en ville, d'y abandonner la voiture, et de rentrer chez lui par le bus, en prenant soin d'en changer plusieurs fois pour brouiller les pistes. Clair, net, rapide et sans aucune violence.

Ils étaient arrivés au niveau de la porte donnant sur la rue et Wilson marqua une pause.

— Ouvrez la porte, intima Harry.

Wilson obéit puis, lentement, s'avança sur le trottoir.

Harry se plaça juste à côté de lui et, d'un coup d'œil rapide, examina les abords. Tout était exactement comme avant — y compris l'agent de la circulation et ses grands gestes.

— Allez, on traverse, lança Harry, et surtout ne faites rien de stupide.

— Comment oserais-je ? répliqua Wilson, ironique, tout en s'engageant sur la chaussée.

Les épaules rejetées en arrière, la tête droite et le torse bombé, il avait l'air encore plus arrogant que dans le bureau lorsqu'il s'était approché de Harry pour prendre les rouleaux de sparadrap. Harry marchait sur la gauche de Wilson, et légèrement en retrait.

108

Lorsqu'ils atteignirent le milieu du carrefour, ils se trouvèrent à moins de deux mètres du policier. Celui-ci leur jeta un coup d'œil... et sourit :

— Bonjour, monsieur Wilson, lança-t-il tout en continuant ses grands mouvements de bras.

— Salut, Bill, répondit Wilson sans s'arrêter.

Harry laissa échapper un long soupir lorsqu'ils prirent pied sur le trottoir opposé. Un bref coup d'œil en arrière lui confirma que le flic était toujours occupé à régler la circulation.

— Arrêtez-vous et montez du côté passager, ordonna Harry en indiquant la voiture volée d'un mouvement de tête, puis vous vous glisserez à la place du chauffeur.

— C'est moi qui conduis ?

— Oui, c'est vous !

Wilson haussa les épaules, avança vers la voiture, ouvrit la portière, monta et s'installa derrière le volant. Harry s'engouffra à sa suite, arriva à refermer la portière en s'aidant seulement de son coude pour garder la main serrée sur son arme à l'intérieur de sa poche. A présent, la mallette était posée entre eux, sur le siège.

— Prenez les clefs, derrière le pare-soleil.

Wilson tendit la main et fouilla mollement derrière l'écran.

— Plus vite !

— Oh ! du calme, du calme... fit Wilson, tâtonnant toujours.

Harry sortit l'arme de sa poche et l'enfonça dans les côtes de son voisin, si rudement que Wilson grimaça de douleur.

— Vous énervez donc pas comme ça, dit-il néanmoins en extirpant les clefs de derrière le pare-soleil.

Harry regarda par la vitre. Le flic avait quitté son poste et, pressant le pas, une main ouvrant le rabat de son étui à revolver, il venait dans leur direction.

Wilson aussi avait vu le policier. Il se tourna vers Harry :

— A votre place, j'hésiterais à tirer. Bill est un flic

109

de premier ordre et un excellent tireur. Vous n'avez aucune chance de vous en sortir.

Harry pensa à l'arme non chargée dans sa main, regarda de nouveau le flic qui approchait et comprit que, quelque part, un grain de sable s'était glissé dans l'engrenage.

— Vous l'avez alerté ! lâcha-t-il à l'adresse de Wilson.

— En quelque sorte, oui : il sait qu'il m'est impossible de conduire cette voiture.

Harry regarda Wilson sans comprendre.

— J'ai une voiture conçue spécialement pour moi...

Alors que, revolver au poing, le policier s'arrêtait à la hauteur de Harry, Wilson, un sourire ironique aux lèvres, remonta lentement la jambe droite de son pantalon pour qu'Harry vît le plastique de sa jambe artificielle.

One-armed bandit
Traduction de Christiane Aubert

Le dernier qui rira...

par

PHILLIP TREMONT

A soixante ans, Big Freddy était le criminel le plus
puissant de toute l'Amérique et, ma foi, un homme
heureux. Il s'était forgé une réputation de tout premier
ordre dans la profession qu'il s'était choisie, ainsi que
dans un domaine tout aussi exigeant : la mise au point
de canulars élaborés. Il était à peu près certain de
mener à bonne fin ses dernières blagues. De même, il
pensait bien pouvoir réaliser son ambition suprême qui
était de mourir dans son lit de sa belle mort. Il ne
s'inquiéta donc pas le moins du monde quand il apprit
que la belle brune du Club 22 était fille de cheminot.

— Qui est cette fille qui parle avec les gars, là-bas ?
demanda-t-il à Dino Clark, son lieutenant chargé des
paris clandestins sur les champs de course.

Dino se tourna pour regarder la fille qui riait,
superbement moulée dans un fourreau bleu électrique.

— Je crois l'avoir déjà vue quelque part. Je ne me
souviens plus de son nom, Margo quelque chose.

A ce moment-là, ils la virent faire un signe d'adieu
coquin aux deux autres lieutenants de Freddy : Bill
Vitale qui contrôlait le bingo et Vinny Gio chargé des
relations avec les syndicats. Alors, Bill et Vinny s'ap-
prochèrent de la table de Freddy.

— Qui c'est, votre amie ? demanda Freddy.

— Qui ? Margo ? répondit Bill. Juste une copine.
C'est marrant que vous parliez d'elle, patron. Pas vrai,
Vinny ?

— Ouais, elle parlait justement de vous, patron. Elle trouve que vous êtes le plus beau gars du club.

Freddy rougit de plaisir. Il se redressa dans son fauteuil, s'efforçant en vain de rentrer un ventre bien rebondi, et lissa la longue mèche grisonnante qui masquait sa calvitie.

— Oh ! les gars… Il y a une vingtaine d'années, je dis pas…

— Elle a toujours aimé les hommes d'âge mûr, lança Dino. Elle me le disait encore tout à l'heure.

— Il y en a qui sont comme ça, dit Bill.

— Plus que tu ne crois, enchérit Vinny.

Freddy se laissa aller à rêver. Mais, arrivé à la moitié de sa bouillabaisse, il voulut en savoir plus sur cette fille.

— Elle est mariée ? demanda-t-il à la cantonade.

— Qui ça ? demanda Bill.

— Margo, vous voulez dire ? s'enquit Dino.

— Elle est divorcée, répondit Vinny.

— Ouais, elle vit chez son père, ajouta Bill.

Freddy eut une petite moue et pianota pensivement sur la table. Quarante années d'ascension dans les rangs de l'organisation lui avaient appris que les gangsters d'envergure sont plus souvent éliminés par des sous-fifres ambitieux que par leurs rivaux. Il avait aussi remarqué que les boss qui s'intéressaient de trop près aux petites amies de leurs lieutenants avaient tendance à mourir plus jeunes que d'autres. C'est pourquoi il prit son temps pour formuler la question suivante, ne doutant pas que chacun de ces trois hommes l'eussent assassiné volontiers et que seule une saine méfiance les uns des autres les retenait de le faire.

Ces dix dernières années, Freddy avait progressivement relâché les rênes du pouvoir, déléguant une part toujours plus grande de son autorité aux hommes qui dînaient aujourd'hui avec lui. Il suivait en cela un programme mûrement réfléchi, visant à lui permettre de se glisser dans la peau d'un juge-arbitre au-dessus des rivalités meurtrières des petits chefs. Avec un admirable self-control, il avait su brider ses deux passions maîtresses — un amour immodéré de la beauté féminine et un goût prononcé pour la mise en scène de canulars compliqués. Un des derniers plaisirs qu'il s'offrait encore à ce jour était d'envoyer une caisse de spaghettis tous les Noëls à Lucky Luciano exilé en Italie.

Mais cette Margo avait passé ses défenses. Il eut soudain furieusement envie de la revoir. Avant toute initiative prématurée, il voulut seulement s'assurer qu'il n'y avait pas de maniaque de la gâchette dans les parages.

— Elle est avec quelqu'un ? demanda-t-il.

— Non, répondit Vinny. Personne en particulier.

— Elle pourrait faire le bonheur de quelqu'un, dit Dino.

— Je me demande pourquoi personne ne lui a encore mis le grappin dessus, dit Bill d'une voix rêveuse.

— Son père est très sévère, dit Vinny.

Tout à coup la lumière se fit dans l'esprit de Freddy. Toutes ces réponses sonnaient faux, comme si on les avait préparées. Il piqua sa fourchette dans son baba au rhum.

— Et qu'est-ce qu'il fait dans la vie, son père ? demanda-t-il.

— Il est cheminot à la Compagnie de Chemin de Fer de Long Island, répondit Dino.

Freddy faillit en avaler son baba de travers. Une vague d'affection pour Dino, Vinny et Bill le submergea, alors que tout à l'heure encore il les considérait comme des assassins en puissance. Il était comme un père dont le fils vient de réussir avec les félicitations du jury. Et ses « fils » à lui avaient passé toute leur vie dans un milieu où on avait toujours préféré une bonne grosse farce à un jeu de mots. Freddy prit donc comme un compliment qu'ils se soient donné tant de peine pour lui faire une farce dont il voyait déjà toutes les ficelles. Il était on ne peut plus heureux.

Le scénario qu'ils avaient choisi était si connu des adeptes du canular qu'il était même répertorié sous le terme générique de « La Fille du Mécano ». Pour décor, il ne nécessitait qu'une maison isolée dans la campagne en bordure d'une voie ferrée. Quant aux acteurs, deux suffisaient : une belle jeune fille et un homme à l'aspect truculent qui consente à porter un bleu de chauffe, une casquette de cheminot et à brandir un énorme pistolet chargé à blanc.

Les conspirateurs devaient persuader leur victime que la fille n'avait d'yeux que pour lui. Puis un jour, ils lui apprenaient que le cerbère (mécano, pompier ou cheminot) était d'équipe de nuit, le Roméo des banlieues, tout émoustillé, était conduit chez sa Juliette. La fille avait à peine le temps de dire « Hello ! », que son « père » surgissait à grand fracas, en braillant : « Ah ! c'est toi le salaud qui ruine la réputation de ma fille ! » et tirait comme un fou avec son pistolet de cavalerie. Terrorisée, la malheureuse victime sautait par la fenêtre et passait une nuit d'épouvante à grelotter dans un champ de blé.

Freddy secoua la tête ; il n'en revenait pas que ses gars aient pu penser un seul instant qu'il se laisserait prendre à un truc aussi éculé — lui, Big Freddy, le roi incontesté de la farce, dans le milieu depuis plus de dix ans, célébré pour le soin qu'il portait même aux éliminations de routine, où sa verve et son génie inventif éclataient au grand jour.

Freddy sourit en lui-même au souvenir de certaines de ses blagues...

Il y avait eu Big Al par exemple, le boss de Chicago, la ville où Freddy avait commencé à faire parler de lui. Alors que Freddy flirtait depuis des années avec une danseuse particulièrement pulpeuse, Big Al lui avait soufflé la fille en la demandant en mariage — manœuvre traîtresse s'il en fut.

Freddy s'était montré beau joueur. Il avait envoyé un superbe cadeau aux futurs époux, dansé à leur mariage, et souhaité bonne route au jeune marié quand il était monté au volant de sa voiture. Mais la lune de miel s'était terminée à cinq kilomètres de la ville quand, pour une raison inconnue, la voiture de Big Al avait défoncé une barrière et était allée s'écraser en bas d'une falaise.

Quand on retrouva leurs corps, le lendemain matin, on remarqua que la ligne blanche avait été peinte en noir sur quelques centaines de mètres. A la place, une main inconnue avait peint une nouvelle ligne blanche qui conduisait en courbe douce directement à la falaise. Sur le bas-côté de la route — tout près du trou béant dans la barrière — il y avait un panneau tout neuf sur lequel on pouvait lire, inscrit en lettres gothiques : Le Saut des Amants.

Et puis, il y avait eu Big Joe, le prédécesseur de Freddy à la tête de l'organisation. Champion de natation dans sa jeunesse, Big Joe croyait encore aux vertus du grand air et de l'exercice — pour tout le monde. Chez lui, à la campagne, il organisait des réunions qui pouvaient durer des semaines entières. Au programme, une activité à laquelle nul ne pouvait se soustraire : le plongeon dans la piscine en plein air, à la prime lueur de l'aube, qu'il pleuve ou qu'il vente.

Big Joe tambourinait sur sa poitrine musclée et beuglait à l'intention de ses invités qui grelottaient dans leurs slips de bain : « Rien de tel pour la santé qu'un petit plongeon quotidien ! Regardez-moi ! Je nage comme un poisson. Eté comme hiver, jamais je ne manque mon bain matinal ! »

Le lendemain matin du jour où Freddy quitta la propriété de Big Joe pour la dernière fois — c'était au mois d'octobre — celui-ci bondit hors de son lit, sauta dans son caleçon de bain et courut en petites foulées jusqu'à sa piscine. Son ardeur pour une vie spartiate n'était gâtée que par l'absence de tout subordonné à qui faire prendre un bain glacé. Dans la lumière grise du petit matin, il plongea joyeusement dans la piscine, où il se retrouva en compagnie de deux requins affamés.

Freddy avala le peu de cognac qui lui restait et balaya ces souvenirs nostalgiques, pour considérer avec affection les trois hommes assis à sa table. « Alors, comme ça, ils voulaient rivaliser avec le vieux maître, hein ? Eh bien, pourquoi ne pas jouer un peu avec eux ? Ça lui rappellerait le bon vieux temps. »

— J'aimerais bien revoir cette fille, annonça-t-il.

— Qui ça ? demanda Dino.

— Margo voyons, fit Vinny. Le boss parle de Margo.

— Eh bien, si vous voulez la voir, patron, dit Bill avec tact, on doit pouvoir arranger ça.

— Ça ne va pas être facile, facile, lança Dino.

— Pourquoi ? s'enquit Vinny. Elle en pince pour lui. C'est elle-même qui nous l'a dit.

— C'est à cause de son père, expliqua Bill. Il la surveille nuit et jour. Elle nous a dit qu'il avait toujours un feu sur lui.

— Attends une minute, intervint Freddy, donnant lui-même la réplique suivante, y a pas quelqu'un qui m'a dit que son père était cheminot ?

— Si, et alors ? firent-ils en chœur.

— Eh bien, dit Freddy, les cheminots, est-ce que ça n'a pas des petits voyages de nuit à faire environ un jour sur deux ?

*
**

Ce fut Dino qui lui annonça la nouvelle deux jours plus tard : le père de Margo ne serait pas là de toute la nuit ; la fille l'attendait avec impatience dans la maison isolée que le cheminot habitait à Long Island.

Quand Freddy monta dans la Cadillac de Dino garée devant sa maison de Sutton Place, il trouva Bill et Vinny assis sur la banquette arrière. Il gloussa de plaisir et se frappa joyeusement les cuisses en s'installant entre eux.

Vinny offrit des cigares. Freddy accepta et s'apprêta à savourer la longue route jusqu'à Long Island. Il dut se tortiller un peu pour se caler confortablement. En effet, le gros Lüger qu'il portait sous l'aisselle le gênait dans ses mouvements. C'était la première fois qu'il portait une arme depuis plus de trente ans, calcula-t-il. « Bon dieu, c'est vraiment comme au bon vieux temps ! »

Une heure plus tard, Dino stoppa la voiture devant une maison délabrée, perdue en pleine nature. Freddy jeta un coup d'œil autour de lui et eut un large sourire. Les gars avaient bien choisi l'endroit. Pas d'autre maison en vue. On n'entendait que le bruit des grillons, très actifs ceux-là. A une cinquantaine de mètres de là, il distinguait le talus de la ligne de Long Island.

— Et voilà, nous y sommes, annonça Dino.

— Amusez-vous bien, patron ! lança Bill en ouvrant toute grande la portière.

— Nous viendrons vous chercher demain matin, dit Vinny en lui donnant une tape amicale dans le dos.

Debout sur les marches, Freddy leur fit un signe d'adieu. Il se demandait à quelle distance ils allaient se garer. De toute façon, assez près pour le voir détaler par la porte de derrière comme s'il avait le diable aux trousses. Quand il se tourna vers la maison, Margo se tenait sur le seuil, le dos à la lumière.

Elle se précipita dans ses bras quand il gravit les marches du perron.

— Oh, chéri ! J'attends ce moment depuis si longtemps !

Freddy lui tapota le dos affectueusement et entra.

— Tu es bien sûre que ton père ne reviendra pas cette nuit, ma beauté ? On m'a dit qu'il avait toujours un pistolet sur lui.

Margo le poussa amoureusement vers le sofa.

— Il ne rentrera pas. La nuit est à nous !

Du coin de l'œil, Freddy remarqua le Scotch, les verres et les glaçons disposés sur la table basse.

— Bien, dit-il en sortant son Lüger de son holster, juste au cas où il nous surprendrait. Comme ça, il ne me prendra pas au dépourvu.

Les yeux de Margo s'écarquillèrent de surprise et de terreur.

— Et ! Qu'est-ce que c'est que ça ? Ils ne m'ont jamais dit que...

Freddy la fixa d'un œil terrible.

— Si quelqu'un rentre par cette porte cette nuit, chérie, je lui tire dessus et je ne le raterai pas.

Il déposa soigneusement le Lüger à portée de sa main.

Il passa son bras autour des épaules frémissantes de Margo, l'attira à lui, se délectant de sa peur. La fille avait cru jouer un rôle dans une blague anodine, et découvrait qu'elle allait assister à un carnage.

— Qu'est-ce que vous allez faire ? gémit-elle.

— Je serai celui qui rira le dernier, gloussa-t-il. Comme toujours.

Il pensait maintenant au pauvre type qui allait faire irruption dans la pièce d'un moment à l'autre, tirant ses balles à blanc. Freddy éclata de rire, il imaginait la tête du type quand il se trouverait confronté au Lüger.

— Tu n'as jamais entendu parler du Saut des Amants ? demanda-t-il à la fille.

Il en pleurait, tentant vainement de reprendre son souffle entre deux accès de fou rire.

— Tu n'as jamais entendu parler non plus du gars qui nageait comme un poisson ?

Les ongles de Margo s'enfoncèrent dans son bras.

— Partez ! Je vous en prie, partez ! implora-t-elle.

La porte d'entrée claqua.

— Margo ! appela une voix tonitruante, qui est avec toi ?

— Personne ! hurla-t-elle d'une voix suraiguë, personne ! Absolument personne !

— Il est trop tard maintenant, dit Freddy, s'emparant du Lüger.

— Ah ! c'est toi le salaud qui ruine la réputation de ma fille !

Il était là, le cheminot, raide comme la justice, aussi crédible qu'un acteur de troisième ordre avec son bleu de chauffe, sa casquette dont la visière exagérément longue lui cachait les yeux, sa lampe-tempête et une énorme cartouchière serrée autour de la ceinture. La gueule de l'antique revolver qu'il brandissait semblait aussi grande que l'entrée d'un tunnel.

— Lève-toi si tu es un homme et fais ta prière, lança le cheminot d'une voix féroce.

Il avait une grosse moustache postiche collée sous le nez. Levant son revolver, il visa Freddy juste entre les deux yeux. Flamme et bruit jaillirent du revolver.

Freddy sortit le Lüger de derrière son dos.

— Cours, chéri ! hurla Margo.

Freddy visa soigneusement et vida tout son chargeur.

La ridicule lampe-tempête roula par terre. La fille bondit du sofa et se jeta dans les bras de l'homme. Pour une raison incompréhensible, il était encore debout. Freddy avait bien prévu que l'homme ne s'effondrerait pas raide mort sur le plancher — le Lüger, lui aussi, était chargé à blanc — mais il pensait que sa victime s'enfuirait à toutes jambes.

Deux silhouettes sortirent de l'ombre du couloir et vinrent se poster aux côtés du cheminot tout sourire... Vinny et Bill. Le bras autour de la taille de la fille, Dino leva la main qui tenait toujours le revolver, lança la casquette en l'air et arracha la moustache broussailleuse. Les trois hommes arboraient des sourires épanouis.

Freddy resta un moment bouche bée, puis il eut un petit sourire honteux.

— Vous m'avez bien eu cette fois, les gars. Je dois me faire vieux.

Pour la première fois, il sentit la peur lui nouer l'estomac. Un vrombissement assourdissant emplit la pièce.

Dino jeta un coup d'œil à sa montre.

— C'est l'hélicoptère. Juste à l'heure.

— Il nous avait bien semblé que tu reconnaîtrais ce vieux gag, dit Bill à Freddy.

— Et nous nous doutions que tu sortirais un flingue, poursuivit Vinny. Chargé à blanc, naturellement ! Tu n'irais pas commettre un meurtre à ce stade de ta carrière, hein, Freddy ?

Il tenait un petit automatique à la main, le canon pointé négligemment vers l'estomac de Freddy.

— La première balle dans ce vieux pétard était une balle à blanc, dit Dino.

— Mais pas les autres, ajouta Bill. (Lui aussi tenait un revolver à la main.)

— Tu vois, dit Vinny, nous avons pensé que nous n'avions plus vraiment besoin de toi et de tes farces à la con maintenant que tu nous as donné tout ce pouvoir au sein de l'organisation. Notre problème pour prendre ta place jusqu'à maintenant, c'était que nous ne nous faisions pas vraiment confiance. Mais voilà, on a résolu là difficulté : avec ce coup-là on est tous les trois dans le bain. Plus question de balancer le copain.

— Tout ce qu'il fallait, reprit Dino, c'était qu'on retrouve ton corps à des kilomètres de là où les flics pourraient penser que nous étions. Dans une minute, un hélicoptère va atterrir sur la pelouse, là devant. Deux minutes plus tard, il nous déposera sur la terrasse d'un entrepôt de Jersey, à quatre-vingt kilomètres d'ici. Jersey où nous célébrerons le départ à la retraite d'un commissaire de police. Pas mal comme alibi, non ?

Les yeux rivés sur les revolvers qui le menaçaient, Freddy n'arrivait toujours pas à y croire.

— Vous vous êtes vraiment défoncés pour monter une telle farce, les gars.

— On voulait être les derniers à rire, pour une fois, dit Dino.

— Exact ! acquiescèrent Vinny et Bill.

Puis tous trois firent feu.

That Guy What Laughs Last
Traduction de Sylvette Lemerle

Mieux vaut tard que jamais

par

H. A. DeRosso

La route s'arrêtait là. Une barrière de fortune y avait été installée avec l'écriteau « ROUTE BARREE. DANGER D'AFFAISSEMENTS. »

Will Owen ralentit et quitta doucement la route pour emprunter la piste créée par le passage des nombreux chasseurs et pêcheurs qui fréquentaient les parages en contournant eux aussi la barrière. Une fois l'obstacle franchi, il regagna la route et accéléra.

Ses phares, trouant l'obscurité, éclairèrent bientôt la vieille décharge de pierres recouverte maintenant d'herbes folles telle une colline naturelle, puis, derrière, la lugubre carcasse d'acier de la plate-forme depuis longtemps abandonnée.

Il ralentit de nouveau, fit demi-tour et arrêta le moteur. Dans le silence de la nuit il n'entendit plus que le coassement des grenouilles d'un étang voisin et les sourds battements de son cœur dans sa poitrine.

Il sortit son paquet de cigarettes mais se ravisa de peur que la flamme du briquet ne le trahisse. Puis, se disant que minuit n'était pas heure propice à la promenade dans un pareil endroit et qu'elle seule le savait là, il en prit une, qu'il alluma.

L'attente le déprimait. Il attribua cela à l'environnement, à la mine de fer désaffectée, l'atmosphère de désolation qui régnait sur les bâtiments déserts, la décharge de pierres étouffée par les herbes, les machines rouillées. Mais il n'avait pas trouvé de meilleur endroit où la rencontrer.

Inquiet, il alluma le tableau de bord pour regarder l'heure à sa montre. Il avait été ferme au téléphone, lui faisant clairement comprendre qu'il était hors de question qu'elle ne vienne pas. Lorsqu'elle avait protesté en arguant qu'elle était mariée et ne pouvait sortir à pareille heure, il avait sèchement rétorqué que ce n'était pas son problème, puis aussitôt raccroché.

A présent, il en était à griller cigarette sur cigarette et se demander s'il avait bien manœuvré, lui qui n'avait aucune expérience en la matière et n'aurait jamais imaginé qu'il s'abaisserait un jour à une telle ignominie.

Il était sur le point de renoncer lorsqu'une lueur de phares le retint. Son pouls s'accéléra. Il sortit pour attendre dans l'obscurité. Il n'aurait su dire si l'émotion qui l'étreignait était due à l'idée de ce qui allait découler de leur rencontre ou à celle de la revoir enfin et de lui parler. Cela faisait si longtemps !

La voiture contourna la décharge de pierres et il se trouva brutalement aveuglé par les phares. Pendant un instant, il maudit la bêtise qui le faisait se tenir si en vue alors que le simple bon sens aurait dû lui dicter un minimum de prudence. Mais somme toute, cela était nouveau pour lui. Il n'avait aucune expérience en la matière et n'agissait pas pour le plaisir, mais poussé par la haine et la fatalité.

La voiture s'immobilisa. Les phares s'éteignirent, laissant les ténèbres reprendre leurs droits.

— Sibyl ?

Il parvint à peine à prononcer son nom, tant il avait la gorge sèche et serrée. « Encore une bêtise ! », se dit-il à bout de nerfs. « Et si ce n'était pas elle ? » Un filet de sueur glacée lui dégoulinait dans le dos.

La portière s'ouvrit, et dans la lueur éphémère émise par le plafonnier il reconnut Sibyl qui descendait. La nuit l'engloutit de nouveau, une nuit certes moins vide, mais plus angoissante encore.

Douleur et honte le submergèrent.

122

— Viens ici ! ordonna-t-il durement pour cacher son désarroi. Viens ici, je te dis !

Un chuchotement étranglé lui répondit dans les ténèbres.

Elle avança et s'arrêta assez près de lui pour qu'une bouffée de parfum lui parvînt. Du lilas, comme d'habitude. Il refoula rageusement ses souvenirs.

Il ne savait par où commencer. Pourtant, quels que fussent ses sentiments, il n'avait plus le choix. Il lui fallait jouer le personnage qu'il avait choisi et aller droit au but.

— Tu es en retard.

— Je n'ai pu me libérer plus tôt. Et j'ai dû rouler doucement sur cette route. Elle est barrée, et il paraît qu'il y a des affaissements partout. Je... J'avais peur.

— Aucun danger. Le propriétaire de la mine prend simplement ses précautions pour le cas où il se produirait vraiment un éboulement ; tous les chasseurs et pêcheurs de la ville continuent néanmoins de passer par ici pour se rendre à la crique.

— Mais il y a bien des effondrements autour de ces vieilles mines.

— Je te répète que cet écriteau ne veut rien dire ! Tu connais la vieille route de Bessemer ? Tu as vu tous les panneaux avec « Chaussée affaissée. Danger. » ? Pourtant tous les bus l'empruntent. Ça peut s'effondrer un jour quelque part, mais les chances sont infimes.

La nuit ne lui permettant pas de voir grand-chose, il se surprit à essayer de se la représenter. Elle était grande et mince. La masse blonde de ses cheveux bouclés encadrait un visage... Perdu dans ses souvenirs, il garda un instant les yeux fermés. Mais l'amertume reprit le dessus. Assez de discours sur les affaissements ! Ils n'étaient pas là pour parler de problèmes de ponts et chaussées.

— Tu as apporté ce que je t'ai dit ? fit-il d'une voix tendue.

— L'argent ?

— Bien sûr, l'argent ! Qu'est-ce que ça pourrait être d'autre ? Tu as tout ?

— J'ai les mille dollars que tu as demandés.

— Eh bien, donne !

Elle hésita.

— Qu'est-ce que tu attends ?

Elle eut un sanglot étouffé.

— Je ne peux pas y croire. Pas mon père ! Pas lui !

— Tu as vu les photocopies que je t'ai envoyées, non ? Tu as bien reconnu son écriture ?

— Mon père était honnête. Il n'aurait jamais accepté de pots-de-vin. La corruption lui était étrangère.

— Ce n'est pas ce qu'il dit dans sa lettre.

— Tu n'as donc pas de cœur ? Ne peux-tu laisser les morts en paix ?

— Il n'est pas le seul à être mort, jeta-t-il en sentant la haine couler dans ses veines. « Mon père aussi est mort », ajouta-t-il intérieurement, « et à cause du tien. »

Elle resta silencieuse, comme si elle aussi s'était mise à penser à ce qui avait tout brisé entre eux.

— Alors, ça vient ?

Elle lui lança quelque chose d'un geste rageur. Il attrapa le paquet — une enveloppe de papier épais — sans le regarder. Il ne la quittait pas des yeux, tentant désespérément d'entrevoir son visage. Mais la nuit était trop noire.

— Tu ne comptes pas ? siffla-t-elle d'une voix méprisante. Tu n'as pas peur de te faire rouler ?

Il remercia les ténèbres de dissimuler le rouge qui lui était monté au front.

— Je compterai plus tard.

— Ce n'est pas fini, je suppose ?

— Non.

— Ça s'arrêtera quand ?

Il cessa de tripoter machinalement l'enveloppe, se détestant plus que jamais.

— Je ne sais pas.

— Seras-tu jamais satisfait ? Qu'est-ce qui m'assure que tu ne rendras pas la lettre publique une fois que tu m'auras saignée à blanc ?

Il ne répondit pas. Elle détourna le visage et baissa la tête.

— Tu pleures ?

— Pourquoi pleurerais-je ? Je n'ai plus de larmes depuis longtemps. Tout ce que je désire, c'est partir d'ici et... et...

Elle le laissa planté là dans sa misérable solitude, regagna la voiture et démarra. Il vit les feux arrière disparaître derrière la décharge de pierres et resta seul, immobile, perdu dans des souvenirs et des pensées aussi mornes que la mine abandonnée...

Assis au bar un verre à la main, il regardait d'un œil absent les savantes contorsions de la strip-teaseuse.

« Je ne pensais pas que ça se passerait ainsi, se dit-il. J'espérais au moins tirer quelque satisfaction personnelle de cette affaire. Mais je n'ai réussi qu'à blesser Sibyl — alors que c'était lui que je voulais atteindre. Mais il est mort, et tout ce qui reste de lui, c'est Sibyl... »

Une bouffée de parfum agressif lui fit prendre conscience que quelqu'un venait de s'asseoir sur le tabouret voisin.

— Tu m'offres un verre, chéri ?

Il posa un regard fatigué sur la danseuse, maintenant un peu moins déshabillée mais tout aussi artificielle — sourire forcé, faux cils, chevelure flamboyante — que sur la scène.

— C'est demandé si gentiment.

Des doigts se mirent à jouer avec son oreille.

— Qu'est-ce qui ne va pas, chéri ? On n'a pas été gentil avec toi ?

Il sentit la pression d'une cuisse contre la sienne.

— Paie-moi un verre et raconte-moi tes malheurs.

Un homme entra et passa derrière lui. Will Owen, qui l'avait vu du coin de l'œil, sentit la rancœur l'envahir.

— Tu ferais mieux d'essayer ce type, fit-il, amer. Il te pàiera peut-être une bouteille de champagne si tu as de la chance. Ce ne serait sans doute pas sa première ici.

— Merci pour tout, minable.

Il replongea dans ses pensées. « Alors, c'est lui que tu as voulu, Sibyl. Ça ne peut être que ça, puisque tu l'as épousé. Evan Sterling. » Il dut rassembler toute sa volonté pour ne pas lui jeter son verre à la figure.

La danseuse et Sterling quittèrent le bar pour aller s'asseoir à une table. Elle lui passa le bras autour du cou. A en juger par ses hennissements, il était dans un état d'ébriété avancée.

Ecœuré, Owen détourna la tête, un goût de cendre dans la bouche. Il ne termina pas son verre. Dehors, les pâles lueurs de l'aube pointaient par-dessus les toits. Un oiseau chantait à gorge déployée. Owen n'en eut même pas conscience.

La baraque se trouvait non loin d'une petite route, dans une clairière entourée de peupliers étouffés par les plantes grimpantes. L'endroit était à l'abandon. De grandes herbes sèches — pleines de verges d'or et de chardons — n'ayant pas connu la tondeuse depuis longtemps dissimulaient presque un véhicule antédiluvien qui avait manifestement trouvé là son dernier parking.

Owen remarqua qu'à la fenêtre l'un des carreaux avait été remplacé par un morceau de toile de sac. Il frappa du poing sur la porte.

— Corbett! cria-t-il. Corbett! Ouvre!

Aucun son ne sortit de la cabane. Il jeta un regard circulaire. La vieille Plymouth 41 était couverte de poussière et de détritus.

— Corbett! Réveille-toi! C'est moi, Owen!

Quelque chose bougea à l'intérieur et la porte s'entrebâilla. Un œil chassieux cligna sous la morsure du soleil. Une main crasseuse gratta une barbe de plusieurs jours.

— Qu'est-ce que tu veux?

— Te parler, Corbett.

Le pochard eut un moment d'hésitation avant d'ouvrir, non sans réticence.

126

— D'accord. Entre.

L'antique four à bois et la table étaient couverts de vaisselle sale. Le lit, qui n'avait jamais dû être fait, était garni de draps grisâtres et maculés. Par terre, au pied du lit, une bouteille de gin presque vide.

Corbett se laissa tomber sur une chaise qui protesta, et en indiqua une autre à Owen en le fusillant du regard.

— Alors ? éructa-t-il.

Owen fit un rapide état des lieux. Dans un coin, il remarqua des pièges et du matériel de pêche. Une carabine était suspendue au-dessus du lit. La bicoque empestait le poisson et les peaux en train de sécher.

— La lettre de Blackwell que tu m'as vendue, articula-t-il lentement, tu peux me répéter où tu l'as trouvée ?

— Mais je te l'ai déjà dit, répondit Corbett en fronçant les sourcils.

— Répète.

— Mais pourquoi ?

— Ça n'est pas ton affaire, coupa Owen sèchement, répète.

Corbett parcourut la pièce d'un regard affolé, comme pour s'assurer qu'ils étaient bien seuls.

— Comme je t'ai dit, j'ai cambriolé la maison des Blackwell, commença-t-il en évitant le regard d'Owen. Nom de Dieu, faut bien que tu comprennes ! L'hiver a été dur. J'ai pratiquement pas fait un rond avec les fourrures et le poisson. Les Blackwell étaient pleins aux as, alors j'ai décidé d'aller me servir, des fois qu'y aurait eu un petit reste pour ma pomme.

— Tu as fait ça quand ?

— Au printemps dernier. En avril ou en mai, j' me souviens plus très bien.

— Où as-tu trouvé la lettre ?

— Hein ?

Corbett, apparemment pris de court, jeta un regard de convoitise à la bouteille de gin et sembla se ressaisir.

— Dans un bouquin.

— Le titre ?

— Bon Dieu, c'était pas de la lecture que je cherchais !

— Je m'en doute, commenta Owen. Mais pourquoi as-tu été fouiller dans les livres ? Tu n'es pas du genre intellectuel.

— Ça va pour les vannes, hein ! se rebiffa Corbett. J' suis pas d'humeur !

— Mais comment as-tu fait pour tomber sur ce livre ? insista Owen.

— Y'a des gens qui cachent des trucs dans des livres, non ?

— Tu crois ?

— Où tu veux en venir ? Pourquoi tu me poses toutes ces questions ? T'as la lettre, non ? En plus, t'as fait une drôle d'affaire !

— Ah bon ? fit Owen, placide.

Corbett se pencha au-dessus de la table, l'œil mauvais.

— Qu'est-ce que tu mijotes ? Qu'est-ce qui te prend de fouiner partout ?

— Blackwell résidait dans le Sud, mais il avait une maison de campagne ici, au Nord. Il est mort dans le Sud en janvier dernier, mais tu as trouvé la lettre ici, dans sa résidence d'été. Comment expliques-tu ça ?

— Hein ?

La chaise protesta sous le poids de Corbett dont le regard, au-delà de la porte restée ouverte, alla se poser sur les hautes herbes caressées par le vent. Le chant d'un verdier résonna haut et clair.

— Le vieux Blackwell est bien resté ici l'été et l'automne derniers, non ? reprit Corbett d'un ton de défi. Il a dû écrire la lettre à ce moment-là et la cacher dans le bouquin. Ce qui est sûr, c'est qu'il ne voulait pas qu'on la trouve avant sa mort, il l'a écrit dedans.

— Pourquoi est-ce que tu me l'as vendue ?

La chaise grinça de nouveau.

— Ben, je connaissais l'histoire de ton vieux. J'ai bossé pour lui un été, y'a un ou deux ans, sur un chantier. T'as toujours dit que c'était Blackwell qui lui avait cassé les reins parce qu'il refusait de lui filer une commission sur ses contrats. Même que c'est pour ça qu'il s'est flingué, ton vieux, comme tu l'as raconté partout en ville. J' vois pas pourquoi j'aurais pas été au courant. Tout le monde sait que tu détestais Blackwell. Alors... J' me suis dit que ça te déplairait pas de prendre ta revanche.

— Prendre ma revanche sur un mort ?

— Il a une fille, non ? En plus, j'ai trouvé la lettre qu'après sa mort.

— Pourquoi ne pas me l'avoir vendue tout de suite ?

— J'y ai pas pensé. J' savais pas quoi en faire. Et puis l'idée m'est venue quand sa fille s'est pointée ici.

Le cœur d'Owen fit un bond dans sa poitrine. Le regard de Corbett ne cessait de fuir.

— Pourquoi ne t'en es-tu pas servi toi-même, Corbett ? La nuit dernière, j'ai ramassé mille dollars comme une fleur, et ce n'est pas fini, tu peux me croire ! Alors pourquoi m'avoir vendu la lettre pour deux cents billets ?

— Comme j' t'ai dit, j'étais fauché. J'avais besoin d'oseille.

— Mais avec la lettre, tu aurais obtenu ton argent aussi vite.

— Ça va, jeta d'un ton de défi Corbett écarlate. J' suis pas assez malin, c'est tout. J'ai rien dans la tête, moi. J'ai pensé au chantage, mais j' savais pas comment m'y prendre.

— Pourquoi ne pas m'avoir proposé une association ?

Corbett se leva brutalement, renversant sa chaise derrière lui.

— Où tu veux en venir, bordel ? Ras le bol de tes questions. Fous-moi le camp !

Owen se leva doucement, tendu, toutes antennes dehors. Une veine battait à sa tempe. Une étrange fébrilité s'emparait de lui.

— Il y a quelque chose de louche dans cette affaire, lâcha-t-il d'une voix basse et menaçante. Et il n'est pas question que je m'en aille avant d'avoir tiré ça au clair.

Avec une vitesse de félin, Corbett se retourna et plongea. Owen se précipita, mais la table le séparait de

129

son adversaire. Il la renversa pour foncer, mais Corbett avait déjà atteint la carabine. Il l'arracha de son support et la pointa sur Owen.

— Tire-toi, Owen, et vite, sinon tu partiras les pieds devant...

Owen conduisait lentement, taraudé par un sentiment de malaise qu'il ne parvenait pas à définir. Quelque chose criait en lui, le suppliant de prendre garde. Mais prendre garde à quoi ?

Le soleil resplendissait. Les arbres étaient encore verts en cette fin d'été où seules les hautes herbes des champs en friche avaient pris cette couleur fauve qui annonce l'automne.

Un coup de klaxon strident retentit derrière lui. Surpris, il se rabattit sèchement pour se voir doublé à toute allure par une voiture qu'il reconnut immédiatement.

Celle d'Evan Sterling.

C'était une Jaguar, la seule de la région. Sibyl avait une Buick, mais ce n'était pas assez beau pour Sterling, songea Owen amer.

« Pourquoi est-ce que je le hais tellement ? » se demanda-t-il. « Parce qu'il a épousé Sibyl ? Nous nous étions querellés et avions rompu. Il fallait bien qu'elle se marie. Une jeune femme si jolie et si riche ne pouvait y échapper. Mais pourquoi Sterling ? Il a au moins vingt ans de plus qu'elle, pas un sou, et se fait entretenir. C'est un bel homme, bien sûr, et ses tempes grisonnantes lui donnent un air distingué, mais est-ce là une raison suffisante ? »

Il ne se considérait pas comme jaloux. Il s'était résigné à la voir épouser quelqu'un d'autre. Mais il y avait en lui quelque chose de plus fort et surtout de plus trouble que la jalousie, qui lui faisait presque peur.

Il atteignit la ville et s'engagea dans l'artère principale. A l'autre bout de la rue en pente, s'agglutinaient bars et boîtes de nuit. C'est là qu'il remarqua la Jaguar et Sterling, debout sur le trottoir en conversation avec la fausse rousse à qui le soleil rendait son vrai visage, fade et fané.

130

Sterling aperçut Owen, suivit sa voiture du regard. Il avait l'œil perçant et cruel d'un prédateur...

La nuit tombait et il conduisait phares allumés. Pas le moindre souffle de vent pour animer les herbes immobiles. La poussière soulevée par la voiture formait un nuage jaunâtre qui ne retombait qu'à regret vers le sol.

Owen gara son véhicule à quelque distance de la cabane de Corbett et continua à pied. Dans l'obscurité grandissante, un geai solitaire lança un long cri lugubre.

La cabane apparut. Le cœur battant, Owen fit halte. Il n'avait pas oublié la carabine et le regard de Corbett. Mais cette fois, il ne se laisserait pas surprendre et Corbett serait bien obligé de vider son sac.

Aucune lumière ne filtrait de la baraque, noire et massive dans la clairière. La Plymouth, immuable, était toujours là.

La porte était ouverte. Owen s'arrêta, soudain saisi d'une angoisse sourde. Il voulut appeler, mais pas un son ne sortit de sa gorge nouée.

Il resta immobile un long moment, tendu et hésitant, à l'affût d'un bruit, d'une lueur qui ne vinrent jamais.

Lorsqu'il se décida enfin à franchir le seuil, il sentit immédiatement l'odeur de la mort. La pièce en était imprégnée du sol au plafond, comme d'un parfum lourd et capiteux.

Il alluma son briquet et les ténèbres cédèrent à regret. Il fit deux pas en avant et buta sur Corbett, allongé par terre à côté de son lit. La balle avait fait un petit trou rouge bien net dans une tempe, avant de ressortir par l'autre côté en un énorme entonnoir sanguinolent. La bouche était grande ouverte, comme si elle essayait encore désespérément de lancer un dernier cri de terreur. La carabine gisait sur le sol, à côté de la main ouverte.

Le briquet s'éteignit, et, au sein de l'obscurité fétide, la vérité éclata dans l'esprit d'Owen comme un éclair aveuglant.

— Sibyl ? fit-il de la cabine téléphonique.

— Oui ?

— Il faut que je te voie. Ce soir à la vieille mine.

Au long silence qui suivit, il crut qu'elle avait raccroché.

— Mais... il est tard, finit-elle par répondre.

— Il était tard hier soir aussi.

— Je veux dire qu'il est trop tard pour la banque.

— Personne ne t'a parlé d'argent.

La panique faillit s'emparer de lui. Il fit un effort pour se contrôler et reprit, plus calme.

— Tu n'as qu'à m'apporter un chèque ou un bijou. Mais viens.

Une longue pause souligna l'incohérence de ses propos, mais il était trop tard pour revenir en arrière.

— Ce ne serait pas possible un autre soir ?

— Pas question.

— Mais... Je ne suis pas seule.

— Et alors ? jeta-t-il, agressif. Invente n'importe quoi. Débrouille-toi, mais viens.

Il sentit du mépris et du chagrin dans sa voix.

— Très bien. J'arrive...

Le coup de freins brutal fit hurler les pneus.

« Si j'avais été un tout petit peu plus vite », se dit-il en faisant marche arrière, aussi effrayé que soulagé, « je n'aurais pu m'arrêter à temps ».

Les phares révélèrent un trou béant au beau milieu de la route. La chaussée s'était effondrée, et la fragile croûte de terre et de goudron avait disparu dans les entrailles de la mine. Il attendit d'avoir recouvré son calme pour descendre de voiture, et avança prudemment jusqu'au rebord déchiqueté de l'effondrement. Il lança une pierre qui rebondit plusieurs fois, renvoyant un écho de plus en plus lointain.

Il regagna son véhicule en réfléchissant et s'assit au volant où il resta immobile quelques minutes. Puis, une fois sa décision prise, il démarra, sortit largement de la route, et passa un petit fossé rempli de roseaux secs qui crissèrent bruyamment contre le châssis. Une fois la zone dangereuse dépassée, il regagna la chaussée et coupa le moteur.

Il prit une torche dans la boîte à gants et, à pied, retourna de l'autre côté du gouffre où il attendit en consultant sa montre avec impatience. Il était minuit dix lorsqu'une lueur de phares apparut.

A une heure pareille, sur cette route, ce ne pouvait être que Sibyl. Il agita frénétiquement sa torche et la voiture stoppa.

— La route s'est effondrée juste après le virage. Tu ne peux rien voir d'ici à cause de la décharge de pierre.

— Où est ta voiture ?

— Je l'ai garée de l'autre côté du trou. Heureusement que je n'allais pas trop vite ! Pousse-toi, je vais conduire.

— Mais c'est dangereux ?

— Ne t'inquiète pas. Les effondrements sont terminés. Pour aujourd'hui en tout cas. Pousse-toi.

Devant son ton tranchant elle ne répliqua pas.

Il refit la même manœuvre et rangea la voiture à côté de la sienne. Ils restèrent assis sans rien dire, plongés dans leurs pensées.

— Je n'ai pas d'argent, risqua-t-elle hésitante. Je ne pensais pas que tu m'en redemanderais si vite.

— Ça va, ça va. De toute façon, je ne pourrais jamais y toucher. Impossible. Maintenant, j'en suis sûr.

— Qu'est-ce que tu veux dire, Will ?

Il se rendit soudain compte que c'était la première fois depuis des siècles qu'il l'entendait prononcer son nom. Les souvenirs l'assaillirent et il ne tenta même pas de résister.

— Je ne pouvais pas continuer à te torturer. J'ai essayé, parce que je pensais atteindre ton père de cette façon. Mais ça m'est impossible, quoi qu'il ait pu être et faire. Je suis incapable de m'en prendre à toi. Voici la lettre, Sibyl. Fais-en ce que tu voudras.

— Will, je... murmura-t-elle en se penchant vers lui.

— Pas de remerciements, coupa-t-il avec amertume. Le temps nous est compté et j'ai besoin d'une réponse rapide. Comment Sterling et toi vous entendez-vous ?

Elle se redressa brusquement, de nouveau lointaine et méprisante.

— Réponds-moi, insista-t-il. Je ne cherche pas à fourrer mon nez dans tes affaires, mais c'est ta vie qui est en jeu.

— Qu'est-ce que c'est que cette histoire ?

— Réponds, je t'en supplie ; c'est une question de vie ou de mort.

— Je... Je le connaissais avant de l'épouser, souffla-t-elle les yeux rivés au sol. Je savais ce que je faisais, personne n'y est pour rien.

— Mais tu n'es pas heureuse ?

La réponse tarda à venir.

— Non.

— Il est au courant ?

— Oui.

— Autrement dit, ça ne durera pas entre vous.

— Je t'en prie, Will, supplia-t-elle, ça fait trop mal. Je n'en ai encore parlé à personne. Je ne veux pas en parler.

— Il le faut, dit-il tendrement. C'est ta vie qui est en jeu.

— Encore ? Mais pourquoi ?

Il lui raconta dans les détails l'histoire de Corbett. Elle était plaquée contre la portière, les yeux hagards, comme paralysée par une terreur indicible.

— Mais... Mais en quoi cela me concerne-t-il ?

— C'est lui qui a tué Corbett.

— Evan ?

— J'en suis sûr. Lui seul avait une bonne raison de le faire.

— Mais pourquoi ?

— Parce que Corbett aurait pu manger le morceau et me raconter que c'était Sterling qui lui avait donné la lettre de ton père.

— Oh, non ! fit-elle d'une voix étranglée en secouant la tête.

— Ecoute, Sibyl. Il n'y a que deux personnes qui aient pu détenir cette lettre, toi et lui, et ce n'est pas toi. Il sait que votre mariage n'a aucune chance de durer. Il aurait pu te faire chanter toi, mais il a trouvé encore mieux. Il veut ton argent en plus.

134

Elle le fixa bouche bée, incrédule et effrayée.

— Je ne comprends pas.

— Si tu venais à disparaître d'une façon ou d'une autre, c'est bien lui qui hériterait, si je ne me trompe ?

— Ce n'est pas possible... fit-elle d'une voix rauque.

— Il a remis la lettre à Corbett en le payant pour qu'il me la vende. Une fois mon chantage commencé, j'étais cuit. Il ne lui restait qu'à te descendre et me faire porter le chapeau. Ça tombait sous le sens : je t'avais tuée parce que tu refusais de casquer. Tu saisis ?

Elle fondit en larmes, doucement, sans bruit.

Il la laissa pleurer quelques instants avant de reprendre :

— Sterling sait-il que tu es ici ?

— Je crois. Il m'a vue partir, répondit-elle en lui agrippant le bras. Tu penses qu'il m'a suivie ?

— Si j'ai vu juste, il ne devrait plus tarder. Il ignore que je suis au courant de la mort de Corbett. Il lui faut absolument exécuter son plan avant que je ne m'en aperçoive, car si je pige il est fichu. Ça ne peut être que ce soir, il n'a plus le choix. S'il ne vient pas, c'est que je me suis trompé sur toute la ligne.

— Mais s'il cherche à me tuer ? fit-elle d'une voix aiguë.

— J'ai un revolver.

Une lueur éphémère éclaira le ciel.

— Tu crois que c'est lui ?

— Qui d'autre pourrait bien s'aventurer par ici à une heure pareille ?

La lueur se fit de plus en plus précise, approcha rapidement, balayant la cage du puits d'extraction.

— L'effondrement ! s'écria-t-elle. Tu sais comment il conduit. Il ne pourra jamais freiner à temps !

— Je sais, fit-il tranquillement.

Revenge is bitter sweet
Traduction de Dominique Wattwiller

Le septième homme

par

H<small>ELEN</small> N<small>IELSEN</small>

Au petit matin, sur les hauteurs désertiques, il faisait
froid — à cette heure où le ciel se montrait encore
truffé d'étoiles grosses comme des balles de base-ball et
où les sierras en dents de scie, bordant l'aire d'atterrissage, évoquaient l'arrière-plan en trompe l'œil de
quelque tapageuse production hollywoodienne. Mais
les montagnes étaient bien réelles, tout comme cette
sensation glacée que Harry McKay ressentait au creux
de l'estomac en voyant les feux latéraux d'un petit
avion émerger de la constellation des balles de base-ball
et plonger vers la piste. L'avion se posa en douceur.
Aucun autre moteur ne tournait sur le terrain. C'était
un aérodrome privé, propriété de la « High Valley
Inn », complexe de villégiature sélect en plein désert,
qui se prévalait de piscines chaudes et froides, d'un golf
de dix-huit trous avec joueurs professionnels à la clef,
d'une écurie bien fournie pour les amateurs d'équita-
tion et d'un orchestre électroniquement équipé pour
satisfaire en décibels la clientèle. Une série d'avions
privés se trouvaient rassemblés à une extrémité du
terrain, mais il n'y avait nulle part le moindre signe de
vie, si ce n'est dans le bâtiment administratif, où
veillaient quelques préposés ; McKay était seul avec son
trac.

Un trac bien compréhensible, car Annie Benson
Reed amenait avec elle une bonne charge de dynamite
sous forme humaine.

Les femmes arborant trois noms ressemblent d'ordinaire à ces créatures illustrant le volet « Avant » d'un de ces dépliants publicitaires vantant les mérites d'un quelconque produit diététique ; on les voit souvent aussi apporter leur contribution poétique à des revues mystico-métaphysiques. Mais Annie, elle, relevait par son aspect du genre Miss Univers. Depuis cinq ans, ses reportages photographiques en divers points chauds du globe maintenaient le magazine *ERA* au tout premier rang de sa catégorie. Annie possédait des nerfs d'acier, pouvait faire suivre son nom de la mention PhD (1) et en savait plus question féminité que Cléopâtre au summun de sa forme. Le son de sa voix sexy à minuit au bout du fil (elle l'appelait d'El Paso) avait enflammé l'imagination de McKay ; comme elle lui demandait de la rejoindre à 5 heures du matin en cet endroit insolite, il entrevoyait déjà de capiteuses petites vacances.

Mais Annie avait aussitôt attiré son attention sur le dernier numéro d'*ERA*, ajoutant :

— C'est strictement confidentiel, McKay. Je ramène un VIP (2). Regarde à la page 27 et puis fais comme si tu t'étais tranché la langue d'un coup de dent.

Là-dessus, fidèle au style Annie, elle avait raccroché, laissant McKay errer en short (sur mesure, cousu main), à la recherche du fichu magazine, dans son appartement de haut standing juché sur le toit d'un luxueux immeuble de West Hollywood. La page 27 comportait un article alléchant pour préparer le lecteur à la parution prochaine d'une série de photos prises par Annie Benson Reed lors de son récent séjour à Castrocuba-sur-mer, et aussi un cliché, vieux de cinq ans, représentant un des hommes qu'elle espérait contacter, le Dr. Carlos Ruiz, grande figure de la résistance anticastriste.

Ruiz, à présent âgé de quarante-huit ans, y apparaissait comme un intellectuel vigoureux, bien charpenté, aux foisonnants cheveux noirs et au menton volontaire. Le Grand Barbu avait estimé sa tête à la luxuriante toison cent mille dollars, faisant ainsi d'elle, sur le plan de la lutte idéologique, un impressionnant symbole. McKay s'imprégna de ces différents détails tout en s'habillant, si bien que sa voiture fonçait sur l'autoroute en direction du nord dans l'heure même qui suivit l'appel d'Annie (un appel en PCV ; de l'Annie tout pur).

Il était 5 heures exactement lorsque le petit avion, roulant paisiblement après un atterrissage impeccable, s'arrêta en bout de piste. McKay jeta la cigarette qu'il avait oublié d'allumer et se hâta d'accourir quand la porte s'ouvrit. C'était un avion privé loué à Miami, et Annie fut la première à descendre. Même en trench-coat de l'armée et souliers plats elle faisait gravure de mode. Elle lui adressa un petit salut désinvolte de la main puis se tourna vers l'appareil sans plus s'occuper de lui.

— Traitez mon oncle avec les plus grands ménagements, je vous prie, lança-t-elle à l'intérieur de la carlingue. Il a reçu une balle dans la jambe ; un accident de chasse.

Ce n'était qu'un demi-mensonge. Annie n'avait pas d'oncle, et le passager en fauteuil roulant, que l'on transférait maintenant jusqu'à la voiture de McKay, avait bien reçu une balle dans la jambe au cours d'une chasse... où lui-même faisait fonction de gibier.

Annie s'expliqua là-dessus une fois qu'ils furent en route. Elle consulta sa montre.

— 5 h 10. Bon. Le Dr. Ruiz doit être à Santa Barbara à 7 heures. Tu peux y arriver, non ?

Annie pouvait être aussi dépourvue de délicatesse qu'une grenade sous-marine.

— Ruiz ? répéta McKay. Tu ne vas pas me dire que tu m'arraches de chez moi à cette heure indue pour servir de chauffeur à Carlos Ruiz, le tigre de la contre-révolution ?

— N'en rajoute pas, tu fais du texte, trancha Annie. Qui d'autre aurais-je pu arracher ? J'ai aidé Ruiz à s'évader. J'ai graissé la patte au capitaine du bateau, arrosé un faussaire en passeports et loué l'avion. A présent je t'offre dix mille dollars pour garder l'homme en vie jusqu'à ce que le Dr. Ruiz achève sa mission et s'en retourne là d'où il est venu, toujours en vie et respirant convenablement.

Le personnage réfléchi par le rétroviseur portait des verres sombres et avait le visage envahi de barbe. Il semblait comprendre quelques bribes de la conversation, car McKay le vit ébaucher un sourire ; le sourire d'un homme qui avait défié la mort et s'en était sorti haut la main.

— S'il s'agit vraiment de Ruiz, objecta McKay, pourquoi ne s'est-il pas rendu au building d'*ERA* à New York ?

— Où n'importe quel agent de Castro — ça ne manque pas là-bas — aurait pu le repérer ? lâcha dédaigneusement Annie.

— Tu dois tout de même y trouver ton compte, toi, là-dedans.

— Je suis patriote. Et par ailleurs je décrocherai le Prix Pulitzer pour mon bouquin quand on aura gagné la partie.

Avec Annie Benson Reed, c'était comme ça ; il fallait s'y faire. Vous receviez un appel longue distance à minuit et puis, loin d'obtenir les petites réjouissances espérées, vous vous retrouviez avec une belle platée d'appât pour assassins entre les mains.

McKay envisagea les complications possibles et finit par dire :

— Marché conclu si tu vas jusqu'à vingt mille dollars.

— Je ne suis pas autorisée à dépasser quinze mille, contra aussitôt Annie.

— Alors pourquoi passais-tu à l'as les cinq billets supplémentaires ?

Annie se blottit contre lui et glissa une main en douceur dans la poche intérieure de sa belle veste neuve. Elle n'avait pas oublié où il mettait son étui à cigarettes en or, qu'elle extirpa avec la dextérité d'un pickpocket professionnel.

— Je viens de passer un mois dans la brousse,

susurra-t-elle. Il me faut une nouvelle permanente et tout et tout.

A 7 heures pile, McKay déposait Ruiz, qui avait un grand sac de médecin en cuir noir pour tout bagage, au sein d'un domaine situé aux abords de Santa Barbara ; dans une région riche, propre et paisible, où les murs en stuc blanc ne portaient pas trace de balles et où les tuyaux en caoutchouc servaient simplement à l'arrosage des pelouses et des rosiers. La propriété appartenait à un dénommé Pete Morales, un Californien de souche, dont les ancêtres avaient possédé la moitié du district avant que les impérialistes yankees ne vinssent réquisitionner cette zone, afin que de futurs ingénieurs eussent le champ libre pour y construire des autoroutes.

Pete n'était certes point marqué par les privations ; ses puissants avant-bras musclés, peut-être les avait-il obtenus à force de porter à la banque les fruits du capitalisme qu'il avait en abondance cueillis ? Bel homme d'environ quarante-cinq ans, plein d'aisance, à l'élocution facile, il était veuf et père d'une fille de dix-huit ans, Nina, laquelle, diplômée des beaux-arts, aurait pu poser comme modèle pour l'Aphrodite de Rhodes, à condition d'être dans une tenue plus succincte et moins coûteuse. McKay nota tout cela tandis qu'on installait Ruiz dans la grande chambre d'amis de la modeste hacienda de douze pièces des Morales.

Ruiz refusa de voir un médecin. Etant chirurgien, il avait pansé lui-même sa blessure. Il réclama seulement de l'eau bouillie, des pansements neufs et quelques heures de sommeil. Sa chambre se trouvait au second étage et des grilles artistement ouvragées protégeaient les fenêtres. Il n'y avait aucune raison de supposer que la maison fît l'objet d'une quelconque surveillance. Politiquement, Morales était vierge ; strictement neutre, atone. C'est d'ailleurs pour cela qu'on l'avait choisi pour héberger Ruiz. De plus, ce businessman prospère accueillait assez souvent des clients sous son toit. Des visiteurs n'attireraient donc nullement l'attention.

Ces différentes choses, McKay les apprit d'Annie sur la route, pendant qu'il l'emmenait chez lui à West

Hollywood. Elle déplorait vivement de ne plus être aux premières loges, mais sa photo allait être exhibée dans *ERA* et sa présence risquait de tout gâcher ; prudence oblige.

Elle pénétra dans le somptueux logis de McKay en bâillant.

— Tu as fait redécorer, je vois, fit-elle. J'aime bien le Mondrian. Où est-ce que je dors ?

McKay la conduisit à sa chambre où, dans la précipitation du départ, il avait laissé le lit défait et les draps tout froissés, mais Annie ne s'en formalisa pas ; elle s'en moquait éperdument. Elle ôta son trench-coat, le laissa choir, envoya promener ses souliers d'un vigoureux déclic de chaque jambe et s'écroula sur le lit. Elle portait une chemise verte et une jupe verte ; on eût dit une girl-scout recrue de fatigue au retour d'une épuisante patrouille.

— Un autre jour, murmura-t-elle, j'écouterai avec le plus vif intérêt l'histoire de ta captivante existence, Harry McKay.

Elle prononçait McKaille ; pour que ça rime avec canaille, peut-être bien ; ça pouvait se concevoir. A peine McKay eut-il rabattu la couverture sur elle qu'Annie dormait déjà.

Elle la connaissait, l'histoire de sa vie, qui différait autant de la sienne que Park Avenue d'un faubourg populaire. Mais Annie n'était pas snob pour un sou. McKay vérifia qu'il avait bien payé son assurance-auto et déposa les clefs de sa voiture sur la table de chevet. Pour un boulot pareil, une décapotable blanche était trop voyante et il appela une agence de location pour demander une conduite intérieure noire. En attendant McKay inspecta la réponse, le chargeur de son spécial police à canon court. Il se demanda comment réagirait le Lieutenant Sommers, son ancien patron, si jamais il apprenait qu'il allait protéger le plus vulnérable visiteur que l'Etat eût abrité depuis ce fameux jour où Khrouchtchev n'arrivait pas à Disneyland et où personne n'avait alerté les gars en bleu. Sa conscience ne tourmentait pas McKay le moins du monde. Devenu flic après deux ans de campagne en Corée, il n'était pas resté bien longtemps dans la police ; juste le temps de constater que toutes sortes d'activités fructueuses peuvent se trouver à la portée d'un jeune homme sans diplôme mais brillant, du moment qu'il sait ouvrir les yeux et les oreilles en gardant la bouche close. Le contribuable ordinaire, n'en ayant pas les moyens, ne peut s'offrir une bien forte protection ; mais d'autres le peuvent — dont les intérêts sont parfois opposés à ceux dudit contribuable — et ils ne s'en privent pas. La guerre avait appris à McKay à vivre dans l'instant et à rendre cet instant aussi plaisant que possible. Les contribuables, dont la gratitude n'est pas en général la vertu dominante, lui avaient appris, eux, que se faire tirer dessus pour cinquante mille dollars par an n'est pas plus dangereux que se faire tirer dessus pour neuf mille dollars, également par an. McKay n'essayait pas de changer le monde ; il s'efforçait seulement d'y survivre.

Une fois la voiture livrée, McKay regagna en vitesse le domaine Morales. On l'installa dans les locaux inoccupés des domestiques, au-dessus du studio de Nita. Cela lui fournit une bonne vue sur les abords de la maison et une vue meilleure encore sur Nita, laquelle, en pantalon et jersey moulants, lui offrait un spectacle qui aurait fait se hérisser Annie Benson Reed. Mais Nita n'était pas disponible ; elle avait déjà à qui parler — et bruyamment. De l'escalier menant sous les combles, McKay prêtait une oreille indiscrète à un pot-pourri de bruit et de fureur présentant toutes les caractéristiques d'une querelle d'amoureux.

— Je me fous de ce que ton père pense de moi ! Ce n'est pas ton père qui me flanque des insomnies !

La voix était masculine et le point de vue exprimé non dépourvu de logique. McKay se risqua à descendre d'une marche.

— Ce n'est pas *toi*, je te dis ; tu n'es pas en cause, pas plus que mon père, développa Nita. C'est tout simplement que je n'ai pas envie de m'engager.

— Depuis quand ? Tu étais toute disposée à t'en-

142

gager, l'été dernier quand on a participé aux
« sit-in (1) » !

— Oui, pour la *cause,* dit Nita. Ça n'était pas
personnel. Je ne suis pas prête, c'est tout.

McKay pouvait apercevoir à présent la moitié mâle
du couple. Lui aussi portait pantalon moulant et jersey,
mais la ressemblance s'arrêtait là. Il avait pour le moins
un mètre quatre-vingt-trois, des cheveux blonds brous-
sailleux et une petite touffe de poils au menton. De
plus, en cet instant, ses grands yeux lançaient des
éclairs.

— Pas personnel ! brailla-t-il. Depuis quand ?

— Roger, je t'en prie ! On a un invité.

Nita venait de repérer McKay sur l'escalier et le
calme plat s'installa aussitôt dans une ambiance glacée.
McKay releva le col de sa veste, comme saisi par le
froid, et effectua une prompte sortie en direction du
corps de logis. Il y trouva Morales, lequel lui apprit que
Roger Astin était un camarade étudiant de Nita qui se
livrait à des activités gauchistes sur le campus. Le
maître de maison le jugeait néanmoins inoffensif.

— A son âge, j'en ai fait tout autant, s'esclaffa
Morales. Ça n'est pas mauvais pour la santé ; ça vaut
mieux que d'attraper la scarlatine.

— J'espère qu'il ne sait pas que Ruiz est ici, dit
McKay.

— Bien sûr que non ! Nita non plus, d'ailleurs. Elle
croit que c'est un cousin éloigné. Détendez-vous,
McKay. Il ne se passera rien ici ; il ne peut rien se
passer.

La belle assurance de Morales ne rassurait pas du
tout McKay. On ne vous paie pas quinze mille dollars
quand rien ne risque de se passer.

Il avait raison. Ruiz, promptement rétabli de son
voyage, tint une conférence le soir même. Une fois
McKay et Morales dans sa chambre, la porte dûment
verrouillée derrière eux, il demanda à McKay de lui

(1) Manifestations universitaires avec occupation de locaux.
(N.d.T.)

passer l'ample sac de chirurgien posé sur la commode. McKay le trouva singulièrement lourd.

— Qu'est-ce que vous transportez là-dedans ? fit-il. Une bombe ?

Ruiz s'empara du sac et sourit. Il s'était baigné, rasé, et avait emprunté une des impeccables chemises blanches de Morales. Compte tenu d'un léger vieillissement et d'une émaciation bien compréhensible, il ne différait guère du cliché pris cinq ans plus tôt par Annie.

— C'est quelque chose de plus puissant qu'une bombe, Señor McKay, dit-il. Ce que je transporte là-dedans, c'est la matérialisation d'une idée, et rien n'a jamais été plus puissant qu'une idée.

Ruiz ouvrit alors le sac. Il contenait un plateau garni d'instruments chirurgicaux, de médicaments et d'antiseptiques. Ruiz enleva ce plateau et le déposa sur une table à côté de son fauteuil roulant. Puis, de la cavité située sous le plateau, il retira une liasse de billets de mille dollars soigneusement entourée d'une bande.

— Voici quinze mille dollars en coupures des Etats-Unis, dit-il. Morales, je vous les remets. C'est ce que doit toucher McKay. Vous lui donnerez cinq mille ce soir et le solde quand la mission sera accomplie. Ce sac contient quarante autres paquets rigoureusement identiques à celui que vous avez — en tout 600 000 dollars. C'est ce qui reste sur le million environ recueilli avant la révolution par souscription privée, pour la construction d'un hôpital dans mon village. Une partie de cet argent a été dépensé en vivres et fournitures diverses pour les forces de la résistance, ainsi qu'en matériel de transport. Le reliquat doit être réparti entre les six hommes les plus importants qui œuvrent pour notre cause dans ce pays, des hommes qui ont échappé à la tyrannie pour continuer la lutte ici.

« Votre tâche, McKay, sera de contacter ces hommes et de leur fixer rendez-vous dans cette maison. Cela exige habileté, vigilance et prudence. Ce sont des hommes dont les têtes sont elles aussi mises à prix, mais ils ont appris l'art de se soustraire aux recherches — ou bien, peut-être, la révolution a-t-elle estimé qu'ils n'ont désormais plus d'importance. Il se peut néanmoins qu'ils soient, dans une certaine mesure, surveillés et il faut tenir compte de cette éventualité. Si l'on venait à savoir qu'ils doivent venir ici pour me rencontrer... Bref! Vous avez de l'imagination, Señor McKay?

— A revendre, dit McKay.

— Oui. Je le vois, je le sens; je vous laisserai donc le soin du *modus operandi*. Il me faut ces hommes ici dès que les dispositions nécessaires pourront être prises.

Sur quoi, Ruiz tendit à McKay une liste de six noms: Dr. Luis Cordova, Boston, neurologue; Juan Allende, Washington, journaliste; Jaime Lopez, New York City, décorateur; Fernando Valdez, New Orleans, avocat; Ernesto Torres, Galveston, importateur; Ricardo Gutzman, San Francisco, Relations publiques.

Tel était donc le boulot. Tandis qu'Annie Benson Reed reposait douillettement sa tête sur la taie d'oreiller en percale de Harry McKay, celui-ci n'avait rien d'autre à faire que localiser six réfugiés au passé brûlant et s'arranger pour que la réunion des anciens ait lieu comme prévu dans la chambre d'amis de Pete Morales. On ne daignait pas lui indiquer si les noms et occupations étaient authentiques ou servaient de couvertures à d'autres activités, pas plus qu'on ne lui donnait les adresses.

Ruiz plongea de nouveau la main dans le sac et en sortit un petit anneau d'où pendaient sept clefs de coffre. Il en détacha six, délicatement, et les donna à McKay.

— Il fut un temps, expliqua-t-il, où chacun de ces hommes avait accès à l'argent contenu dans ce sac. Il se trouvait alors à l'intérieur d'un coffre dans un entrepôt appartenant à mon frère aîné, Tomas Ruiz. Mon frère a été tué, mais pas avant d'avoir réussi à me faire parvenir ces clefs. C'est ainsi que j'ai pu récupérer l'argent. Ces clefs vous serviront de moyen d'identification. A vous de jouer, Señor McKay.

L'entrevue était terminée. Le lendemain, à l'heure du déjeuner, McKay médita sur le problème posé tout en ingurgitant un « bloody mary » avec des œufs brouillés. On ne le payait évidemment pas pour expédier ces six clefs par la poste à leurs six destinataires. Il devait procéder à une identification formelle, ce qui impliquait un contact personnel. Il prit sa voiture et repartit pour West Hollywood où il connaissait un artisan-imprimeur qui exécutait une commande dans les douze heures si on lui administrait le stimulant approprié. Après avoir effectué sa commande, il passa le restant de la journée à extirper Annie d'un institut de beauté. Il parvint à ses fins suffisamment tôt pour lui offrir un dîner dans un restaurant du Strip, suivi par une tournée des grands ducs dans les boîtes branchées du secteur, si bien qu'ils regagnèrent les pénates sur le toit peu avant l'aube.

Annie avait l'air d'un ange et elle embaumait ; une divine senteur, qui évoquait pour lui ces parfums hors de prix bien que hors taxes à l'Aéroport du Bourget. McKay enfouit son visage dans la chevelure de la jeune femme et entreprit de l'entraîner en un pas de danse vers la chambre à coucher.

— La mort est le salaire du péché, dit-elle.

— Je sais, murmura McKay, mais songe aux bénéfices marginaux.

Elle prit du coup un air pensif, mais la sonnerie du téléphone interrompit sa songerie. McKay alla répondre.

— Les formulaires que vous avez commandés sont prêts, lui annonça fièrement l'imprimeur.

L'ennui, avec ces artisans, c'est qu'ils prennent leur travail trop au sérieux. Le charme était rompu. Annie voulait absolument savoir ce qu'il allait faire, comment il comptait s'y prendre, et quand il eut terminé son exposé, il faisait grand jour. McKay eut juste le temps de prendre une douche puis de s'habiller en vitesse avant de passer chercher les imprimés et d'attraper le premier avion pour Boston.

Il releva l'adresse de Cordova dans un annuaire médical et se présenta à la porte du médecin, crayon, bloc et formulaire à la main.

— Docteur Cordova, déclara-t-il d'emblée, je représente l'Institut National de Recensement et de Sondage sur les Propriétaires de Maisons. Je désirerais vous poser quelques questions.

Cordova était un individu musculeux aux joues creuses qui ressemblait plus à un catcheur professionnel qu'à un médecin.

— Désolé, fit-il, je ne pratique plus, et je ne possède pas de maison.

— Parfait ! s'exclama McKay. C'est précisément une des choses que l'Institut désire savoir. Voyons, à supposer que vous possédiez une maison, où aimeriez-vous qu'elle se situe ? A Boston ? A New York ? A La Havane ?

A la mention de La Havane, une lueur s'alluma dans les yeux de Cordova ; McKay tira donc une des clefs de sa poche. Cette fois, pas de doute ; Cordova la reconnut instantanément. McKay griffonna une note sur le bloc, arracha la feuille sous le carbone et la tendit à Cordova en même temps que la clef.

— Votre reçu, dit-il, et merci pour votre coopération. L'Institut espère que vous lui ferez signe.

Pour plus de sécurité, McKay réduisit la conversation et repartit alors que Cordova fixait encore la feuille sur laquelle était imprimé : P. MORALES, EXTERMINATION DES RATS ET INSECTES, l'adresse de Morales à Santa Barbara, le jour et l'heure où Cordova était attendu. Le tout signé : C. Ruiz, Expert associé.

McKay se rendit en taxi à l'aéroport et s'envola pour New York où il utilisa le même procédé au magasin de Jaime Lopez. Il prit ensuite un des derniers avions pour Washington, dormit à l'hôtel Terminus et agrafa Allende dans son bureau, le matin, lors de la pause-café. Les journalistes sont gens curieux, mais McKay, toujours prudent, ne risqua aucune remarque susceptible d'être captée par un éventuel micro. Il s'éclipsa dès qu'il le put et réussit à atteindre La Nouvelle-Orléans en temps voulu. Là, un vent violent balayait l'aéroport. On annonçait un ouragan, en espérant toutefois qu'il passerait au large de la côte, mais McKay était trop pressé pour se soucier du temps. Il dénicha le cabinet de Valdez dans le Quartier Latin, refit son boniment de démarcheur et délivra le reçu ainsi que la clef. De retour à l'aéroport, il constata que les avions décollaient encore ; quelques minutes plus tard, il volait vers Galveston. Un vol de nuit. Il dormit un peu à bord et quelques heures de plus en ville. Ensuite il mit le cap sur le bureau de Torres, où il échangea quelques propos badins avec une réceptionniste aux beaux yeux sombres ; elle lui apprit que son patron faisait une partie à quatre sur un terrain de golf et lui fournit toutes les coordonnées. Il cueillit son homme au pavillon du club, remplit sa mission, et parvint à attraper un avion en partance pour San Francisco. Gutzman était le sixième homme. Son accueil fut poli, calme et plutôt froid, mais à la seule vue de la clef ses glandes sudoripares entrèrent en action. Six essais et six fois dans le mille. McKay lui laissa sa petite note et revint par la voie des airs à son point de départ, Los Angeles International, où il loua une nouvelle voiture, prit la route, regagna le domaine Morales et alla présenter son rapport à Ruiz.

— Vous avez fait du bon travail, reconnut celui-ci, sauf sur un point. Vous n'avez pas cherché à savoir quels moyens de transport les amis de mon frère allaient emprunter, ni quels itinéraires ils comptaient suivre.

— Je ne voulais pas le savoir, répliqua McKay. Ce que j'ignore, je ne peux le révéler. Vous est-il jamais arrivé de vous faire tordre le bras par un expert en la matière, Señor Ruiz ?

Ruiz lui décocha un sourire sans joie (réponse suffisamment éloquente), puis le pria cette fois encore de lui passer le lourd et volumineux sac posé sur la commode ; quand McKay le quitta, il le serrait contre sa poitrine. Peut-être Ruiz éprouvait-il un attachement quasi viscéral pour ces 600 000 dollars. McKay n'avait plus rien à faire pendant vingt-quatre heures, tout au moins jusqu'à l'heure H de la séance du Club des Clefs présidée par Ruiz, rien sinon écouter Nita lui expliquer la différence entre le cubisme et l'expressionnisme

148

abstrait. McKay aurait de loin préféré conter fleurette à Nita, mais son soupirant à la barbe follette, dont le farouche instinct protecteur s'éveillait à la vue de McKay, montait la garde. Sur un ton perfidement malicieux, semblant profondément imbu de sa supériorité intellectuelle, le dénommé Roger sonda McKay sur son attitude à propos du Viêt-nam, de la prolifération des terroristes communistes et du comportement venimeux de leurs vindicatives victimes.

— Ma politique étrangère est toute simple, éluda McKay. Si vous êtes à Rome, évitez de nourrir les lions.

Persona non grata au niveau du sol, McKay prit son essor, rejoignit son logis sous les combles et s'étendit sur le lit. Il était fatigué mais ne pourrait véritablement se détendre qu'une fois les six hommes venus et repartis. Il passa en revue ses récents faits et gestes. Il n'avait envoyé aucun télégramme, aucune lettre. Aucun de ses propos n'eût pu paraître suspect à quelque oreille indiscrète. Durant son expédition, il s'était gardé d'entrer en communication avec Morales et n'avait fait appel à personne, même pour un détail mineur. Etant un ex-flic, intrigues internationales et guerre de l'ombre n'étaient pas son fort, mais en transposant, transformant patriotes et cocos en clients et criminels, cela revenait à peu près au même. La réunion était fixée à huit heures du soir le lendemain, ce qui donnait aux différents participants amplement le temps d'arriver. McKay vérifia de nouveau son arme, envoya valser ses chaussures et dormit jusqu'à minuit.

Mais son esprit ne trouvant pas le repos, McKay s'éveilla parce que le vent soufflait en rafale ; et ce vent lui portait sur le système, suscitant un souvenir imprécis qui le mettait mal à l'aise. Il sortit du lit et erra en chaussettes, encore un peu dans la vape, jusqu'à ce qu'il eût déniché le bar, logé au bout d'une table basse, sous le plateau. Brave Morales, un homme selon ses goûts ! McKay retira une rose artificielle d'un verre à cognac pour faire jouer à celui-ci son véritable rôle. La douce chaleur rayonnant dans son corps dissipa les dernières brumes du sommeil, mais cela ne le remit pas vraiment d'aplomb ; il se demandait pourquoi persistait cette impression que ses nerfs vibraient comme des cordes à violon. Qui donc avait dit que l'intuition était de la sagesse en quatrième vitesse ? Il repéra un poste de radio déguisé en coffre de marin espagnol et capta un flash d'information. L'ouragan n'avait pas épargné la Louisiane. L'aéroport était fermé ; aucun avion n'atterrissait et aucun ne décollait.

Au matin, ce fut pire. Galveston se trouvait atteint à son tour, et, vers l'est, le trafic aérien était profondément perturbé jusqu'à Washington, D.C. Cette évolution de la situation ne plaisait pas du tout à Ruiz. C'était lui l'organisateur, le responsable, et il voulait que tout son monde arrive en même temps à l'heure fixée.

— Faites-vous une raison, lui dit McKay. Même un Harry McKay ne peut contrôler les conditions atmosphériques. S'il y a des retardataires, prolongez la surprise-partie de quelques jours.

Mais, décidément, Ruiz n'avait plus aucun sens de l'humour ; il avait dû se faire tirer dessus trop souvent.

Ricardo Gutzman fut le premier à arriver ; dans sa propre voiture, une conduite intérieure bleu clair à toit noir en vinyl. Il arborait complet italien en soie et sourire affable, symbolisant sa profession, mais au fond de ses yeux se ranimait la flamme du combat. Cordova et Lopez arrivèrent ensemble, ayant utilisé le même avion venant de la côte est et loué une limousine à l'aéroport. La cour de Morales commençait à ressembler à un parking encombré et une ambiance de branle-bas régnait dans la chambre d'amis. Trois des clefs de Ruiz étaient de retour. L'heure H sonna et ces messieurs aux nombreuses obligations ne pouvaient attendre. McKay fit le pied de grue dans la cour tandis que Ruiz expliquait ses plans et distribuait l'argent. Ce que les quatre hommes se dirent, McKay ne le saurait jamais et il s'en félicitait. Partager des secrets ne l'intéressait nullement. Ce qui l'intéressait, c'était de toucher le restant du forfait.

Deux heures plus tard, Gutzman, Cordova et Lopez

réapparurent dans la cour. Ils échangèrent quelques propos discrets en espagnol et se séparèrent ; Gutzman repartait pour San Francisco en emmenant à son bord le Dr Cordova, et Jaime Lopez retournait à l'aéroport dans la limousine. McKay fut superbement ignoré sans en être affecté le moins du monde ; il tenait à assister à leur départ uniquement pour se rassurer : cela le plaçait à mi-parcours sur la voie menant aux dix mille dollars.

Le lendemain matin, il dut déchanter, car à ce moment-là Gutzman, Cordova et Lopez étaient morts.

Il y a plusieurs genres d'ouragan. Un genre assez spécial vint frapper McKay de plein fouet à cinq heures du matin, alors qu'il tâtait encore généreusement du cognac en essayant de se convaincre qu'il n'avait aucune raison d'avoir les nerfs à vif. Un animateur de nuit, chargé de diffuser des disques en vogue entre les annonces publicitaires, lisait en outre, toutes les heures, un bulletin d'information. Celui de cinq heures comportait une nouvelle à sensation : un avion de ligne à destination de l'Est venait de s'écraser à St. Louis. Aucun survivant ; Jaime Lopez, de New York, se trouvait sur la liste des victimes. McKay reboucha la bouteille de cognac et dévala l'escalier. La lumière était encore allumée dans le studio de Nita et la voiture de sport cabossée de Roger Astin était garée dans l'allée. Pour pouvoir mettre Ruiz au courant, il dut réveiller Morales. Ruiz accueillit la nouvelle avec un calme stoïque, presque sans broncher, en dur à cuire qu'il était.

— C'est peut-être secondaire, lâcha McKay, mais je dois vous poser une question. Lopez emportait-il les 100 000 dollars avec lui ?

Ruiz inclina la tête.

— Dans un attaché-case noir, confirma-t-il. Portant ses initiales. Jaime Lopez donnait un peu dans l'ostentatoire.

— Alors il faut que je vous quitte, bonnes gens, déclara McKay, et il s'en fut.

Il fonça à toute allure jusqu'à son appartement de West Hollywood où il tira du lit sa visiteuse. Annie

Benson Reed, de l'*ERA,* était mieux placée que lui pour obtenir le maximum de renseignements sur la catastrophe. Premier arrêt : au bureau d'Annie sur la côte ouest, équipé d'un appareil de téléphoto. L'avion avait explosé alors qu'il décollait après l'escale prévue. Le cockpit et la majeure partie du fuselage offraient l'image d'une gigantesque boîte à sardines maladroitement ouverte, mais l'équipement anti-incendie avait assez convenablement fonctionné et empêché l'appareil d'être complètement calciné.

Ils grimpèrent dans le premier avion en partance pour St. Louis, où Annie posa les questions qu'il fallait, aux gens qu'il fallait. Ils examinèrent les bagages récupérés — bagages enregistrés et bagages à main. Pas trace d'attaché-case, avec ou sans initiales.

A la morgue, ils découvrirent des morceaux détachés de Lopez, reconnaissables, plus des fragments de complet sombre, une montre-bracelet brisée et un portefeuille complètement intact avec porte-clefs. Il y avait quatre-vingt-sept dollars dans le portefeuille et le porte-clefs contenait un jeu de clefs d'auto et de porte ainsi qu'une petite clef à bagage.

— Attaché-case ? fit Annie.

— Probablement. Lopez effectuait un voyage rapide ; un simple aller et retour. Un rasoir électrique et une chemise propre, c'est à peu près tout ce dont il avait besoin comme bagage.

— Tu penses que quelqu'un a saboté l'avion afin de piquer les 100 000 dollars de Jaime ?

— Non. Si quelqu'un a saboté l'avion, c'est avant tout pour éliminer Jaime.

Ils consultèrent les listes de passagers sur la ligne et constatèrent que cinq personnes étaient descendues à St. Louis. McKay releva leurs noms, contacta une agence de détectives locale et la chargea d'une enquête préliminaire sur ces cinq individus. De son côté, Annie prenait les billets et réservait les places pour le retour à Los Angeles. La zone du Golfe se remettait des ravages de l'ouragan et revenait à la normale. Bien qu'il eût omis de le signaler à Annie, McKay avait noté un fait révélateur : sur le corps de Jaime, on n'avait pas trouvé une clef de casier. Cela signifiait que Lopez n'avait pas mis l'attaché-case dans une consigne automatique, par mesure de sécurité. Apparemment, il ne se faisait aucun souci ; une erreur — une grave erreur.

McKay n'en réalisa pleinement la gravité qu'une fois de retour au domaine Morales, après avoir déposé Annie à l'appartement. Il s'avéra que Ricardo Gutzman avait une épouse. Or, durant le trajet, d'une cabine au bord de la route, son mari lui avait téléphoné pour la prévenir qu'il ramenait avec lui un vieux camarade d'université. Ne le voyant pas revenir, la dame alerta la police. Les agents de la sécurité routière repérèrent la conduite intérieure bleu clair dans un ravin, au col de Gaviota. Il semblait qu'un bolide de belle taille l'eût proprement balayée au passage. Gutzman et Cordova étaient morts tous les deux.

Ayant juste achevé de se renseigner auprès des autorités locales pour savoir ce qu'on avait trouvé sur les corps et dans la voiture, McKay s'apprêtait à partir, quand le Lieutenant Sommers entra en scène. Le secteur de Sommers était Los Angeles, mais le Dr Cordova était précisément arrivé à Los Angeles par le même avion que Jaime Lopez, lequel devait périr ensuite dans la catastrophe de St. Louis. De plus, à l'aéroport, les deux hommes avaient loué une limousine à une agence de location, celle-là même qui avait fourni à McKay sa voiture ; coïncidence ne manquant pas d'éveiller la curiosité du lieutenant.

— Je croyais que vous étiez en train d'écrire vos mémoires, lâcha Sommers, caustique à souhait.

Aux yeux du Lieutenant Sommers, McKay faisait figure de traître depuis le jour où il avait rendu son insigne pour exercer une profession plus lucrative consistant à veiller sur les vies, biens et activités marginales de clients ultracossus.

— Je n'arrive pas à terminer, lui confia McKay. J'ai besoin d'une fin fracassante.

— Vous pourriez bien la trouver plus tôt que vous ne pensez. Que savez-vous sur Gutzman et Cordova ?

— Qu'ils sont morts, répondit McKay.

— Comment ça ?

— Demandez au coroner.

— Ce n'est pas ce que je veux dire et vous le savez bien ! Nous avons reçu un appel de Washington à propos de ces types. Le FBI envoie un enquêteur spécial par le prochain avion.

Washington. L'ouragan passé, le trafic aérien reprenait comme avant. Il n'y avait pas de temps à perdre.

— Excusez-moi, fit McKay. Je suis mal garé. Faites donc un saut chez moi un de ces jours et nous parlerons de tout ça.

Il tricota des jambes et sauta dans sa voiture avant que Sommers n'ait pu réagir. Le coroner attribuerait les décès à un accident causé par un chauffard qui avait pris la fuite, mais McKay savait à quoi s'en tenir. Une fois expédiée dans le ravin, quelqu'un était venu visiter la voiture pour y prélever 200 000 dollars.

Cette fois, Ruiz accusa le coup.

— Bien sûr que j'ai donné l'argent à Cordova et Gutzman, déclara-t-il. Gutzman était particulièrement important. Vu sa profession, il était bien placé pour prendre des contacts essentiels.

— Comme contact essentiel, il a été servi, marmonna McKay, songeur. En bagnole, le col de Gaviota n'est pas à trente minutes d'ici. Même s'il est resté dix minutes dans cette cabine téléphonique, il n'en demeure pas moins qu'au moment de son départ, le traquenard devait déjà être préparé. Pourquoi Cordova l'accompagnait-il ?

— C'étaient de vieux amis. Cordova avait décidé de passer quelques jours à San Francisco, d'où il s'envolerait pour Boston. Lopez, lui, avait une réunion d'affaires à New York et devait donc rentrer immédiatement. Trois hommes ont été tués, Señor McKay. Vous réalisez ce que ça signifie ?

— Ça signifie trois de moins et trois à suivre, dit McKay.

Il y avait eu une fuite. McKay inspecta soigneusement la chambre de Ruiz. Pas de téléphone ni d'interphone, pas de micro caché, et les lourds rideaux tirés devant les fenêtres durant la réunion empêchaient tout observateur placé au-dehors de voir quoi que ce fût à l'intérieur de la pièce, même avec de puissantes jumelles. Morales avait pour l'instant deux personnes à son service, la gouvernante et le jardinier. Le jardinier n'était pas employé à demeure et se trouvait absent de la propriété le jour de la réunion. La gouvernante, elle, passait son temps libre dans la contemplation fervente de la télévision installée dans sa chambre, en dépit du fait qu'elle ne comprît que l'anglais le plus élémentaire... ou précisément pour cette raison. Les hommes venus voir Ruiz, elle aurait été incapable de les nommer ; elle ignorait leurs noms. Quant à Ruiz lui-même, elle s'imaginait que c'était un lointain parent arrivé du fin fond de l'Amérique du Sud.

— Vous ne pouvez pas suspecter Maria ! insista Morales. Elle n'est même jamais allée dans la chambre de Ruiz. Elle prépare seulement sa nourriture, qui lui est portée par moi ou bien Nita.

— Nita ? fit écho McKay, sans appuyer.

— Evidemment, vous pourriez me suspecter, moi. J'aurais pu offrir l'hospitalité à Ruiz à seule fin d'attirer ces contre-révolutionnaires dans un guet-apens mortel. Le hic, c'est que je n'avais pas la moindre idée de ce que Ruiz comptait faire ici et que je n'ai pas vu sa liste de noms avant qu'il ne vous l'ait remise.

— A propos de Nita, dit McKay. Entre elle et Roger Astin, c'est sérieux ou pas ?

La question parut ahurir Morales : les parents sont toujours les derniers à savoir. McKay décida de ne pas signaler la présence de la voiture de sport dans l'allée à cinq heures du matin et poursuivit ailleurs ses investigations.

Il se trouvait qu'Astin avait eu maille à partir avec la police. Il s'était fait appréhender à deux ou trois reprises au cours de « sit-in » et avait échappé de peu à une inculpation pour voies de fait lors d'une manifestation ayant dégénéré en émeute. Son dossier était mince, mais certains de ses compagnons de campus figuraient désormais, au Ministère de la Justice, sur la liste des agents subversifs. Quand on est jeune, l'esprit s'échauffe facilement et l'on fonce avec insouciance. Astin ne serait pas le premier idéaliste que des comploteurs sans scrupules auraient manipulé.

Mais Roger Astin n'avait jamais vu la liste de noms et ne pouvait savoir où McKay s'était rendu pendant son bref périple. En outre, les tueurs de Cordova, Lopez et Gutzman n'étaient pas des théoriciens de campus un peu exaltés, mais des fanatiques qui n'hésitaient pas à détruire tout un chargement de passagers pour tuer un seul homme. Et il leur restait encore trois hommes à tuer.

McKay regagna son logement au-dessus du garage et inspecta les lieux. Ne découvrant pas de micro, il téléphona à l'agence de détectives de St. Louis. On lui fit un rapport sur les cinq passagers descendus de l'avion avant la catastrophe. Quatre d'entre eux étaient d'irréprochables citoyens. Le cinquième, un certain Edward Smith, avait pris son billet à Los Angeles en fournissant une adresse bidon. McKay décida de laisser la police de l'air s'occuper de M. Smith et passa un coup de fil à Annie.

— J'ignore ce que tu es en train de fabriquer mais laisse tomber, attaqua-t-il, et va voir dans le tiroir du bas à droite de mon bureau. Tu trouveras un truc en cuir — en cuir brun. Manipule-le avec précaution et apporte-le-moi au bar de Biltmore à quatre heures cet après-midi. Je t'offre un verre.

On pouvait compter sur Annie ; elle fut ponctuelle au rendez-vous. Sa coiffure élaborée avait assez sérieusement souffert de l'escapade à St. Louis mais pas son moral ; elle était d'attaque et de belle humeur. Elle le fut plus encore après deux whiskies au citron.

— Tu ne m'as jamais raconté comment tu avais rencontré Ruiz à Cuba, remarqua McKay.

— Tu pourras lire tout ça dans mon bouquin, répondit Annie, taquine.

— Mais quelqu'un a bien dû t'introduire auprès de lui et mettre sur pied l'évasion.

— Plusieurs barbus. Pour moi, tous les barbus se ressemblent.

— L'un d'eux aurait pu être au courant des 600 000 dollars et connaître la liste de noms, insista McKay.

Annie n'avait nul besoin qu'on lui fasse un dessin.

— Tu penses qu'on a permis à Ruiz de s'évader uniquement pour qu'il puisse permettre d'identifier les redoutables et insaisissables « Six » ?

— C'est possible. J'ai réfléchi à cette liste. Chacun des hommes que j'ai contactés se situait sur un des principaux points d'accès aux Etats-Unis. Je pense que les noms et professions sont des façades destinées à masquer des activités anticastristes en cours depuis déjà quelque temps. Seules les clefs du coffre d'un certain mort pouvaient permettre de les débusquer en les amenant à s'exposer. Sais-tu quelles étaient les intentions de Ruiz si l'opération s'était déroulée comme prévu ?

— De retourner à Cuba le plus tôt possible. Il m'a demandé de prendre mes dispositions pour pouvoir le ramener par avion sans délai.

— N'en fais rien, fit McKay. Je suis sentimental. Je t'aime tout d'une pièce — pas en mille morceaux comme Lopez.

Il ouvrit la mallette en cuir qu'elle lui avait apportée et vérifia l'équipement électronique qu'elle contenait. La chambre de Ruiz n'avait pas de micro, mais rien n'empêchait d'en installer un. Logiquement, les trois hommes qui n'avaient pu participer à la première réunion devaient à présent être en route. Cette fois, McKay tenait à savoir ce qui se dirait lors de leur rencontre avec Ruiz.

— Mais ne devrait-on pas les avertir et leur dire de ne pas venir ? suggéra Annie.

— Je crois qu'il n'est plus temps. Et d'ailleurs qui devrait-on avertir ? Qui sait si Allende, ou Valdez, ou Torres, n'est pas un agent double, un type jouant sur les deux tableaux ? Il y a forcément un contact ici, quelque part, aux Etats-Unis, quelqu'un qui connaissait le lieu, le jour et l'heure de la conférence organisée. Les meurtres qui ont suivi n'avaient rien de fortuit, de spontané.

— Alors, c'est encore heureux qu'il y ait eu un ouragan, sinon tout aurait été terminé d'un seul coup, le soir même.

Après cette remarque, McKay s'empressa de commander deux tasses de café pour Annie. Une femme encore capable, une fois lestée de quelques whiskies-citron, de conserver un esprit aussi lucide et pénétrant, ne devait pas risquer de perdre la forme en forçant la dose ; c'eût été dommage.

Le soir venu, McKay entreprit de conquérir Maria au moyen de flatteries enrobées d'espagnol scolaire et parvint à obtenir le privilège de porter lui-même le plateau du dîner. Une fois dans la place, il lui fut aisé de détourner l'attention de Ruiz pour installer le micro. Après quoi, il prolongea un peu sa visite, bavardant avec son hôte tout en savourant un havane.

— Je ne vous tiens pas pour responsable de ce qui est arrivé, Señor McKay, lui assura Ruiz. Vous avez strictement suivi mes instructions.

— Mais j'ai ma fierté, dit McKay. Quand un boulot m'explose à la figure, je n'aime pas ça ! Et je n'entends pas perdre les trois hommes restants. Pourquoi ne mettez-vous pas l'argent provisoirement à l'abri, Docteur Ruiz ? Je pourrais placer ce sac en lieu sûr dans un établissement de dépôt...

McKay eut un geste en direction du sac, une ébauche de geste, sans même le toucher, mais il vit soudain dans les yeux du chirurgien une lueur si alarmante, proche de la folie, qu'il se demanda jusqu'à quel point un être humain pouvait endurer privations et sévices sans en être mentalement affecté. Aussi s'abstint-il de toute autre allusion au sac et à l'argent, se contentant d'espérer que Ruiz changerait d'avis.

De retour dans sa chambre, il testa le récepteur. Il pouvait entendre Ruiz se déplacer ; un robinet coula dans la salle de bains ; une porte s'ouvrit et se referma. Le dispositif fonctionnait. McKay débrancha le récepteur et passa quelques minutes à observer l'allée. Trop tendu pour demeurer inactif, il ouvrit la radio, dans l'espoir de capter un bulletin d'informations, mais elle s'était apparemment détraquée ; il n'entendait que sifflements et parasites sur toute la bande de fréquences. C'était un poste coûteux, perfectionné — trop compliqué pour être remis d'aplomb par un amateur. Il manipula les boutons dans tous les sens, branchant et débranchant, mais les parasites persistaient. La nuit tombait. Il scruta encore l'allée un certain temps, puis testa de nouveau le récepteur branché sur la chambre de Ruiz. Et voici qu'il entendit une voix d'homme, s'exprimant dans un anglais châtié, précis, trop précis même :

— Oui, j'ai tout entendu. On a récupéré 150 000 dollars dans un casier à l'aérogare de New York — comme convenu. La moitié du contrat a été remplie… Non, je ne vois aucune raison de ne pas continuer. Les investigations de la police sont lentes. Le temps joue en notre faveur. Tenez-vous prêt et attendez de nouvelles instructions.

Le dialogue s'arrêta là. McKay entendit des sons plus anodins : le claquement d'une serrure refermée ; le roulement du fauteuil sur le plancher, puis le silence. Il débrancha le récepteur et fixa le dessin du tapis, méditant sur ce qu'il venait d'entendre. Il n'y avait pas de téléphone dans la pièce et pourtant Ruiz avait parlé à quelqu'un. Il remit la radio. Elle marchait de nouveau ; plus de parasites. L'interférence électronique avait disparu. A cela, une seule explication.

McKay allait décrocher le téléphone quand apparurent des lumières de phares en bas dans l'allée. Trop tard pour réclamer de l'aide. Les phares s'éteignirent et il vit trois hommes se diriger vers la porte d'entrée. McKay rebrancha son récepteur ; il suivit aussi la conversation entre Ruiz et ses trois visiteurs autant que le lui permettaient ses connaissances limitées en espagnol. Il ressortait de leurs propos, et c'était l'essentiel, que les trois hommes allaient être à leur tour bons pour le cercueil à très bref délai. Il coupa le récepteur, sortit son pistolet, descendit en vitesse et alla trouver Nita qui s'occupait à tendre du canevas sur un cadre en bois. Son soupirant semi-barbu n'était heureusement pas dans les parages.

— Ce que vous faites peut attendre, lui dit McKay, fermement mais sans hausser le ton. J'ai besoin d'un guide. Y a-t-il un escalier de service menant à la chambre de Ruiz?

Oui, il y en avait un. McKay désirait éviter Morales et ne pas perdre un temps précieux en explications. Il força Nita à l'accompagner pour répondre à sa place au « Qui est-ce? » lancé de l'intérieur après qu'il eut frappé énergiquement à la porte.

— C'est Nita Morales, répondit-elle. Il faut que je voie le Dr. Ruiz immédiatement. Mon père dit que c'est important.

C'était important, en effet. McKay lui enfonçait le canon de son arme au creux des reins. Quand la porte s'ouvrit, il l'écarta d'un coup d'épaule et braqua son pistolet sur la cage thoracique du dénommé Ernesto Torres, totalement éberlué.

— Mais vous êtes celui qui m'a apporté la clef! hoqueta Torres. Qui diable est cet homme, Docteur Ruiz?

— J'ai une meilleure question à poser, contra McKay. Qui est Ruiz, et pourquoi trimbale-t-il un émetteur-radio caché au fond de ce fourbi médico-chirurgical à trois étages?

McKay fixait le visage de l'homme qui prétendait s'appeler Carlos Ruiz, épiant sa réaction; aussi ne vit-il pas le pistolet dans la main d'Allende. Car Allende n'écoutait pas. Il réagissait. Bousculant Torres d'une bourrade, il tira juste au moment où McKay, par réflexe, lui abattait sur le poignet son spécial-police. La balle alla se perdre quelque part tandis qu'Allende lâchait son pistolet. McKay était désormais le seul à avoir une arme à la main.

— Ouvrez le sac, Ruiz, ordonna-t-il, et contactez l'homme avec qui vous papotiez juste avant d'avoir de la compagnie. Reparlez-lui donc des 150 000 dollars bouclés dans un casier à l'aérogare de New York.

A peine avait-il fini de débiter ces gentillesses que le sac volait vers sa tête tandis que le fauteuil roulant fonçait vers la porte. McKay eut l'impression que le plancher s'élevait brusquement pour venir à la rencontre de son visage. Il roula de côté et fit feu sur le fauteuil ; mais Ruiz n'y était déjà plus. Avec une célérité incroyable, il dévalait l'escalier sur sa jambe blessée. Morales attendait au bas des marches. Ruiz le repoussa violemment, se précipita sur la porte d'entrée, l'ouvrit avec fracas et plongea dans la nuit. A mi-chemin de la voiture louée, il fut inondé de lumière.

— Arrêtez ou je tire ! intima le lieutenant Sommers.

Ruiz s'immobilisa. D'abord aveuglé par la lumière, il finit par voir Sommers et l'agent en uniforme avancer vers lui. Il pivota et zigzagua, désemparé. McKay se tenait à présent sur le seuil éclairé de la maison. Cerné de toutes parts, Ruiz se tassa sur lui-même, comme résigné, puis porta vivement une main à sa bouche. Il vacilla et s'effondra pour ne plus se relever. Il avait avalé du cyanure.

Pas mal d'heures plus tard, McKay s'éveillait chez lui, allongé dans son lit, un sac à glace sur la somptueuse bosse causée à son crâne par le lourd « fourbi médico-chirurgical », et il pouvait voir, penché vers lui, le doux visage d'Annie Benson Reed, jouant les « anges de miséricorde ».

— J'ai une formidable série d'instantanés de Ruiz en train de prendre son cyanure, annonça-t-elle, triomphante. Depuis la seconde où il a porté la main à la bouche jusqu'à ses derniers soubresauts.

Exit l'ange de miséricorde.

— Tires-en une bande dessinée, suggéra McKay. Et d'abord ce n'était pas Carlos Ruiz.

— Je sais. Carlos est mort. Notre Ruiz, c'était Tomas, le frère. Il appartenait au camp opposé ; des frères ennemis. C'est Carlos qui a réuni les fonds pour l'hôpital, et quand il a fini par se faire tuer, on a découvert, en même temps que l'argent, les noms de

161

ses amis et les six autres clefs. Je suis arrivée sur ces entrefaites, cherchant à joindre le légendaire Carlos, ce qui a donné l'idée à Tomas de se servir de moi et de pénétrer aux Etats-Unis grâce à mes bons soins, histoire de liquider les six hommes figurant sur la liste. Pour que ça soit plus convaincant, il est même allé jusqu'à se faire blesser à la jambe... Tu souffres encore de la tête ?

— Seulement quand je me mets à penser, dit McKay. Comment as-tu appris tout ça ?

— Par Sommers. Il a de la suite dans les idées, cet homme. Il a fait la planque pour surveiller cette agence de location à l'aéroport. Quand trois hommes aux noms espagnols sont venus y louer une voiture, il les a filés. Et c'est comme ça qu'il s'est trouvé sur les lieux quand Tomas a essayé de s'enfuir.

— Et toi ?

— Je t'ai suivi. Annie Feu-de-l'Action Reed, c'est mon sobriquet. Le FBI a déniché ce casier de dépôt à l'aérogare de New York et agrafé le type qui venait ramasser les 150 000 dollars. C'était un des agents de Tomas. Cet agent avait conclu un marché avec quelques tueurs professionnels avant même l'évasion truquée de Cuba. Joliment combiné, leur coup ! Tomas a remis leurs parts à Cordova, Lopez et Gutzman, 100 000 dollars chacun, puis contacté les tueurs par radio dès que les trois hommes eurent quitté le domaine Morales. Les tueurs ont fait leur travail, délesté les victimes du butin et sont allés ensuite déposer la moitié de la somme dans le casier, prouvant par là même que le contrat était rempli.

— En somme, les victimes payaient leurs bourreaux, commenta McKay. Mais pourquoi les tueurs n'ont-ils pas gardé tout le fric ?

— Et saboté ainsi leur image de marque ? Vous me décevez, Harry McKay ! Ce sont des hommes d'affaires et un contrat est un contrat. Au fait ! J'ai tes 10 000 dollars. Morales était ravi de s'en débarrasser.

McKay n'en doutait pas. Il comprenait à présent pourquoi Ruiz tenait tant à réunir les six hommes le

162

même soir. S'il n'y avait pas eu cet ouragan, ils seraient tous morts, et Annie Benson Reed se serait empressée de ramener le faux Ruiz à bon port au-delà des frontières, où il eût été en sûreté.

— Et Nita, ça va ? Que devient-elle ? s'enquit McKay.

Annie cessa de sourire.

— Toujours flanquée de son petit copain hirsute, dit-elle, acide, et rêvant toujours d'un paradis sans douleur où la liberté vous est servie sur un plateau. Ce n'est pas ton type, Harry. Je connais ce genre de filles, ces petites fleurs de la bohème universitaire. Naïves, niaises et insipides.

McKay attira Annie sur le lit, tout contre lui. Elle était jalouse, et cela la rendait beaucoup plus séduisante.

— Le moment est venu, glissa-t-il dans le creux de son oreille rose, de te raconter l'histoire de ma vie.

The Seventh Man
Traduction de Philippe Kellerson

Les racines du mal

Douglas Farr

Tous les clients du bar de Sam Jessup en auraient mis leur main au feu. Dans cette bagarre, les responsabilités étaient claires. D'abord, pour une question de taille. C'est toujours le petit qui trinque, alors on a pitié de lui et on prend son parti.

Charles Ames faisait à peine un mètre soixante pour cinquante kilos tout mouillé. Ses petits poings serrés n'auraient pas fait peur à une mouche et son nez à piquer des gaufres constituait une véritable provocation. Sa tignasse blonde en bataille, son teint pâlichon et ses grands yeux bleus innocents lui donnaient l'air d'un gamin. Charley n'en avait pas moins trente-huit ans.

Frank Kasten, pour sa part, tenait davantage du gorille que de l'homo sapiens. Grand, large et velu, il était doté de battoirs impressionnants, d'un nez écrasé de boxeur, et d'un tempérament à l'avenant.

Personne n'aurait pu dire comment l'affaire avait commencé, Charley Ames moins que tout autre. Sa journée à la banque terminée, Charley s'était retrouvé chez Sam, assis au bar, comme beaucoup d'autres célibataires. Un double bourbon bien tassé sans glaçons, et les soucis du quotidien sombraient déjà dans un passé nébuleux.

C'est alors que, tel un gros nuage noir dans le ciel bleu de Charley, Frank Kasten apparut. Planté à côté de Charley, il se mit à raconter sa vie avec amertume.

164

D'abord son fils, un bon à rien de quinze ans, qui ne fichait rien à l'école, manquait de respect à ses parents, et conduisait la voiture sans permis ni l'autorisation de son père. Que faire d'un gosse pareil ? Lui flanquer une bonne raclée de temps en temps.

— On ne bat jamais un enfant, commenta Charley qui ne pensait pas particulièrement au fils de Frank mais à ce qu'il avait lui-même subi pendant sa jeunesse, à la « punition de la salle de bains » où il s'était vu si souvent dans l'obligation humiliante de baisser son pantalon pour présenter son maigre postérieur à la ceinture paternelle.

Mais Frank prit la remarque pour lui et fusilla Charley du regard.

— On ne vous a rien demandé !

Si Charley entendit quelque chose, il n'en laissa rien paraître. Perdu dans ses souvenirs, il commanda un deuxième double bourbon qu'il se mit à siroter tristement.

Frank Kasten s'en prit alors à sa femme, qui défendait toujours le gamin. A l'entendre, on aurait cru que c'était Frank qui faisait les bêtises. Elle était sans cesse à l'asticoter. Et puis, quand le môme recevait une dégelée, elle se mettait à hurler comme si on l'égorgeait. Que faire d'une femme pareille ? Une seule solution : lui flanquer une raclée en même temps qu'au gosse.

— Vous devriez avoir honte, énonça Charley.

Frank pivota brutalement.

— Je vous demande pardon ?

— Vous devriez avoir honte, répéta Charley, hanté par le visage tuméfié de sa propre mère et les braillements avinés d son père.

— Qu'est-ce que vous en savez ? éructa Frank.

— Je sais tout, pontifia Charley. Je suis un spécialiste.

— Eh bien, monsieur le spécialiste, mêlez-vous de ce qui vous regarde !

Sous l'effet du bourbon, Charley se sentit investi d'une mission divine.

— Tout regarde tout le monde, prophétisa-t-il d'une voix inhabituelle. L'humanité est une. Personne n'échappe à cette loi. Quand tu frappes ta femme et ton fils, Frank Kasten, c'est moi que tu frappes. Et je t'ordonne de cesser. Tu es une immonde créature du diable. Tu mérites le fouet.

Frank n'était pas à jeun non plus. Cédant lui aussi à sa nature profonde, il lança un poing vengeur dans la mâchoire de son contradicteur. Il n'y avait pas de quoi assommer un bœuf, mais Charley ne faisait pas le poids. Telle une balle de tennis giflée par la raquette, il se vit propulsé sur toute la longueur du bar, renversant au passage une table en compagnie de laquelle il alla s'écraser contre le mur du fond.

Mais avec l'élasticité d'une balle de tennis, il se retrouva sur ses pieds comme mû par des ressorts et, un filet de sang à la commissure des lèvres, il marcha droit sur Frank.

Il devait y avoir une douzaine de consommateurs ce soir-là. Deux d'entre eux suffirent à retenir Charley et tous les autres se jetèrent sur Frank. L'animosité des deux adversaires était telle que la situation resta cependant confuse un bon moment, jusqu'à ce que Sam Jessup, abandonnant son attitude de gros Bouddha impassible derrière son bar, aboyât soudain d'une voix de tonnerre : « Si ça continue, j'appelle les flics ! », tout en brandissant deux bouteilles vides pour étayer sa menace.

— Très bien, concéda Frank en se remettant en ordre. Mais dites à cet avorton de changer de trottoir s'il me voit dans la rue.

Sur cet avertissement magnanime, il effectua une sortie solennelle.

Sam et tous ses clients se précipitèrent pour porter secours à Charley, lequel les repoussa d'un geste méprisant. Il essuya le sang qui dégoulinait sur son menton, déclarant qu'il n'était pas blessé, et se rassit au bar où il s'attarda bien plus longtemps que de coutume à boire bourbon sur bourbon. Il ne sentait pas la brûlure de l'alcool sur sa lèvre tuméfiée, car une autre douleur, plus profonde celle-là, s'était réveillée et lui taraudait le cœur. L'humiliation et la haine qui avaient fondu sur lui ce soir-là par l'intermédiaire de Frank Kasten, avaient libéré des forces obscures enfouies depuis des années au plus profond de son être. Certes, les ombres de son passé étaient hors de portée de sa vengeance. Mais Frank Kasten, lui, ne l'était pas...

Ce fut pourtant pur effet du hasard si les deux adversaires d'un soir se rencontrèrent une semaine plus tard. Ils n'avaient ni l'un ni l'autre cherché à se retrouver. Frank Kasten avait probablement tout oublié. Charley Ames quant à lui, incapable de mettre sur pied un projet de vengeance cohérent, s'était contenté de ruminer ses mille et un griefs.

Bien sûr, dans une si petite ville, il était fatal qu'ils tombent nez à nez un jour ou l'autre. Mais pourquoi fallut-il que cela se produise en pleine nuit ? Qu'ils soient seuls l'un et l'autre ? Et surtout que Charley rentre justement de chez Sam, où il avait absorbé — comme chaque jour depuis une semaine — une quantité de bourbon s'accordant mal avec sa taille ?

Ils s'arrêtèrent à quelques pas l'un de l'autre, échangeant des regards haineux.

— Alors, avorton, t'as pas un petit conseil pour moi ?

Des bouffées de rage vengeresse attisées par l'alcool montèrent à la tête de Charley. Il se rendait parfaitement compte qu'il n'était pas de taille, sa mâchoire douloureuse ne manquant pas de le lui rappeler. Mais il ne put se résigner à calmer le débat :

— J'ai dit ce que j'ai dit, siffla-t-il.

Frank marcha alors sur lui en balançant ses épaules de gorille. Charley fit face un instant, jusqu'à ce que le bon sens l'emporte. Comprenant que sa soif de vengeance n'avait aucune chance d'être assouvie dans des conditions aussi défavorables, il tourna les talons et prit ses jambes à son cou.

Cette retraite humiliante aurait pu suffire à Frank. Mais, bizarrement, tel ne fut pas le cas, et Charley entendit bientôt le lourd piétinement de Frank derrière lui. La terreur lui donna des ailes. Mais ce n'était pas Frank qui l'effrayait. C'était une terreur bien plus ancienne, qu'il avait connue autrefois dans des circonstances similaires, et qui lui rendit comme par miracle la vivacité instinctive de son enfance.

Lorsqu'il tourna au coin de la rue, il était toujours poursuivi. Il prit une ruelle plus sombre, mais le danger se rapprochait inexorablement. Il se mit alors à galoper à travers les petits jardins à l'arrière des maisons, espérant que le terrain plus souple étoufferait le bruit de ses pas. Mais le bruit des pas de Frank mourut également, amenant une nouvelle angoisse, celle de l'incertitude.

Ce fut à ce moment que le destin décida d'intervenir sous la forme d'une barrière de bois qu'il ne vit que parce qu'elle était peinte en blanc. C'était un bond fantastique pour un homme ayant la taille et les capacités athlétiques de Charley, mais il n'avait pas le choix. Il sauta, et passa. A peine avait-il repris sa course qu'il entendit un craquement et un lourd bruit de chute derrière lui. Cette fois, il s'arrêta pour se retourner.

Un maigre rayon de lune éclairait la scène. Frank avait tenté le même bond, mais avec moins de bonheur. Ses pieds avaient accroché quelques planches, les arrachant au passage, et, en tombant, il avait heurté le sol de la tête, ce qui semblait l'avoir assommé pour le compte.

Le cœur battant à tout rompre, Charley essaya de retrouver sa respiration. Il tendit l'oreille et regarda alentour, mais ni la folle poursuite dans les jardins ni la chute de Frank n'avaient attiré l'attention des habitants du quartier.

Fulgurante, la décision s'imposa alors à Charley, jaillie du tréfonds de son être. Il n'eut pas l'ombre d'une hésitation, pas l'ombre d'un doute. Puisque l'ennemi était à sa merci, le châtiment pouvait s'accomplir. Frank Kasten est mauvais, c'est un démon, fut-il décidé dans les profondeurs de l'inconscient de Charley. Il veut du mal à sa famille, il te veut du mal...

Charley parcourut le jardin du regard et trouva immédiatement ce qu'il lui fallait, les pierres qui entouraient un parterre de fleurs. Il choisit la plus grosse qu'il souleva avec difficulté, et se dirigea vers Frank Kasten qui commençait à geindre. Il maintint la pierre bien haut, juste au-dessus de la tête de son ennemi, et la lâcha.

Puis il rentra, s'interdisant à chaque instant de prendre ses jambes à son cou car la terreur que Frank lui avait inspirée venait d'être supplantée par quelque chose de pire encore.

Le lendemain, tout allait mieux. C'était un matin radieux. Charley s'octroya un plantureux petit déjeuner et, d'un pas allègre, se rendit à la banque comme de coutume. Il salua ses collègues et passa devant le bureau du directeur, Sidney Lenker, un petit homme rondouillard et pompeux, qui regardait son personnel arriver.

— Bonjour, monsieur Lenker.

— Bonjour, Charley, répondit Sid Lenker en lui lançant un coup d'œil aigu derrière ses verres sans monture. Coment ça va ce matin, Charley ?

Charley se figea.

— Très bien, monsieur Lenker, merci. Mais...

— Il paraît que vous buvez beucoup en ce moment.

Charley éprouva un tel soulagement qu'il parvint même à esquisser un sourire.

— Je ne déteste pas le bourbon, monsieur, reconnut-il. Mais cela n'affecte en rien mon travail ici.

Sid Lenker ne sourit pas, mais se détendit quelque peu.

— Bien. C'est le principal, fit-il avant de regagner son antre.

« Espèce de vieux négrier ! » explosa Charley intérieurement. « Tout ce qui t'intéresse, c'est que je sois en état de fonctionner. Mais au moindre pépin, tu me vires ! »

C'est alors que Charley aperçut Tom Madden qui pénétrait chez son patron. Comme Tom Madden se trouvait être le chef de la police, Charley n'eut aucun mal à imaginer le motif de sa visite. Quelques instants plus tard, les deux hommes émergèrent du bureau directorial. De l'index, Lenker indiqua au policier l'endroit où se trouvait Charley.

Il eût été stupide de faire semblant de ne pas l'avoir vu, aussi Charley le regarda-t-il se diriger vers lui. Râblé, les tempes grisonnantes, Madden était plutôt du genre bon enfant. Mais ce matin, il avait l'air préoccupé : ce n'était pas si souvent qu'un meurtre se produisait dans sa circonscription.

— Bonjour, Charley, fit-il en s'asseyant.

— Bonjour, Tom. Que puis-je faire pour toi ? répondit Charley d'un air innocent.

Tom Madden regarda son interlocuteur droit dans les yeux.

— Où étais-tu hier soir, Charley ?

— J'ai passé la soirée chez Sam. Pourquoi ?

— Tu n'auras pas vu Frank Kasten, par hasard ?

Charley s'était déjà préparé à la question, aussi répondit-il un « non » pur comme de l'eau de roche.

— Frank Kasten a été assassiné la nuit dernière. On l'a retouvé dans un jardin, le crâne fracassé par une pierre.

Charley laissa délibérément s'écouler quelques secondes avant de répondre :

— Et tu penses que c'est moi, n'est-ce pas, Tom ?

— Tout le monde sait que vous vous êtes battus la semaine dernière.

— Tom, je ne te cacherai pas que ça ne va pas me faire pleurer. Mais tu penses que c'est moi ?

Décontenancé par la repartie, Tom Madden détourna les yeux en s'agitant sur sa chaise.

— On est amis depuis longtemps, Tom, reprit Charley. Alors dis-moi. Tu penses vraiment que c'est moi ?

Tom resta silencieux un long moment et se leva avec un sourire gêné.

170

— Tu as raison, Charley. Je ne sais pas pourquoi je suis venu ici. Tu ne pourrais même pas tuer une mouche, fit-il en tendant la main. Tu ne m'en veux pas, hein ?

Charley se leva à son tour pour serrer la main tendue.

— Bien sûr que non.

Puis il resta debout à regarder Tom s'éloigner.

« Maintenant, il me croit. Mais que se passera-t-il quand il s'apercevra qu'il n'a pas d'autre suspect ? Il repensera à moi, c'est certain.

« Mais je ne regrette rien. Le ciel m'a donné l'occasion de débarrasser la terre d'une créature du diable, et je l'ai saisie. Je recommencerais s'il le fallait. »

Assis à son bureau, Charley Ames examinait les papiers arrivés dans sa corbeille. « Saisie : Mme Earnshaw, soixante-deux ans, veuve, sans ressources, retard dans remboursements. Saisie. »

Atterré, il resta longtemps immobile à contempler le document. Une voix tonnante le tira brutalement de sa méditation.

— Alors, Charley, qu'est-ce qui se passe ? Vous ne vous sentez pas bien ce matin ?

Charley leva les yeux. Sid Lenker était planté devant lui, l'air encore plus satisfait et arrogant que de coutume. Les mains croisées sur sa vaste panse, il avait à la bouche un cigare à la mesure de son importance. Seulement quelques jours auparavant, l'apparition de ce monstre au-dessus de son bureau aurait frappé Charley Ames de terreur. Mais tel ne fut pas le cas ce matin-là.

— C'est Mme Earnshaw, expliqua-t-il. La vente de sa maison ne suffira même pas à couvrir l'hypothèque. Si nous renonçons à la saisie, elle pourra toujours se débrouiller pour faire un remboursement de temps en temps. Qu'avons-nous à y perdre ?

Sid Lenker faillit en avaler son cigare.

— Ce que nous avons à y perdre ? explosa-t-il. Mais

notre réputation, tout simplement. Nous sommes une banque, pas une œuvre de charité.

Il se pencha vers Charley et baissa le ton.

— Je suppose que vous êtes allé faire un tour au bar hier soir ? Eh bien, si c'est là-bas que vous allez chercher des idées de cet acabit, je vous conseille de choisir : c'est Sam Jessup le soir, ou la banque le matin. Pas les deux. Compris ?

M. Lenker se redressa, content de lui. Vu d'en dessous, il paraissait énorme et imposant. Mais dans l'esprit de Charley, d'autres visages tournoyaient et virevoltaient, d'autres visages surgis du passé. Charley revoyait un autre banquier, loin, loin, très loin. Et une autre femme, sa mère, qui n'était peut-être pas aussi innocente que Mme Earnshaw, mais était-ce une raison...

— On ne jette pas les gens à la rue comme ça, énonça-t-il à haute et intelligible voix.

Sid Lenker n'avait rien de commun avec Frank Kasten. Et il avait sans doute plus de discernement. Peut-être vit-il dans le regard de Charley quelque chose qui avait échappé à Frank Kasten. Toujours est-il qu'il tourna les talons et se retira sans un mot dans son bureau. Charley ne le revit pas de la journée...

Le lendemain matin à la banque, Charley Ames était assis à sa place. Il n'y aurait normalement rien eu d'étrange à cela, n'était que personne d'autre n'était assis. L'établissement bourdonnait comme une ruche en émoi, les employés allaient et venaient en caquetant et personne ne travaillait.

Il y avait deux raisons à cela. D'abord, que le directeur, M. Sidney Lenker, n'était pas apparu ce matin pour sacrifier aux salutations rituelles. Ensuite et surtout, que Tom Madden, accompagné de deux policiers en uniforme, était venu annoncer que M. Lenker avait été assassiné.

Telles étaient les raisons de ce tohu-bohu. On donna une clé à Tom Madden qui entra dans le bureau du directeur. Il s'entretint ensuite avec la secrétaire de ce dernier, puis avec d'autres membres du personnel. Pendant tout ce temps, Charley Ames resta assis à sa place, attendant son tour.

Il était environ onze heures quand ce tour arriva enfin. Comme la banque ne pouvait pas fonctionner ce jour-là, on donna congé à la plupart des employés, qui rentrèrent chez eux. Le bourdonnement baissa nettement de niveau sans toutefois disparaître tout à fait. Et finalement, inévitablement, Tom Madden se dirigea comme à contrecœur vers le bureau de Charley et se laissa tomber sur une chaise.

— Que puis-je faire pour toi, Tom ?

— Où étais-tu hier soir, Charley ?

— Je me suis arrêté chez Sam Jessup.

— Es-tu allé ailleurs avant de rentrer chez toi ?

— Qu'est-ce que j'aurais été faire ailleurs ?

— Je t'ai posé une question. Est-ce que tu es allé ailleurs ?

— Non.

— Quelqu'un s'est rendu chez Sid Lenker, très tard hier soir. Sid devait connaître son visiteur, car apparemment il l'a laissé entrer. Ça ne lui a pas porté chance, parce que l'autre lui a défoncé le crâne avec un presse-papier.

— Franchement, je ne peux pas dire que ça va me faire pleurer.

Tom Madden se mordilla la lèvre.

— C'est tout de même étrange, Charley. Chaque fois qu'il y a un meurtre dans cette ville, ça tombe sur quelqu'un que tu ne portes pas dans ton cœur...

Charley resta de glace, pas même effleuré par la peur.

— J'ai mes opinions sur les gens, reconnut-il, et je ne peux m'empêcher de les exprimer.

Tom se pencha en avant pour se rapprocher de Charley.

— Hier, Sid Lenker a dicté à sa secrétaire une note à l'attention du service du personnel, leur donnant ordre de te virer.

— Ça ne m'étonne pas.

— Tu peux me dire pourquoi il avait décidé de te virer ?

— On n'était pas d'accord sur une affaire d'hypothèque. Mais dis donc, Tom, dit-il en regardant le policier droit dans les yeux, tu ne vas quand même pas t'imaginer que j'ai tué Lenker pour une question de boulot ?

Le policier, cette fois, ne se laissa pas impressionner.

— Si tu étais à ma place, Charley, qu'est-ce que tu penserais ?

— Tu as une preuve, Tom ?

— Pas l'ombre.

— Alors on reste bons amis, hein, jusqu'à ce que tu en trouves une ?

Tom Madden ne tendit pas la main.

La banque lui avait donné un mois de préavis. Mais au lieu de considérer cet argent comme un dédommagement et ne plus travailler — ainsi qu'il aurait pu le faire —, Charley Ames continua de se rendre à son bureau chaque matin — et au bar de Sam Jessup chaque soir.

— C'est une honte ! s'indigna Sam. Ils n'auraient pas dû te saquer, puisque le vieux Sid était mort !

— C'est normal, répondit calmement Charley. Ils ont considéré que c'était sa dernière volonté.

— Et comment vas-tu te débrouiller pour payer ton bourbon à la fin de ton préavis ? demanda Sam, développant sa logique personnelle.

— Je n'y avais pas pensé, reconnut Charley.

— Eh bien, tu as intérêt à y réfléchir, avec ce que tu bois maintenant !

— Sam, ça fait des années que je suis client chez toi. Tu ne vas pas me dire que tu me refuserais un peu de crédit ?

Sam Jessup prit la remarque pour une plaisanterie. Il rejeta la tête en arrière et partit d'un énorme éclat de rire qui le secoua des pieds à la tête.

— Mon petit Charley, fit-il une fois son hilarité retombée, je ne fais pas ce boulot pour tes beaux yeux !

Charley resta un instant interloqué. Jamais auparavant il n'avait envisagé Sam sous cet angle.

— Mais pourquoi fais-tu ce métier, alors ? s'enquit-il d'une voix aussi douce qu'inquiétante.

— Pour gagner ma croûte, mon vieux, répondit Sam avec un large sourire.

— Le reste, tu t'en fous ?

— Qu'est-ce que tu veux dire par là ?

— Tu te fous des gens à qui tu sers ton bourbon ? Pour toi, au fond, ils sont tous pareils ?

— Du moment qu'ils peuvent payer !

— Et tu te fous de ce que ton bourbon peut leur faire ?

— Ça, mon vieux, c'est leur problème ! Ils sont assez grands. Tous ceux qui entrent ici sont majeurs !

« Non, ils ne sont pas tous majeurs », répliqua in petto Charley, de nouveau submergé par une cascade de souvenirs. L'autre bar n'était pas très différent de celui-ci, et le barman pas si différent de Sam. Et un petit garçon du nom de Charley était venu si souvent chercher son père dans cet autre bar, où il s'était si souvent entendu dire par l'autre barman que tant que son père tiendrait debout et aurait de quoi payer on continuerait à le servir...

— Le bourbon est une invention du diable, siffla Charley.

— Ça, mon vieux, tu es bien placé pour le savoir, commenta Sam Jessup toujours souriant.

— Et ceux qui le servent sont des créatures du diable aussi ! On devrait te chasser de la ville...

Le sens de l'humour de Sam était sans limites tant qu'il n'était pas personnellement visé. Son sourire disparut soudain.

— Charley, fit-il menaçant, mes affaires ne sont pas assez mauvaises pour que je sois obligé d'écouter ce genre de salades.

— On ne doit pas tirer profit des faiblesses humaines ! hurla Charley.

Avec une agilité surprenante pour un homme de sa corpulence, Sam Jessup se retrouva de l'autre côté de son comptoir ; empoignant Charley par le col et le fond du pantalon, il l'escorta personnellement jusqu'à la porte.

Charley attendait encore. Il était toujours assis, mais cette fois dans sa petite chambre de vieux garçon. Et il savait que les pas qui résonnaient dans l'escalier étaient ceux de Tom Madden.

— Entre, Tom, lança-t-il lorsqu'on frappa.

La porte s'ouvrit. Il s'agissait bien de Tom Madden. Mais d'un Tom Madden au visage sombre et dur. Son regard se vrilla dans celui de Charley.

— Tu as eu une prise de bec avec Sam Jessup avant-hier soir, déclara-t-il sans autres préliminaires. La nuit dernière, après la fermeture, Sam était seul dans le bar et quelqu'un y a lancé des bâtons de dynamite. L'établissement est détruit et Sam est mort. Tu es content qu'il soit mort, Charley ?

— Ça ne va pas me faire pleurer.

— Allez, Charley, suis-moi.

— Où m'emmènes-tu ?

— En prison.

— Tu as une preuve que j'ai tué Sam Jessup ?

— Pas l'ombre. Mais je suis convaincu que c'est toi et je t'enferme par mesure de prudence. Je trouverai un motif après.

Charley Ames se leva et enfila son veston.

— Tu crois que je suis fou, hein, Tom ?

Les traits de Tom Madden s'adoucirent quelque peu.

— Je ne suis pas psychiatre, répondit-il. Frank Kasten méritait peut-être de mourir, Sid Lenker et Sam Jessup aussi. Mais je ne suis pas juge, Charley, et toi non plus.

Charley attendait toujours. Assis dans sa cellule, il attendait sans trop savoir quoi. Informé par Tom qu'il avait droit à un avocat, il ne voyait pas très bien à quoi un avocat pourrait lui servir.

C'était une toute petite cellule. Il y en avait deux autres en tout et pour tout. L'une d'entre elles était vide, mais la seconde était occupée par un individu mal rasé qui dormait sur la couchette et que Charley ne reconnut pas. Un ivrogne, sans doute. Le couloir qui passait devant les cellules menait à une grande pièce située sur le devant du bâtiment qui comportait de nombreux bureaux. La porte qui donnait dans cette pièce était ouverte, et Charley entendait des bribes de conversation qui en provenaient.

Mais il n'y prêtait guère attention, car ses propres pensées suffisaient à lui tenir compagnie. Il lui fallait encore réfléchir.

Non, il n'était pas fou. Cela, il en était certain. En termes juridiques, la folie se définit par l'incapacité du sujet à distinguer le bien du mal. Et il savait que Frank Kasten, Sid Lenker et Sam Jessup étaient tous mauvais. C'est pourquoi il les avait supprimés.

Non, la seule question à laquelle il lui restait encore à répondre était de savoir si lui, Charley Ames, avait le droit de juger et de punir ces hommes. C'était là que Tom et lui n'étaient plus d'accord. L'ennui était que Tom ne savait pas ce que c'était que le mal. Il ne le comprenait pas. Il ne l'avait pas vu à l'œuvre comme Charley.

« Non », décida finalement Charley, « je ne regrette rien. Quand un homme rencontre le mal, il doit frapper. Il ne peut y avoir de compromis. Tout péché doit être puni, et les possédés du démon doivent être impitoyablement exterminés, c'est la seule façon de les empêcher de nuire à nouveau. Où qu'ils soient, quels qu'ils soient. »

Ce fut peut-être une fois ces conclusions atteintes et une fois son esprit calmé que Charley prêta de nouveau attention aux éclats de voix provenant de la pièce de devant. Ou peut-être fut-ce parce qu'il s'agissait de voix inconnues qui criaient.

— Laisse-moi ! Laisse-moi ! hurlait l'une des voix, une voix d'adolescent.

— Joey ! Joey ! suppliait une femme en larmes.

— Ça servira à rien ! Je me tirerai encore ! Je me tirerai tout le temps ! Ils peuvent me ramener autant de fois qu'ils voudront, je me tirerai quand même. Je ne veux pas rester avec toi…

— Joey… Joey… Je n'ai plus que toi au monde, implorait la femme. Ne m'abandonne pas… J'ai besoin de toi…

Charley Ames se boucha les oreilles des deux mains, mais il était trop tard. Il en avait trop entendu. Des mécanismes impitoyables s'étaient de nouveau mis en marche dans son cerveau qui ramenaient à la surface un raz de marée de souvenirs, de souvenirs de plus en plus profonds. Charley était submergé. Il y en avait trop. Il ne pouvait plus lutter. Pourquoi, mais pourquoi est-il donc impossible d'oublier, d'oublier une bonne fois pour toutes…

« Charley… Charley… Tu es tout ce qui me reste… Ne me quitte pas, je t'en supplie… »

« Je ne veux pas rester ici… Fous-moi la paix… Laisse-moi partir… »

Il se frappa la tête des deux poings, mais en vain. Les voix refusaient de se taire. Les souvenirs continuaient d'affluer, se bousculant dans sa conscience comme pour mieux attirer son attention, virevoltant, insaisissables, toujours plus précis, toujours plus accablants, l'accusant et le condamnant.

« Mais je ne suis pas resté parti longtemps, Tante May… »

« Pas longtemps, Charley ? Trois mois, c'est long, c'est très long. En tout cas, ça l'a été pour ta mère… »

« Mais pourquoi ne m'a-t-elle pas écrit ? Je serais revenu… »

« Comment aurait-elle pu le deviner, Charley ? A la façon dont tu es parti… »

« Pourquoi a-t-elle fait ça ? Pourquoi, Tante May ? Pourquoi ? »

« Après le traitement que ton père lui avait infligé… et ton départ… quelles raisons de vivre crois-tu qu'il lui restait, Charley ? »

Charley Ames se redressa, hagard. Il était pris au piège. Il ne pouvait échapper aux voix dans sa tête. Il fallait les faire taire, une bonne fois pour toutes.

178

Tom Madden s'essuya le front, soulagé. La mère et le fils venaient de repartir ensemble. Il avait réussi à obtenir une trêve, mais il ne croyait pas le problème résolu pour autant.

— Sale gosse, dit-il à son adjoint. J'ai de la peine pour cette pauvre femme. Je ne comprends pas pourquoi elle ne préfère pas rester seule, maintenant que son mari est mort. Le fils ne vaut pas mieux. Elle n'aurait pas dû me demander de le retrouver. Ecoute bien ce que je vais te dire, ce Joey Kasten ne tardera pas à faire reparler de lui.

Il se leva et haussa les épaules.

— Je ferais mieux d'aller voir comment va Charley, dit-il, se dirigeant vers les cellules.

Il s'arrêta en chemin. Par la porte ouverte, il aperçut le corps de Charley. On aurait dit une poupée de chiffon accrochée par le col à un porte-manteau.

— Dingue, murmura-t-il. Complètement dingue.

For every evil
Traduction de Dominique Wattwiller

Un coup de chien

par

GROVER BRINKMAN

Le brouillard qui montait du marais envahissait la route comme un fantôme gris, houleux, tout droit sorti d'un desssin animé ; des feux folets luisaient au-dessus des marécages. Au moment où je replongeais vers le bas de la côte, une silhouette mouvante se dressa dans la lumière des phrares. C'était une femme, qui avançait en titubant. Elle s'arrêta, à moitié retournée vers moi. Je remarquai qu'elle tenait en laisse un gros chien à la toison laineuse.

Elle était mince, bien faite, et ses cheveux de la couleur des joncs à l'automne lui tombaient de chaque côté de la tête comme une cascade boueuse. Mais ce n'est pas ce qui me fit ouvrir de grands yeux. Ses vêtements étaient dans un état !

Droite comme un i, baignée dans la lumière jaunâtre des phares de la voiture, elle n'était pas l'émanation d'une rêverie névrotique engendrée par un quelconque hallucinogène, et je n'avais pas bu une goutte de toute la journée. Ce n'était pas une illusion. Elle était bien là, en chair et en os, plus vraie que nature.

Je freinai, puis levai le pied de sur le frein comme si c'eût été un poêle chauffé au rouge. *Ne fais pas l'imbécile !* me susurrait une petite voix. *C'est l'endroit rêvé pour se faire arranger le portrait et soulever son portefeuille... le coin idéal pour un meurtre !*

Quand une fille se balade dans les marécages à une heure pareille, ce n'est pas pour faire de la botanique.

180

C'était un piège à gogo et je me trouvais simplement être le premier à passer dans le coin ce soir-là.

Et pourtant je ne me hâtai pas. Ne me demandez pas pourquoi. Elle me regardait, et ses lèvres articulaient des paroles mystérieuses.

— Aidez-moi ! Je vous en prie !

Je la dévisageai, cloué à mon siège. Je m'attendais à voir un malabar surgir des fourrés d'un instant à l'autre pour me faire la tête au carré et me faucher ma bagnole.

Mais il ne se produisit rien de tel. Elle avait l'air d'être toute seule ; en dehors de cette espèce de cabot débile qu'elle traînait avec elle.

Le chien tirait sur sa laisse, maintenant, en aboyant comme un perdu.

— Du calme, Tibby ! dit-elle en tirant sur sa laisse d'un coup sec. Le cabot cessa de gueuler, mais continua à me montrer les dents.

Je fis un geste du pouce en direction de l'arrière de la voiture.

— Ça en fait, un bout de route sans rien autour. Qu'est-ce que vous fabriquez par ici ? »

Elle se rapprocha de la voiture. Je vis les marques de coups sur son visage.

— J'ai été... attaquée, là-bas. J'ai peur que M. Manwaring ne soit mort. »

A ce nom, j'ouvris de grands yeux. J'indiquai de nouveau l'obscurité qui nous entourait.

— Où ça, là-bas ? Loin d'ici ?

— Je ne sais pas au juste... J'ai marché tellement longtemps... Il y avait une cabane, avec une éolienne délabrée dans la cour.

— Et qui était M. Manwaring ?

— L'homme pour qui je travaillais. »

Il se pouvait qu'elle dise la vérité. Ce qu'elle racontait était au moins en partie vrai. J'étais passé devant la cabane en question une demi-heure plus tôt.

Il aurait dû y avoir un signal, un petit drapeau sur la boîte aux lettres. S'il était levé, je devais m'arrêter, livrer quelque chose et ramasser un paquet.

Mais le drapeau était baissé. Quelque chose avait foiré. Méfiant, j'avais poursuivi mon chemin.

— Continuez, dis-je.

— Nous venions de Memphis, M. Manwaring et moi. Nous avons quitté l'autoroute sans réussir à trouver une ville, ni même un motel. C'est alors que nous avons vu la cabane ; il y avait encore de la lumière. M. Manwaring s'est arrêté pour demander son chemin...

D'une main, elle ne cessait de tirer sur le bout de chiffon qui avait été autrefois une robe. Je me penchai sur le siège et lui tendis ma gabardine.

— Et alors, que s'est-il passé ?

Elle s'insinua dans le manteau.

— Deux hommes sont sortis, se sont approchés de la voiture, m'ont arrachée de mon siège...

— Et Manwaring, qu'est-ce qu'il a fait ?

— Il a envoyé un coup de poing au premier, évidemment, mais le deuxième lui a flanqué un coup sur la tête avec son revolver.

S'il y avait jamais eu femelle provocante, c'était bien celle-là. Je me gardai de bouger, essayant de me faire une idée.

Mon intuition, mon instinct, me disait qu'elle me racontait des histoires. C'était trop fantastique pour être vrai. Mais quoi qu'il en fût, je ne pouvais pas laisser une jolie fille à bout de forces sur une route déserte, au bord d'un marécage. Je finis par déverrouiller la portière.

— Montez.

Elle me dédia un pâle sourire.

— Je peux mettre Tibby à l'arrière ?

— Allez-y.

Je n'aimais pas cette grosse bestiole. Elle — ou il — était noire et pelucheuse. C'était un de ces gros chiens ridicules, pleins de poils, dont les yeux disparaissaient dans le pelage tellement long qu'on aurait pu lui faire des tresses.

— Et que s'est-il passé, après que Manwaring s'est fait étendre pour le compte ?

— Je... je vous l'ai dit. Ils se sont jetés sur moi. Pour finir, ils se sont remis à boire et j'ai réussi à me glisser dehors.

— Et vos vêtements? Que leur est-il arrivé?

— C'étaient des ivrognes sadiques. Ils se sont acharnés sur ma robe.

Je fis demi-tour et repartis en direction de la cabane.

Je vis ma compagne se raidir à l'instant même où elle comprit ce que je faisais. Son visage de poupée grecque se durcit.

— Où allez-vous? demanda-t-elle, d'une voix soudain glaciale.

— Je retourne voir ce qui est arrivé à votre patron.

Ses doigts s'enfoncèrent dans mon avant-bras.

— Non!

— Vous ne voulez pas que j'aille voir?

— Pourquoi? M. Manwaring est mort. Que pourrions-nous y faire?

Je tendis le bras en arrière pour tapoter le chien. Elle arrêta mon geste.

— Ne faites pas ça! dit-elle d'un ton pressant. Tibby peut être... très hargneuse, parfois.

Je trouvai ça plutôt bizarre. Ce caniche était une bête de concours, un chien de salon, sûrement pas un bâtard teigneux prêt à arracher la main du premier étranger venu. Qu'est-ce que ça pouvait bien lui faire que je caresse son clébard?

Sa main m'étreignit de nouveau le bras.

— Je vous en prie, ne retournez pas là-bas!

— Pourquoi? Donnez-moi une bonne raison?

— Notre peau!

— Ça ne prend pas! répondis-je en tournant le volant.

Mais elle se cramponnait toujours à mon bras.

— Emmenez-moi à la première ville venue, n'importe où, mais ne me ramenez pas à cette cabane!

Elle referma le col de la gabardine autour de son cou, en frissonnant.

— La ville la plus proche est Berryville, dis-je. Elle se trouve dans la direction opposée, à une cinquantaine de kilomètres. Je vais vous y conduire, mais nous allons d'abord voir. Je n'aime pas le travail bâclé. »

Elle ne me demanda pas qui j'étais, et je ne voyais aucune raison de l'éclairer, pour le moment du moins. Elle se rencogna sur le siège, comme si le monde s'était abattu sur sa jolie tête.

Je conduisais doucement. Le brouillard s'accumulait par nappes et la route était traîtresse. A force de me demander ce qui avait bien pu amener cette femelle incandescente à se retrouver partager la banquette avant de ma voiture, je commençais à ne pas me sentir tranquille moi non plus. Elle finit par se glisser près de moi et je sentis la chaleur agréable de sa hanche contre la mienne.

— Pourquoi tenez-vous tellement à retourner à la cabane ?

Je ne pouvais lui dire la vérité. J'entrepris donc de lui débiter des raisonnements évasifs.

— Vous disiez qu'il y avait deux hommes. Ils ont assommé votre patron. Et sa voiture ? »

Elle hésita une fraction de seconde, ce qui me donna à penser que j'avais mis le doigt sur le point sensible.

— Je... je l'ai cherchée, quand j'ai réussi à leur échapper, mais je n'ai pas pu la retrouver.

— Expliquez-moi un peu ça, maintenant. Vous veniez de Memphis, votre patron et vous. Par erreur, vous vous êtes retrouvés sur cette route secondaire. Vous avez fini par vous rendre compte que vous étiez perdus. Vous avez vu cette lumière. Manwaring est allé demander son chemin à la cabane.

— Oui.

— Deux hommes en sont sortis. Ils vous ont tirée de la voiture de force et traînée dans leur gourbi. Manwaring a commencé à se bagarrer et s'est fait casser la figure.

— Oui. Je me suis débattue tant que j'ai pu...

Elle était toute tremblante. Ou bien elle disait la vérité, ou alors c'était une fameuse comédienne.

— Et votre chienne ? Qu'est-ce qu'elle faisait pendant la bagarre ?

— Tibby n'est pas un chien de garde.

— Tous les chiens sont des chiens de garde quand leur maître se fait attaquer.

— Ils... ils l'avaient attachée à un piquet.

— Bon. Alors les deux hommes ont fini par se remettre à jouer aux cartes et vous avez réussi à vous glisser dehors, à vous enfuir dans le brouillard ?

— C'est bien ça.

— Où était le corps de Manwaring, pendant ce temps-là ?

— Dans une remise.

Son histoire était plus bidon qu'un billet de trois dollars.

Cette cabane isolée, abandonnée, était un point de rendez-vous. A onze heures, ce soir-là, Nick Sylvia devait échanger sa serviette contre celle d'un dénommé James Manwaring.

Seulement je n'étais pas Nick Sylvia !

Roulez doucement, disaient mes ordres (ou plutôt, ceux de Nick), assurez-vous que le drapeau de la boîte aux lettres est bien levé. S'il l'est, allez voir l'homme qui est à l'intérieur, échangez vos serviettes et mettez les voiles. Ne posez pas de questions. On n'a pas intérêt à être trop curieux, dans ce métier ; mieux vaut se contenter d'obéir aux ordres. J'en avais déduit que James Manwaring opérait dans la même branche que Nick, mais pas dans le même patelin. Il rapportait quelque chose du Nord, que Nick devait récupérer en échange d'autre chose.

Manwaring devait évidemment arriver avant Nick. Alors, pourquoi n'avait-il pas levé le drapeau de la boîte aux lettres ? Cela avait-il un rapport avec la présence de cette créature ?

J'étais prêt à parier qu'il s'était passé quelque chose de pas catholique et qu'elle y était pour beaucoup.

Je doutais fort qu'il y ait eu deux hommes dans la cabane. Quand j'étais passé, à allure réduite, elle avait l'air absolument déserte. Mais il s'était passé quelque chose. Qeulqu'un avait mis cette jeune personne dans un drôle d'état, avait enfoncé ses ongles dans sa jolie peau rose, lui infligeant des égratignures on ne peut plus tangibles. Elle avait essuyé quelques mauvais coups.

Sa main me serra de nouveau le bras.

— Faites demi-tour, je vous en prie ! Ne retournez pas là-bas !

Je freinai, et la regardai.

— Ecoutez, ma jolie, ne jouez pas à ce petit jeu-là avec moi. Je ne crois pas un instant qu'il y ait eu quelqu'un à la cabane. Vous étiez seuls, Manwaring et vous. Pour une raison ou une autre, vous vous êtes chamaillés. Mais pour de bon ! Il avait peut-être envie de s'amuser un peu, vous pas, alors il a essayé de vous forcer. Et vous lui avez pris son arme et vous l'avez tué.

— Qu'est-ce que vous racontez ?

— Rien que ce que je viens de dire. Si Manwaring est bien mort, comme vous persistez à le dire, alors c'est vous qui l'avez tué !

Elle éclata de rire. Un rire craquant comme de la nougatine.

— Eh bien, gros malin, je vais vous dire une chose. Vous le trouverez bel et bien mort, mais vous aurez du mal à me faire porter le chapeau !

— C'est donc bien vous qui avez fait le coup, hein ! Je lui attrapai le bras.

— Pourquoi l'avez-vous tué ? Qu'y avait-il dans cette serviette ?

Son visage changea. Il trahissait toujours la colère, mais ses yeux exprimaient aussi maintenant la méfiance. Ils s'étrécirent et elle recula un peu sur le siège.

— Qu'est-ce que vous êtes en train d'essayer de me dire, au juste ?

— Jouons cartes sur table. Si vous êtes venue de Memphis avec Manwaring, vous saviez qu'il devait rencontrer quelqu'un à la cabane.

— Un rendez-vous ?

— Avec moi. Je suis l'homme avec qui il avait rendez-vous. Pour échanger des cadeaux de Noël.

— Pourquoi mon patron aurait-il fait tout ce chemin pour vous rencontrer ici, dans cette cabane isolée ?

— Disons simplement qu'il avait quelque chose pour moi dans sa serviette et que j'avais autre chose pour lui.

— Que deviez-vous échanger ?

— Une certaine marchandise.

— Pourquoi n'ouvrez-vous pas votre propre serviette pour vérifier la marchandise en question ?

Elle était posée sur le siège arrière ; il ne m'était pas venu à l'idée qu'elle avait pu la repérer. Je me retournai. La chienne me montra les dents. Je songeais que la cabane devait se trouver après le prochain tournant ; dans quelques instants, ce serait la grande explication...

Ce fut ma dernière pensée cohérente.

Quelque chose s'abattit sur mon crâne avec une violence à vous donner le tournis, le monde se retrouva sens dessus dessous, brouillard compris. J'eus vaguement conscience que la voiture quittait la route et fonçait droit sur un sapin tandis que la fille tirait frénétiquement sur le volant, dans un effort désespéré pour la redresser. Puis tout sombra dans un fleuve d'encre.

Lorsque je réintégrai enfin le royaume des pécheurs, elle n'était pas dans le coin. Pas plus que le caniche royal.

En écarquillant les yeux, je constatai que la voiture s'était enroulée autour d'un arbre. M'était avis que sa carrière venait de prendre fin. Je m'extirpai de la carcasse en tremblant sur mes jambes comme un vieux poivrot. Je n'avais apparemment rien de cassé — rien que cette bosse sur le crâne.

Elle m'avait tapé dessus avec quelque chose de lourd — une crosse de revolver ! Mais où avait-elle bien pu trouver le flingue en question ?

Dans ta poche, grosse truffe ! intervint de nouveau la petite voix. *Mais non !* répondis-je au néant. *Mon calibre était dans ma poche gauche. Elle n'avait tout de même pas pu s'en emparer sans que je m'en rende compte.*

Je reprenais rapidement mes esprits, maintenant, et

tout d'un coup je réalisai que j'avais la main crispée sur quelque chose de froid et de métallique. Elle m'avait bel et bien estourbi, mais pas avec mon arme. Ça n'avait pas de sens.

Je m'engageai sur la route d'une démarche mal assurée, tout en essayant de distinguer quelque chose dans le brouillard, tellement épais que je me trouvai presque le nez sur la cabane avant d'avoir vu quoi que ce soit. Pas de lumière, aucun signe de vie, et le drapeau de la boîte aux lettres était toujours baissé.

C'est alors que j'entendis comme un gémissement.

En tout cas, cela ressemblait à une plainte, émise par un être humain et venant de la gauche de la route, là où elle montait en pente raide avant de redescendre vers le ravin.

Il y avait quelqu'un en bas, de l'autre côté. Je finis par descendre, non sans m'esquinter les tibias au passage sur les rochers acérés. Le brouillard était plus diffus, à cet endroit, et je distinguai la silhouette d'une voiture. Elle était bien amochée, comme si elle avait fait bon nombre de tonneaux après avoir quitté la route. Les gémissements émanaient d'un endroit situé à droite de sa masse sombre.

Je le trouvai grotesquement étalé dans les broussailles. A la lumière de mon briquet, je constatai qu'il était sensiblement plus âgé que moi. Il était bien habillé, mais à présent, sa chemise était trempée de son propre sang. Le jour n'allait pas tarder à se lever, seulement il ne le verrait pas.

— Vous êtes Manwaring ? lui dis-je à l'oreille.

Il ne répondit pas. Puis je vis bouger ses lèvres et il finit par laisser échapper un soupir.

— Oui.

— Je suis Nick Sylvia, l'homme que vous deviez rencontrer ici.

Ce mensonge ne pouvait pas faire de mal.

Il entrouvrit légèrement les paupières, les referma. Ses lèvres frémirent à nouveau.

— La... poule...

Je ne vis pas tout de suite ce qu'il cherchait à dire.

— Vous voulez parler de la fille ?

Il fit un signe de tête et je me penchai de nouveau vers lui.

— Dites-moi, y avait-il deux hommes dans la cabane ?

— Personne. Elle... C'est elle qui a... la bonne marchandise...

Ses paroles moururent sur ses lèvres.

— Je l'ai ramassée. Elle avait les mains vides.

— Je... l'ai pincée en train de s'occuper de... ma serviette. Il y a eu une bagarre. Elle est armée. M'a tiré dessus... A poussé la voiture par-dessus le... talus. Ce... foutu... clébard...

C'était fini. Mais ses dernières paroles ne voulaient rien dire pour moi. Il prétendait qu'elle avait un revolver. Elle avait pris les billets, les vrais — ceux qu'il devait échanger contre la fausse monnaie que je lui apportais. Elle l'avait dévalisé, puis dans la bagarre ses vêtements s'étaient déchirés, et elle lui avait tiré dessus...

Mais quand je l'avais ramassée, elle n'avait rien dans les mains, ni arme, ni argent. Et pourtant, par la suite, elle m'avait bel et bien assommé avec un objet lourd. Ça n'avait vraiment aucun sens, sauf si...

— Le chien ! m'exclamai-je enfin. Manwaring a parlé du chien. Mais qu'est-ce que ce caniche...

Je me redressai en entendant un éclat de rire.

C'était l'aurore ; le brouillard se levait. Et elle était plantée là, emmitouflée dans ma gabardine, tenant toujours son chein en laisse.

La main qui brandissait le revolver avait l'air aussi ferme qu'un roc. Et le revolver était braqué sur mon estomac.

— Alors, tout s'éclaire, mon gros ?

Elle se baissa pour farfouiller entre les omoplates du chien et déroula quelque chose autour de la taille de l'animal. C'était une bande recouverte de fourrure, une sorte de long bandage doublé, d'un côté, de longs poils noirs, frisés, identiques à ceux du cabot. Quand elle l'eut retiré, je compris que le chien avait été tondu à ras

189

tout autour de la taille. La ceinture s'adaptait parfaitement à la partie médiane du corps de l'animal.

Elle éleva la ceinture. Je vis la fermeture à glissière et je compris où elle avait dissimulé l'argent... tout comme le revolver. Je savais maintenant pourquoi elle ne tenait pas à ce que je caresse son cabot. Et elle riait, de son petit rire cristallin qui me faisait penser au craquement de l'écorce des cacahuètes.

— Vous n'êtes pas Nick Sylvia, corniaud, contrairement à ce que vous avez raconté à Manwaring. Je suis bien placée pour le savoir : Nick est mon ex-mari.

Le revolver était toujours braqué sur moi.

— Continuez de m'expliquer.

— Nick trimballait un demi-million de dollars en faux talbins. Manwaring en avait cent mille tout ce qu'il y a d'authentiques. Nick avait peur de doubler le Syndicat, mais pas moi. Alors j'ai réussi à embobiner Manwaring pour qu'il m'emmène avec lui. Il n'y a vu que du bleu avec le chien, et j'ai fait passer les billets de sa serviette dans la ceinture du chien. Seulement il m'est tombé dessus un instant trop tôt...

— Vous êtes une drôle de petite maligne...

Le canon de l'arme se releva légèrement.

— Où est Nick, duschnock ?

— T'as un compte à régler avec lui ?

— Exactement. Alors, vite !

— Au frais. Dans une jolie petite cellule bien tranquille.

— Alors t'es un flic ?

— Ça se voit tant que ça ?

— Ouais, mais plus pour longtemps.

Je surveillais son poignet. On crispe toujours un peu les muscles, quand on appuie sur une détente. C'est encore plus visible chez une femme que chez un homme. A l'instant où son poignet se raidit, je plongeai et déboulai le versant escarpé de la colline, prenant de la vitesse comme une bûche tombée d'un camion.

Elle était bonne tireuse. J'allais vite, et pourtant, sa première balle m'expédia une bonne dose de terre sur le visage. La seconde me traversa le bras, m'arrachant un grognement. Mais j'étais maintenant abrité derrière une vieille souche, et j'avais mon pistolet dans la main gauche. Elle tirait toujours. Je comptai les coups. Lorsque le chargeur fut vide, je sortis de mon abri en rampant et entrepris d'escalader la colline, dans sa direction. Elle me jeta son arme à la tête et tenta de s'enfuir sur la route.

L'impact de ma première balle eut pour effet de projeter un peu de boue sur elle, et elle s'arrêta net, s'avouant battue.

Mais elle m'a traitée de tous les noms imaginables... et même de quelques autres !

Canine Accomplice
Traduction de Dominique Haas

Sept victimes

par

Jack Ritchie

Je roulais à 130, mais sur cette grande route plate, c'était comme si j'avais fait du 60.

L'adolescent aux cheveux roux avait les yeux brillants en écoutant la radio. Lorsque s'acheva le bulletin d'information, il éteignit le poste et s'essuya les lèvres d'un revers de main :

— Jusqu'à présent, ils ont trouvé 7 de ses victimes.

— Oui, j'ai entendu, acquiesçai-je.

Lâchant le volant d'une main, je me massai un peu la nuque.

Il m'observait, un demi-sourire sur les lèvres :

— Vous vous sentez nerveux à propos de quelque chose ?

Je lui décochai un rapide coup d'œil :

— Non. Pourquoi serais-je nerveux ?

Il continua de sourire :

— La police a établi des barrages sur toutes les routes dans un rayon de 100 kilomètres autour d'Edmonton.

— Oui, ça aussi, je l'ai entendu.

Cette fois, mon compagnon émit une sorte de gloussement :

— Il est plus malin qu'eux !

Avisant le sac à fermeture Éclair qu'il tenait sur ses genoux, je m'enquis :

— Tu vas loin ?

Il eut un haussement d'épaules :

— Je ne sais pas…

Petit, d'aspect plutôt frêle, il paraissait avoir dans les dix-sept ans, mais étant donné son visage de gamin, il pouvait aussi bien en avoir quatre ou cinq de plus.

Essuyant les paumes de ses mains sur son jean, il s'enquit :

— Vous êtes-vous jamais demandé ce qui le poussait à faire ça ?

— Non, répondis-je, les yeux fixés sur la route.

— Peut-être que c'est un type qu'on a poussé à bout… Un type qui, toute sa vie, a eu quelqu'un n'arrêtant pas de lui dire ce qu'il devait faire ou ne pas faire. (Il humecta ses lèvres en regardant droit devant lui.) Alors, il a explosé. Y a une limite à ce qu'on peut supporter ; au-delà, faut que ça craque quelque part.

Je levai mon pied de sur l'accélérateur.

— Pourquoi ralentissez-vous ? demanda-t-il en se tournant vers moi.

— Il ne me reste pas beaucoup d'essence. Cette station-service là-bas est la première que je vois depuis une cinquantaine de kilomètres, et je risque de devoir rouler encore autant avant d'en trouver une autre.

Je m'engageai sur la petite allée d'accès et m'arrêtai près des trois pompes. Un vieil homme s'approcha.

— Le plein, lui dis-je. Et vérifiez l'huile, je vous prie.

Mon compagnon considérait la station-service, une petite bâtisse, la seule qui s'élevât au milieu d'un océan de champs de blé. Les vitres de ses fenêtres étaient grises en poussière, et c'est tout juste si j'arrivais à distinguer un téléphone mural qui se trouvait à l'intérieur.

— Il en met du temps, le vieux, dit mon voisin en remuant sur son siège. J'aime pas attendre.

Il regarda le pompiste soulever le capot pour vérifier le niveau d'huile.

— Qu'est-ce qu'on peut espérer de la vie à son âge ? Vaudrait mieux pour lui qu'il soit mort.

J'allumai une cigarette et dis :

— Il ne serait probablement pas d'accord avec toi.

Le regard du jeunot se porta de nouveau vers la station-service et il me glissa, avec un sourire en coin :

— Y a un téléphone. Vous n'avez pas un coup de fil à donner.

J'exhalai une bouffée de fumée :

— Non.

Lorsque le vieil homme revint avec ma monnaie, mon compagnon se pencha à la portière :

— Vous avez la radio ?

L'autre secoua la tête :

— Non : j'aime le calme.

Le jeunot eut un large sourire :

— Vous avez raison. Quand on reste au calme, on vit plus longtemps.

Sur la route, je fis vite remonter l'aiguille du compteur jusqu'à 130.

Mon compagnon demeura tranquille un moment, puis remarqua :

— Faut pas avoir les foies pour tuer 7 personnes. Vous avez déjà tenu un revolver dans votre main ?

— Je pense que cela doit arriver à presque tout le monde, un jour ou l'autre.

Son sourire se fit vaguement félin :

— Et l'avez-vous jamais braqué sur quelqu'un ?

Je le regardai. Jamais encore ses yeux n'avaient brillé autant :

— C'est bon de sentir que les gens ont peur de vous. On se fiche bien alors d'être grand ou petit !

— Oui, dis-je, on ne se sent plus du tout un avorton.

Son visage s'empourpra légèrement et je poursuivis :

— On se sent même le plus grand de tous... Du moins, aussi longtemps qu'il n'y en a pas un autre avec un revolver braqué sur vous.

— Faut avoir l'estomac bien accroché pour pouvoir tuer quelqu'un, reprit-il. La plupart des gens l'ignorent...

— Une des victimes était un gosse de cinq ans. Qu'est-ce que tu en penses ?

De nouveau, il humecta ses lèvres :

— Il a pu le tuer par accident... sans le vouloir.

194

Je secouai la tête :

— Personne ne pensera ça.

L'espace d'un instant, l'assurance de son regard vacilla.

— Pourquoi aurait-il tué un gosse, selon vous ?

— C'est difficile à dire, fis-je en haussant les épaules. Il a tué une personne, puis une autre, une autre encore... Peut-être qu'à la longue ça ne fait pas de différence pour lui que ce soient des hommes, des femmes ou des enfants. A ses yeux, ça doit être la même chose.

Il eut un hochement de tête approbateur :

— Oui, le goût du meurtre, ça peut s'attraper... Facilement même. Après qu'on en a tué quelques-uns, ça ne vous impressionne plus et on y prend plaisir.

Il redevint silencieux durant quatre ou cinq minutes, puis dit :

— Ils ne l'attraperont jamais. Il est bien trop habile pour ça !

Je détachai mon regard de la route :

— Qu'est-ce qui te le fait croire ? On connaît son signalement et tout le pays est à sa recherche.

Ses maigres épaules se soulevèrent :

— Peut-être qu'il s'en fout, après tout. Il fait ce qu'il estime devoir faire. A présent, les gens savent qu'il est quelqu'un et c'est tout ce qui lui importe.

Nous roulâmes en silence pendant quelque 2 kilomètres avant que, remuant un peu sur son siège, il me demande :

— C'est à la radio que vous avez entendu donner son signalement ?

— Oui. Ils l'ont diffusé plusieurs jours durant, la semaine dernière.

Il me considéra avec curiosité :

— Et vous n'avez pas eu peur de me prendre dans votre voiture ?

— Non.

De nouveau, il eut son sourire en coin :

— Vous avez des nerfs d'acier.

Je secouai la tête :

— Non. Quand j'ai lieu d'avoir peur, ça m'arrive comme à n'importe qui.

Il gardait son regard rivé sur moi :

— Je corresponds tout à fait au signalement.

— En effet, oui.

La route s'étendait en avant de nous au milieu de la vaste plaine. Pas de maisons. Aucun arbre.

Il gloussa :

— Je ressemble au tueur. Tout le monde a peur de moi. J'aime ça !

— Ça t'amuse, on dirait ?

— Depuis avant-hier, ça fait trois fois que les flics me cueillent sur la route. Je récolte autant de publicité que le tueur !

— Oui, je sais. Et je pense que tu vas en avoir encore beaucoup. Je me doutais que je te trouverais quelque part sur cette route.

Je relâchai ma pression de mon pied sur l'accélérateur.

— Et moi ? Est-ce que je ne corresponds pas aussi au signalement qu'on a diffusé ?

Il faillit me rire au nez.

— Non ! Vous êtes brun et lui est rouquin. Comme moi.

— Mais j'aurais pu me teindre les cheveux, lui rétorquai-je en souriant.

Ses yeux devinrent énormes quand il sut ce qui allait arriver.

Avec lui, ça ferait huit.

N° 8

Traduction de Maurice Bernard Endrèbe

L'orgueil d'Orgueville

par

EDWARD D. HOCH

— Orgueville, dit doucement Brewster sans me regarder, tout en fouillant dans les papiers éparpillés devant lui. Vous allez terminer le reportage de Herb Quick.

Debout devant son bureau, je me sentais aussi mal à l'aise qu'un écolier pris en faute :

— C'est la ville où je suis né... je n'y suis pas retourné depuis neuf ans.

L'air surpris, Brewster leva les yeux sur moi :

— Je sais que vous venez de là-bas, Bob, c'est pourquoi j'ai pensé à vous après l'accident de Herb. Vous connaissez la ville, vous connaissez les gens... et je pense que c'est le genre de reportage auquel vous pouvez maintenant vous attaquer.

Même si l'idée de retourner à Orgueville ne m'enthousiasmait pas particulièrement, je savais que je ne pouvais refuser la tâche qui m'était assignée. Les journalistes de *Everyweek* allaient où on leur disait d'aller et écrivaient exactement ce que l'on attendait d'eux.

— Merci de votre confiance, monsieur Brewster.

— Bien. Vous êtes au courant de l'affaire, n'est-ce pas ? Herb Quick est parti là-bas la semaine dernière pour interviewer ce pasteur — Fancreek — celui qui affirme être en possession d'un cantique qui aurait été écrit par Thomas d'Aquin. Etant donné que Herb a trouvé le moyen d'aller se faire tuer en passant sous un

197

train, je vous confie le soin de terminer son travail. Ça peut être l'occasion pour vous de rendre votre ville célèbre.

Voilà donc comment je me retrouvai à Orgueville... qui n'avait aucune chance d'être jamais connue, si ce n'est pour ses routes en piteux état et son décor des plus banals ! Devant être rentré à New York le samedi midi — dernier délai pour remettre mon papier à *Everyweek* — j'aurais deux jours à passer là-bas pour terminer l'interview de Fancreek.

Je dus m'y rendre par le train : il y avait bien un petit aérodrome mais, situé à quatre-vingts kilomètres de la ville, il ne pouvait de toute façon recevoir rien de plus gros qu'un Piper Cub. Bien sûr, il y avait les autocars mais s'arrêtant dans tous les patelins, — et quelquefois même entre, — ce n'était pas non plus l'idéal. Le train, lui, était plus ou moins direct et m'amenait au centre ville, à mi-chemin entre la mairie couleur de grisaille et l'hôtel, petit immeuble en brique de trois étages qui serait toujours le bâtiment le plus attrayant de la ville. Ramené brusquement des années en arrière, je restai un moment sans bouger prenant conscience, en l'espace d'un instant, que tout ce que j'avais vécu depuis était situé à des années-lumière et que je ne regrettais rien.

Je traversai la rue principale et entrai dans le hall de l'hôtel. L'employé à la réception, petit bonhomme desséché rescapé d'une autre époque, examina ma signature avec insistance :

— Robert Dupin... j'ai déjà vu ce nom-là quelque part.

— Ah, ouais ?

— Vous venez de New-York, hein ?

— Très juste.

— Je connais ce nom-là !

— Quelle chambre, s'il vous plaît ?

— Hein ? Ah... le 17, c'est au premier.

— Merci.

— Combien de temps comptez-vous rester ? lança-t-il alors que je m'éloignais.

— Deux nuits. Je partirai samedi matin.

Je me souvenais du couloir terne du premier et je trouvai la chambre sans problème. Dans ce même hôtel, j'avais connu des chambres identiques, quand je préférais rester sur place pour soigner mes gueules de bois plutôt que rentrer à la maison et affronter la famille. La tapisserie était décollée en plusieurs endroits et, juste au-dessus du lit, il y avait un trou dans le plâtre du plafond. Tout comme le reste de la ville, l'endroit était en train de se désintégrer, non pas en un écroulement fulgurant mais avec une lente et insidieuse obstination, dans un long cri d'agonie qui ne finirait jamais de s'éteindre...

Après m'être changé, je redescendis afin de trouver quelque chose à manger. A l'angle du même pâté de maisons, là où un bar existait de mon temps, se trouvait maintenant une cafétéria. Je questionnai le gars derrière le comptoir :

— Qu'est devenu Tom-pouce ?

— Qui ?

— Tom-pouce. Il y avait un bar, ici, avant...

— Oh ! C'était il y a sept ou huit ans. D'où venez-vous, monsieur ?

— De loin.

— Tom-pouce est à Summit Street, il a une station-service là-bas. Les flics lui ont fait fermer le bar.

— Comment ça ?

— Crown et son journal : ils n'arrêtaient pas de raconter que Tom-pouce servait les mineurs. Si bien que les flics ont finalement dû faire quelque chose...

— Et qu'est devenu Crown ? Je l'ai connu lui aussi.

Le gars haussa les épaules et essuya une tache de graisse sur le comptoir.

— Il est marié maintenant. Il a épousé Nancy Wegman.

— Oui, c'est ce que j'ai entendu dire.

Même après neuf ans, je décidai que je n'avais pas envie de parler de Nancy Wegman. Je mangeai mon sandwich, bus mon café et ne posai plus aucune question.

L'unique taxi de la ville se trouvant garé juste de

l'autre côté de la rue, je donnai un dollar au chauffeur ensommeillé pour qu'il me conduise chez le pasteur Fancreek, pas très loin de là. La demeure était charmante, typique des presbytères de province, avec un porche affaissé arborant une frise à l'architecture compliquée où s'emmêlait une treille et avec cette odeur de moisi souvent associée aux lieux de prière. Debout sous le porche, j'essayai de me souvenir si, dans ma jeunesse, j'avais connu Fancreek.

— Oui ?

La porte me fut ouverte par un petit homme jouflu vêtu du complet gris particulier aux ecclésiastiques. Avec une barbe, il aurait pu passer pour le Père Noël. Mais il ne portait pas la barbe et ce n'était pas, de toute façon, la saison.

— Je m'appelle Robert Dupin, mon rédacteur en chef à *Everyweek* a dû vous prévenir de ma visite.

— Bien sûr, bien sûr ! Vous venez pour terminer l'interview... quel horrible accident ! Mais je ne vous attendais pas si vite !

Ayant ouvert la porte-moustiquaire, il me précéda dans la maison, s'affairant à ramasser journaux et magazines éparpillés çà et là.

— Marie, le journaliste de New York est là !

Une attrayante jeune femme qui ne paraissait pas plus de quarante ans arriva. Elle avait bien dix ans de moins que son mari et je me demandai dans l'instant si les ministres du culte, tout comme les militaires, avaient tendance à se marier sur le tard, une fois passée la première vague des transferts et voyages.

— Très heureuse de vous connaître, dit-elle comme si elle le pensait vraiment. Prendrez-vous une tasse de café ?

— Oui, volontiers.

Les mains jointes et une expression de jugement divin sur le visage, le pasteur Fancreek s'était assis face à moi sous une mauvaise lithographie du Christ en train de prêcher. Peut-être pensait-il que j'allais le photographier ?

— Nous avons des photos de vous, lui dis-je afin de

le détendre. Je voudrais simplement vous poser encore quelques questions au sujet de ce manuscrit que vous avez découvert.

— Une composition pour orgue écrite de la main de Thomas d'Aquin. C'est du moins ce que je crois, me précisa Fancreek en souriant.

— Etes-vous organologue ? demandai-je en sortant mon calepin et espérant que j'employais le mot correct...

Marie Fancreek servit le café et disparut ensuite pour vaquer à ses occupations — peut-être bien épousseter la masse de vases et d'objets de toutes sortes qui semblaient encombrer le moindre recoin disponible de la maison. La regardant sortir de la pièce, Fancreek répéta :

— Organologue ? Je suppose que oui... c'est d'ailleurs la raison pour laquelle je suis venu m'installer à Orgueville, seul endroit du pays où la principale occupation soit toujours la fabrication d'orgues. J'étais en Floride auparavant et cela fait plusieurs années que j'habite ici. J'ai horreur de vos hivers mais de nos jours le tempérament des gens du Sud ne contribue pas toujours à une bonne pratique de la religion.

Très occupé à prendre des notes, je m'en voulais de ne pas avoir apporté le magnétophone. Je l'avais laissé à l'hôtel, dans ma valise. Il ne faudrait absolument pas que je l'oublie le lendemain. Pendant plus d'une heure, Fancreek me parla de sa vie laborieuse d'étudiant en théologie, lorsque son père était encore organiste dans une petite église délabrée du Sud qui fut finalement démolie pour faire place à une nouvelle autoroute. Il m'entretint de ses premières difficultés, de ses voyages en Europe en quête de compositions pour orgue dont on avait depuis longtemps perdu la trace, de ses longues heures passées dans des monastères humides, de fausses pistes aboutissant à d'innombrables échecs et des quelques succès qui lui donnèrent la force de continuer.

Un peu plus tard, Fancreek m'entraîna à l'étage, dans une sorte de bureau qui avait dû, autrefois, faire office de chambre d'amis. Sortis d'un antique coffre-fort plein à craquer et qui avait l'air tout aussi ancien que certains des papiers qu'il renfermait, toutes sortes de documents et manuscrits furent étalés devant moi. Pendant les dix minutes qui suivirent, le pasteur m'infligea une dissertation sur le chant grégorien et se perdit dans une foule de détails concernant les orgues.

— Savez-vous que la flûte de Pan est probablement l'ancêtre de l'orgue ? m'expliqua-t-il avec de grands gestes, comme s'il faisait un sermon. En fait, on se servait déjà de l'hydraule — ou orgue fonctionnant sous la pression d'un certain volume d'eau enfermée dans un ou deux réservoirs — quelque deux cents ans avant Jésus-Christ.

— Ceci est très intéressant car j'ai toujours cru que les orgues dataient de la Renaissance.

— Loin de là ! Quatre cents ans avant Jésus-Christ, un jeu d'orgues suffisamment puissant pour être entendu à des kilomètres à la ronde, existait à Jérusalem. Il fallait d'ailleurs plusieurs personnes pour le faire fonctionner. Mais il y eut une période au cours de laquelle les orgues furent interdites dans les églises. Vous n'allez peut-être pas le croire mais, dès le xe siècle, un jeu d'orgues de quatre cents tuyaux était déjà utilisé en Angleterre, à Winchester.

— Pouvez-vous me parler de cette œuvre composée par Thomas d'Aquin, intervins-je, essayant de le ramener au sujet de notre entretien.

— Voilà ! fit-il en me présentant son ultime trésor, soigneusement placé dans un sous-verre.

C'était un morceau de parchemin jauni, très abîmé, couvert de mots latins peu connus et de curieuses notations musicales.

— J'ai découvert ceci en Italie, il y a presque un an, mais ce n'est que très récemment que j'ai pu prouver son authenticité, m'annonça-t-il avec fierté.

— Et comment y êtes-vous parvenu ?

— Grâce à cette inscription en latin : *Ecrit par Thomas, fils de Landolfo et élève d'Albert, en l'an de grâce 1265, ce quatrième jour après la fête de la sainte Trinité.*

— Il s'agirait donc de Thomas d'Aquin ?

Le pasteur Fancreek approuva d'un hochement de tête :

— Sans aucun doute. Son père était le comte Landolfo d'Aquino et, à Cologne, il fut l'élève d'Albert le Grand. Même l'année semble être la période logique pour la création d'une œuvre telle que celle-ci. En 1265, Thomas venait juste de terminer sa *Summa Contra Gentiles* et n'avait pas encore commencé sa *Summa Theologica.* C'est le moment qu'il choisit pour écrire cette composition pour orgues que l'on peut considérer comme relativement légère.

— Est-ce comparable à quelque chose d'existant ?

— En fait, c'est un cantique magnifique, un peu dans le style de *Douce Nuit,* et même sans la signature de Thomas, ce serait une œuvre de toute beauté.

— Est-ce vraiment d'une très grande valeur ?

— Naturellement ! C'est exactement comme si on trouvait un ouvrage inédit de Shakespeare. D'ailleurs, notre usine locale m'a déjà offert cent mille dollars pour ce document.

— Etes-vous prêt à vous en séparer ?

— Je n'ai encore rien décidé. L'utilisation qu'ils en feraient n'est pas très claire et j'estime qu'un tel trésor mérite mieux que servir d'appât dans une campagne publicitaire.

— Pensez-vous qu'il soit sage de le garder ici dans ce vieux coffre-fort ?

— Je ne voulais pas m'en séparer mais maintenant, avec toute cet.e publicité, je devrai sans doute me résoudre à le placer dans un coffre à la banque, murmura le pasteur en caressant le cadre avec amour.

— Ce serait mieux. Je connais certaines personnes sans scrupule qui n'hésiteraient pas à tuer pour se procurer ce genre de chose.

Soudain, sans aucune raison, une surprenante idée me vint à l'esprit :

— Herb Quick... avant de mourir... a-t-il vu ce document ?

Fancreek parut réfléchir un instant à sa réponse avant de parler.

— Oui. En fait, c'est après être parti d'ici, l'autre soir, qu'il est passé sous ce train.

— Comment est-ce possible ? Les gens ne se font pas happer comme ça par un train !

Fancreek s'éclaircit la gorge :

— Je préfère ne pas en parler, si vous n'y voyez pas d'inconvénient. Avez-vous d'autres questions à me poser ?

Il me demanda ceci par-dessus son épaule, alors qu'il s'en retournait placer le précieux objet dans l'antique coffre-fort.

— Non, pas aujourd'hui. Mais j'aimerais revenir demain avec mon magnétophone. Nous pourrions peut-être aller jusqu'à l'église et procéder à un enregistrement.

Fancreek approuva d'un hochement de tête.

— Mais certainement, j'en serais très heureux.

Nous redescendîmes et je pris congé de Marie Fancreek. L'hôtel n'étant pas loin, je décidai de rentrer à pied, suivant sans doute ainsi le chemin qu'avait emprunté Herb Quick il y avait moins d'une semaine. J'aurais dû être satisfait de la tournure que prenaient les événements, mais il n'en était rien. Je n'arrivais pas à définir si c'était seulement dû au fait de mon retour à Orgueville après de si nombreuses années ou bien à quelque chose de plus — quelque chose qui aurait rapport avec la mort de Herb Quick.

— Vous avez de la visite. Une dame vous attend au bar, m'avertit l'employé de la réception de l'hôtel.

A peine achevait-il de me dire cela que je devinai l'identité de ma visiteuse. Bon sang, le passé était mort pourtant ! Elle n'avait aucun droit d'essayer de le ressusciter. Pour me calmer les nerfs, j'allumai une cigarette puis me dirigeai vers l'arche décorée de faux palmiers menant au petit bar à la lumière tamisée. Cet endroit avait toujours été le plus favorable aux agréables rencontres du samedi soir.

— Bonsoir, Nancy, dis-je doucement en m'asseyant sur le tabouret à côté d'elle.

Nancy Crown — Nancy Wegman la dernière fois que nous nous étions vus — se tourna pour me faire face. Même après neuf ans, la revoir me tordit l'estomac et me laissa pantelant. Pour moi, rien n'était changé, et il en serait probablement toujours ainsi.

— Bonsoir, Bob, comment vas-tu ?

— Très bien, merci, si ce n'est mes quelques années de plus. Qui t'a dit que j'étais ici ?

— Tu sais peut-être que mon mari est à la tête du journal local, non ? On se tient au courant...

— Oui, j'ai appris que tu t'étais mariée. Accepte mes félicitations tardives, et tout et tout !

Décidant que j'allais avoir besoin d'un verre, je fis signe au barman.

— Je vois que tu affectionnes toujours le whisky citron.

— Tu sais, je n'ai pas beaucoup changé...

Puis, fermant les yeux à demi, elle ajouta :

— Pourquoi es-tu revenu ?

— Je travaille pour *Everyweek,* je dois terminer le reportage de Herb Quick.

— Comment trouves-tu la ville ?

— Dommage que le bar de Tom-pouce n'existe plus, c'était le plus agréable du coin.

— Tu sais, il en reste d'autres. Bob... tu es marié ?

— Non.

Puis, évitant mon regard :

— Je me suis lassée d'attendre que tu me demandes de venir te rejoindre.

— C'est ce que j'ai cru comprendre.

— Je me suis lassée de beaucoup de choses, Bob. Entre autres, d'être toujours sans le sou.

Elle était vêtue d'une robe qui, à New York, aurait coûté au moins deux cents dollars. Je me demandai si quiconque à Orgueville, excepté son mari bien entendu, s'en était seulement avisé. Ne voulant voir ses

205

yeux, je m'obligeai à regarder fixement l'empreinte humide des verres sur le comptoir et lâchai :

— Il y a neuf ans que je me sens seul, Nancy.

— Moi aussi je me suis sentie seule.

— Jusqu'à ce que John Crown se présente.

D'une gorgée, elle vida son verre :

— Oh ! Arrête... je n'aurais jamais dû venir ici !

— Pourquoi es-tu venue ? Seulement pour me revoir ?

— Pour essayer de savoir ce que tu es venu faire. Nous sommes tous très fiers du travail du pasteur Fancreek. C'est d'une grande importance pour la ville, au même titre que la fabrique d'orgues est essentielle à la vie de la communauté.

— Qu'essayes-tu de me dire, exactement ?

Elle se jeta à l'eau :

— Es-tu ici pour enquêter sur la mort de Quick ?

Tentant de maîtriser l'agitation qui m'envahissait, je répondis avec précaution :

— J'aimerais savoir comment il est mort.

— Bob, ne t'occupe pas de ça.

Sa phrase à peine terminée, elle sembla regretter de l'avoir prononcée. Une fois les consommations renouvelées, je lui demandai :

— J'aimerais parler avec toi et John avant de rentrer à New York. Puis-je venir ce soir ? Je pars samedi.

— Oui, pourquoi pas ?... Oublie ce que je t'ai dit au sujet de Quick, veux-tu ?

— Sûr.

— Nous t'attendrons vers 8 heures.

Je la raccompagnai jusqu'à la rue et sortis avec elle sur le trottoir. Il me fut facile de la quitter là, de la regarder s'éloigner dans le crépuscule, comme si elle m'était étrangère. Après neuf ans, peut-être m'était-elle devenue étrangère ?

La bibliothèque était encore ouverte et j'y trouvai le numéro du journal de Crown relatant la mort accidentelle de Herb Quick. Apparemment, l'accident s'était produit alors qu'il retournait à pied à son hôtel après avoir quitté le domicile du pasteur Fancreek. Il s'était

206

arrêté dans une station-service proche de la ligne de chemin de fer pour donner un coup de téléphone interurbain et c'est en partant de là que la mort l'attendait. Aucun témoin pour raconter comment les choses s'étaient passées. Le journal reproduisait la photographie du propriétaire de la station-service. C'était mon vieil ami Tom-pouce.

Dans l'air frais du soir, je marchai jusqu'à Summit Street où une enseigne lumineuse colorée surmontait les pompes de Tom-pouce. L'obscurité était tombée rapidement sur la ville, comme au temps de ma jeunesse et je me rappelais les nombreuses fois où j'avais dévalé cette rue, me hâtant pour arriver à la maison avant que la rangée de lampadaires ne soit allumée par quelque mystérieuse main.

— Salut, Tom-pouce !

Le gros homme se détourna du polissage administré sans grand enthousiasme au chrome de la pompe à essence et me regarda d'un air suspicieux. Il avait l'éternel regard du limonadier essayant d'évaluer l'âge du gamin qu'il va servir ou non, et peut-être pensait-il que j'étais l'un des flics qui lui avaient fait fermer boutique. Finalement, il se décida :

— Ah !... Oui... je me souviens de toi !

Mais au son de sa voix, je compris qu'il n'en était rien.

— Bob Dupin... j'étais client chez vous.

— Dupin ! Ça fait un bout de temps...

Il gratta son crâne dégarni :

— Un sacré bout de temps.

Il m'examinait en fronçant les sourcils par-delà un éventaire de bidons d'huile luisants.

— Oui, je me souviens maintenant. Tu sortais avec la fille Wegman, et puis tu as filé à New York. Tu voulais devenir écrivain.

La lumière orangée du signe lumineux suspendu au-dessus de nos têtes avait des reflets bizarres sur la peau flasque de son visage.

— Qu'es-tu revenu faire ici ?

— Je travaillais avec Herb Quick, le gars qui s'est fait tuer.

Son visage changea d'expression :

— Je n'ai rien à dire à ce sujet.

— Le journal raconte qu'il s'est arrêté ici juste avant d'être fauché par ce train. Et vous avez dit à la police qu'il avait eu une communication interurbaine.

— Tu veux aussi me faire fermer la boîte ? Tu veux me mettre les flics sur le dos ?

L'homme qui me parlait avait peur.

— Comment avez-vous su qu'il s'agissait d'un appel interurbain ?

— Il m'a demandé un tas de pièces de vingt-cinq cents.

— Où a-t-il appelé ?

— Je ne sais pas ! Probablement quelque part à New York.

Je me décidai rapidement :

— Vous permettez que j'utilise votre téléphone ?

— Si tu as de la monnaie.

— J'ai de la monnaie.

J'entrai dans le bureau brillamment éclairé où régnait une odeur d'huile et d'essence et j'appelai *Everyweek*. Il était 7 heures passées mais je savais que souvent Brewster travaillait tard les jeudis et vendredis soir. Il me répondit presque immédiatement — j'aurais appelé à 10 heures du matin qu'il n'aurait pas été plus prompt.

— Alors, Bob, comment vont les choses là-bas ?

Je me retournai pour jeter un coup d'œil en direction de Tom-pouce qui semblait planté dans l'embrasure de la porte :

— Pas mal, pas mal !

— Vous avez vu le manuscrit d'Aquin ?

— Oui. Ça semble authentique mais je crois être tombé sur autre chose d'intéressant.

— C'est-à-dire ?

— Herb vous a-t-il appelé la semaine dernière, juste avant l'accident ?

— Non, il ne m'a pas contacté une seule fois après avoir quitté New York.

208

— En tout cas, il a téléphoné à quelqu'un.

— Probablement à sa femme, ou à une petite amie.

— Depuis une station-service? Quelle que soit la personne qu'il a appelée, je crois qu'il ne voulait pas le faire de son hôtel.

— Bob, où voulez-vous en venir?

— Il est passé sous ce train dès sa conversation téléphonique terminée.

— Et alors?

Je regardai Tom-pouce dans le blanc des yeux :

— Peut-être quelqu'un l'y a-t-il aidé...

A l'autre extrémité du fil, le rire de Brewster retentit :

— Qu'est-ce que vous avez bu ce soir?

— Bon, à samedi midi, répondis-je, et je raccrochai.

Me dirigeant vers la sortie, je passai à proximité de Tom-pouce en train de mettre une pièce dans le distributeur de boissons gazeuses. Il ne m'offrit pas de me joindre à lui.

Je passai la matinée du vendredi avec le pasteur Fancreek et sa femme, prenant d'autres notes, posant d'autres questions et mettant le magnétophone en marche de temps en temps afin de conserver des portions de dialogue plus particulièrement intéressantes.

— Pourrez-vous me jouer cette œuvre d'Aquin? lui demandai-je.

— Je serai à l'église cet après-midi entre 4 et 5 heures. Si vous voulez l'enregistrer, nous pourrons le faire à ce moment-là.

— Entendu.

Marie Fancreek se pencha vers moi :

— Voudriez-vous rester déjeuner avec nous?

— Non, je vous remercie.

Je ne sais pourquoi, mais l'encombrement hétéroclite du moindre recoin de cette maison ne me semblait pas devoir s'accorder avec un plaisant déjeuner.

— Mon reportage est pratiquement terminé et tout ce qui me reste à faire maintenant, c'est enregistrer le cantique.

— Comment pourrez-vous jamais transmettre à vos lecteurs la joie contenue dans cette œuvre ? Vous savez, je crois, que la page imprimée a certaines limites, me dit Francreek avec un léger sourire.

— Je ne fais moi-même que l'article de fond, voyez-vous. En ce qui concerne l'œuvre musicale, nous utilisons toujours les services d'un expert qui écoutera la bande et fera lui-même son commentaire.

— Il aurait dû venir avec vous.

— Aarons ? Il ne quitte jamais Manhattan ! Et puis il ne fait pas vraiment partie du personnel de *Everyweek*, il est professeur à l'université de...

Je m'arrêtai net de parler. Une question venait brusquement de me traverser l'esprit : et si c'était Aarons que Quick avait appelé à New York juste avant de mourir ?

— Qu'y a-t-il ? me demanda Fancreek.

— Rien. Je viens juste de me remémorer quelque chose d'important. Il faut vraiment que je parte...

— Vous serez à l'église à 4 heures, n'est-ce pas ?

— Oui, j'y serai.

Je les quittai sur un bref salut à Marie Fancreek. La mallette et le magnétophone battant doucement contre ma jambe, je descendis lentement la rue ensoleillée en méditant sur ce dernier appel téléphonique de Herb.

Aarons... Plus j'y réfléchissais et plus j'étais certain que Herb Quick avait appelé le professeur depuis le garage de Tom-pouce.

Il avait préféré le faire de là plutôt que de l'hôtel et... Et quoi ?

J'essayai de joindre Aarons à l'université de Columbia mais il était en cours et ne serait pas disponible avant un long moment. Me trouvant dans une impasse, je décidai de rendre visite à John Crown, à son bureau, avec un peu d'avance sur ce qui avait été prévu.

John Craw Crown aimait à se considérer comme l'un des plus jeunes directeurs de journaux du pays, et c'était certainement le cas. L'*Orgueville Herald* promu seulement peu de temps auparavant au rang de quotidien ne serait sans doute jamais le récipiendaire d'une

210

récompense, quelle qu'elle soit, et avait peu de chance de faire jamais beaucoup d'argent mais, dans une ville de cette dimension, ce qu'il publiait avait force de loi et il n'est pas exagéré de dire que son directeur était considéré comme pratiquement l'égal de Dieu. J'avais vaguement connu Crown dans le temps, lorsque son père vivait encore et faisait tourner la boîte. Je ne l'aimais pas alors et sans doute encore moins aujourd'hui.

— Je croyais que Nancy vous avait dit de venir à la maison ? me lança-t-il en guise d'accueil.

J'embrassai d'un seul coup d'œil l'air jeunet et le visage carré du mari de Nancy.

— Je voulais d'abord vous parler.

— Au sujet de Nancy ?

— Au sujet du pasteur Fancreek. Et de Herb Quick.

— Quick ? Le journaliste qui est mort ?

— C'est ça.

— Ce décès m'a peiné.

— Que pensez-vous de Fancreek ?

— Si vous voulez mon avis, je crois que si Orgueville devient célèbre, ce sera grâce à lui.

— Est-ce très important pour vous ?

— Pour la ville, oui. La fabrique d'orgues est toujours notre plus important pourvoyeur d'emplois.

— Et vous êtes actionnaire de la société qui la dirige.

— Ce n'est un secret pour personne.

Me toisant d'un air antipathique, il ajouta :

— Quelques années à New York et vous vous croyez très fort, hein ?

— Non, pas vraiment.

— Pourquoi êtes-vous revenu ?

— Je vais vous donner la réponse que vous attendez : pour séduire Nancy. Vous voilà satisfait ?

Les yeux pâles étaient comme de l'acier.

— Vous feriez mieux de partir.

Je me levai et me dirigeai vers la porte.

— Je suis toujours invité ce soir ? Ou manquez-vous d'assurance si je la revois ?

Il se détourna :

— Vous êtes toujours invité, marmonna-t-il, je suis certain que quelqu'un de votre...

Je refermai la porte avant qu'il ait eu le temps de terminer sa phrase et pris l'ascenseur pour rejoindre la rue. Je me sentais bien, et pour la première fois depuis mon arrivée ici, je ne regrettais pas d'être venu — absolument pas.

Les vingt minutes que je passai au téléphone avec le Pr. Aarons furent extrêmement édifiantes. Oui, m'assura-t-il, Herb Quick l'avait appelé un soir de la semaine précédente. Il n'avait eu connaissance de la mort de Quick qu'un jour ou deux après l'accident et n'avait fait aucun rapprochement entre les deux événements. Il n'avait pas jugé nécessaire d'en informer Brewster car, dans son esprit, Herb avait vécu suffisamment longtemps après leur conversation pour avoir eu le temps de parler à Brewster.

Afin de ne rien laisser au hasard, nous vérifiâmes en détail les divers points de cet ultime entretien que je comparai aux nombreuses notes que j'avais prises, puis je raccrochai. Avant de traverser le hall de l'hôtel, je m'arrêtai devant l'employé de la réception et lui lançai :

— Je parlais avec le Pr. Aarons à l'université de Columbia... juste au cas où vous souhaiteriez en informer Crown !

Il me jeta un regard noir et ne répondit rien.

J'arrivai à mon rendez-vous à l'église avec quelques minutes de retard. Sans aucun éclairage, ni même la clarté de quelques cierges, l'intérieur était sombre et sinistre mais l'envolée des grandes orgues retentissant au-dessus de ma tête réchauffait l'atmosphère dans un crescendo de vibrations mélodiques. Par la grâce du pasteur Fancreek, l'orgue prenait vie, donnant à l'œuvre une puissance spirituelle que nous autres, pauvres mortels, ne pourrions jamais lui restituer. Je me dirigeai vers le pasteur.

Le visage faiblement éclairé par la petite ampoule de

lecture placée au-dessus du clavier, Fancreek me salua :

— Bonjour, monsieur Dupin. Je suis en train de jouer l'œuvre d'Aquin. Qu'en pensez-vous ?

— Pas grand-chose, je n'écoutais pas vraiment.

— Pardon ?

— Pourriez-vous vous arrêter de jouer un instant, je vous prie ?

— Vous n'avez pas apporté votre magnétophone ?

Afin de dominer le ronflement des orgues, je hurlai presque :

— Non ! Arrêtez-vous, s'il vous plaît !

Relevant les mains du clavier, il ajusta touches et soupapes avant de me demander :

— Que se passe-t-il donc ?

— J'ai de mauvaises nouvelles.

— Comment ça, monsieur Dupin ?

— J'ai pu consulter un expert... il est peu probable que Thomas d'Aquin ait jamais écrit cette musique.

— Vraiment ?

Son visage étant dans l'ombre, il m'était impossible de distinguer sur ses traits l'effet de cette révélation.

— L'inscription sur laquelle vous vous appuyez pour preuve d'authenticité dit qu'elle fut rédigée le quatrième jour après la fête de la sainte Trinité, c'est-à-dire le quatrième jour après le dimanche de la Trinité. Et dans la liturgie catholique, ce jeudi-là était appelé, jusqu'à très récemment encore, la Fête-Dieu.

A nouveau, ce seul mot :

— Vraiment ?

— S'il y avait une personne au monde incapable d'oublier cette fête en 1265, c'était bien Thomas d'Aquin. En effet, c'est exactement un an auparavant, en 1264, que le pape Urbain IV avait institué officiellement cette fête et invité Thomas d'Aquin à en composer l'office. Il ne fait aucun doute que Thomas n'aurait pu oublier un événement de cette importance tout juste un an plus tard. Il ne fait aucun doute non plus que si une personne pouvait appeler ce jour-là Fête-Dieu, c'était bien Thomas.

Si j'avais espéré surprendre ou abattre Fancreek avec mes explications, il n'en fut absolument rien. Réfléchissant, il resta assis un moment sans bouger puis se tourna vers moi :

— Allez-vous tout de même publier votre article ? C'est un si beau cantique...

C'est à cet instant que je compris. Il n'était pas surpris. Il avait toujours su que l'histoire était fausse. Non seulement il l'avait toujours su mais Herb Quick, lui aussi, l'avait découvert.

Quelques heures plus tard, assis un verre à la main dans la salle de séjour des Crown, je me sentais très sûr de moi. Plus belle et épanouie que jamais, vêtue d'une seyante robe d'intérieur qui aurait été plus à sa place à Southfork que dans un trou comme Orgueville, Nancy était là. Elancée et magnifique, elle se tenait debout près de la chaise de son mari, une main rassurante posée sur son épaule. Maintenant, j'étais l'ennemi. Mais ça ne me dérangeait pas outre mesure.

— Il s'agit d'un faux, leur annonçai-je, savourant l'effet produit par mes paroles.

— Voulez-vous répéter ça ? fit Crown en se renfrognant un peu plus.

— Je disais que toute l'histoire Thomas d'Aquin est fausse, et vous le savez parfaitement. Tout comme Fancreek le sait : je lui ai parlé cet après-midi.

John Crown se mit debout.

— Vous croyez que le pasteur Fancreek serait l'auteur d'une mystification ?

— Parfois, lorsqu'un homme a consacré la plus grande partie de sa vie à un travail, il lui est difficile d'admettre l'évidence. Appelez cela une mystification si vous voulez, mais l'auteur du cantique était probablement un moine qui a vécu au XIVe siècle.

— Il n'y aura donc pas de reportage dans *Everyweek* ? intervint Nancy.

— Si, bien sûr. Mais l'objet en sera Herb Quick, qui découvrit l'imposture et en est mort. Il est tout de même rare, de nos jours, que quelqu'un ne voie pas

214

venir un train, et surtout quelqu'un comme Herb. Je
pense qu'on l'a un peu aidé...

— Et qui donc ? demanda John Crown avec calme.

— Eh bien, Herb et moi sommes arrivés à la même
conclusion, à savoir : que l'employé de la réception à
l'hôtel vous renseigne. C'est la raison pour laquelle
Herb utilisa le téléphone chez Tom-pouce pour vérifier
l'authenticité du document. Comme Tom-pouce doit
également vous renseigner, il vous a prévenu et vous
êtes allé attendre Herb. Lorsque vous avez constaté
que vous ne pouviez acheter son silence, vous l'avez
poussé sous le train.

— Vous êtes complètement fou ! fit Crown d'une
voix presque inaudible. Je m'en doutais quand vous
êtes venu cet après-midi, mais maintenant j'en suis
certain. Publiez ça dans votre magazine et je vous
attaque pour un million de dollars !

Je n'avais rien à gagner en continuant à leur parler,
rien si ce n'est une sorte de plaisir sadique à observer
leur frayeur. Pourquoi en voulais-je tant à Crown ! Le
haïssais-je pour ce qu'il était ou bien seulement à cause
de Nancy ?

— Bob...

Les bras tendus dans un geste de supplication, elle
venait vers moi.

— Tu t'en es toujours doutée, n'est-ce pas, Nancy ?
C'est pour ça que tu es venue me voir à l'hôtel hier ?

— Tu es allée à son hôtel ? répéta Crown, ayant du
mal à croire ces mots alors même qu'il les prononçait.

— Oui... mais seulement pour lui parler.

— Tu crois que c'est moi qui ai tué ce journaliste ?
Le regard incertain, elle se tourna vers lui :

— Je... je ne sais pas...

Je vidai mon verre et décidai qu'il était temps que je
m'en aille — il était temps que je quitte Orgueville pour
toujours.

Le reflet des lumières de la rue sur les murs de ma
chambre plongée dans l'obscurité ranimait le souvenir
furtif d'un temps et de rêves depuis longtemps envolés ;

la mort d'un parent, la famille que l'on quitte, une vie nouvelle qui s'ouvre devant soi. Orgueville n'avait été pour moi qu'une période d'incubation et j'avais eu tort de considérer cette phase de ma vie comme plus importante. Mon papier était terminé — il concernait Crown et Nancy, et aussi Herb Quick — mais c'était un article qui ne serait jamais publié.

J'avais eu mon quart d'heure de gloire, mon moment de puissance mais maintenant, dans la froideur de la nuit, je savais déjà ce que me révélerait la lumière du jour. Ma prétendue preuve contre John Crown n'était fondée sur rien d'autre qu'une hypothèse selon laquelle Tom-pouce aurait prévenu Crown que Herb Quick avait téléphoné à New York. Mais la personne la moins susceptible d'être au service de Crown à Orgueville était sans aucun doute Tom-pouce. Ce n'était sûrement pas lui qui aurait rendu service au type qui lui avait fait fermer son bar.

Je me sentais aussi perfide que mes accusations.

A côté de moi, la sonnerie du téléphone retentit. C'était l'employé de la réception :

— Il y a une dame qui veut vous voir.

Le ton avait un je ne sais quoi d'obscène. Il était presque minuit.

— Faites-la monter, je vous prie.

Nancy Crown venait me rendre une dernière visite. Peut-être venait-elle offrir son corps en échange de l'honneur de son mari. Je n'avais qu'à lui dire que tout était faux, qu'il n'y aurait pas d'article dans *Everyweek,* que, finalement, la mort de Herb Quick avait été accidentelle. Mais je savais que je commencerais par ne rien dire car je l'aimais toujours, je la désirais, et j'avais besoin d'elle.

Orgueville n'avait rien à voir dans toute cette histoire, c'est Nancy que je voulais et c'est pour elle que j'étais revenu.

Elle frappa et j'ouvris la porte, mais ce n'était pas Nancy. La femme qui se tenait devant moi venait d'un autre monde. C'était Marie Fancreek.

Fumant cigarette sur cigarette, elle resta debout près

de la fenêtre et parla sans s'interrompre pendant près d'une heure. Et, finalement :

— Je savais, bien sûr, mais quand on partage l'existence d'un homme, quand cet homme et son travail sont toute votre vie, son rêve devient un peu le vôtre. Bien que sachant tous deux que nous nous vautrions dans le mensonge, je me suis mise à croire au manuscrit d'Aquin autant que lui-même y croyait. Cette nuit-là, j'ai suivi Herb Quick lorsqu'il est parti de chez nous et je l'ai vu téléphoner. Je l'attendais lorsqu'il est sorti du garage. Il me vit et me dit ce qu'il allait faire. Il me dit qu'il allait démolir la réputation de mon mari et révéler son imposture. Il ne pouvait pas comprendre ce que signifiaient pour mon mari toutes ces années de patience et de travail.

— Alors, vous l'avez poussé sous le train...

— Le train est arrivé, et il est possible que je l'aie poussé. C'est difficile de me souvenir, maintenant.

Je réfléchissais à ce que j'allais dire à Brewster qui m'attendait à New York. Je réfléchissais d'ailleurs à un tas de choses mais la pensées qui dominait toutes les autres à ce moment précis était que j'allais quitter Orgueville et ne plus jamais y revenir.

Two days in Organville
Traduction de Christiane Aubert

L'instrument

par

FLETCHER FLORA

Gavin Brander marchait, coupant à travers champs, ayant laissé derrière lui, à quelque cinq cents mètres de là, sa résidence campagnarde à moitié dissimulée dans un bosquet d'érables ; il allait rendre visite à ses voisins, les Singer. Plus précisément, il venait voir Stella Singer et sa fille, Nettie, tout en étant prêt, le cas échéant, à tolérer la présence, toutefois improbable, de Cory Singer. Grand, svelte, élancé, Brander avait l'allure gracieuse et déliée d'un excellent joueur de tennis, ce qu'il était d'ailleurs. Parti de chez lui juste après 3 heures, il espérait bien ne pas arriver trop tôt, pas au point d'avoir à patienter longtemps avant de se voir proposer un cocktail.

Pour accéder à la demeure des Singer, il lui fallait traverser un vieux verger de cerisiers et de pommiers qui continuaient à porter des fleurs au printemps et des fruits à l'automne. Sous un des pommiers, à quelques pas du fossé qu'il venait de franchir, il tomba sur Nettie. Assise par terre, adossée au tronc, elle croquait une pomme verte qu'elle saupoudrait de sel avant chaque bouchée, avec une salière qu'elle tenait dans la main droite. Sa brune chevelure était si foisonnante et fournie qu'elle paraissait presque trop lourde pour la tête, plutôt petite, et le cou délicat qui la supportait. Elle avait un visage à la peau dorée, un visage serein, un visage qui semblait se complaire en permanence dans la contemplation de quelque trésor intérieur

218

recelant de précieux et profonds secrets. Le voyant approcher, elle ne dit rien ; il s'arrêta et, baissant la tête, la regarda avec une expression d'indulgente affection. Le soleil, filtré par les feuilles, éclaboussait de taches lumineuses sa chemisette blanche et ses jeans maculés.

— Tu vas avoir un sacré mal au ventre, tu sais, dit-il. Tu ferais mieux de jeter ça.

— Pensez-vous, rétorqua-t-elle. Les pommes vertes, ça ne m'a jamais rendue malade.

— J'ai peine à le croire. Moi, rien qu'à te voir, j'en ai presque mal au cœur.

— Vous vous faites des idées, comme tout le monde ; c'est idiot. Moi, je trouve que les pommes vertes, au contraire, ça fait du bien. A dose modérée, évidemment.

— C'est peut-être le sel ? Tu ne crois pas ?

— J'en doute. Le sel, ça leur donne meilleur goût, c'est tout. Vous n'avez pas envie d'en essayer une ? Je vous prête mon sel, si vous voulez.

— Non merci. J'aime autant ne pas m'y risquer. Pourquoi es-tu venue t'asseoir à l'écart dans le verger ?

— Je vous attendais.

— Moi ? C'est très flatteur, je dois dire. Il me semble, pourtant, que tu aurais pu tout aussi bien m'attendre à la maison.

— Maman y est, à la maison, et je voulais vous voir seul.

Voilà qui cadrait, en fait, avec ses propres désirs. Bien qu'il fût venu voir à la fois la mère et la fille, il préférait les voir séparément ; il avait ses raisons. Ployant les jambes avec prestesse, il s'accroupit, en équilibre sur ses orteils.

— A propos de quoi voulais-tu me voir ?

Elle sala la pomme verte et mordit dedans. Sa lourde chevelure bascula en avant, tamisant son regard, mais il y discerna quand même une lueur méchante qui le déconcerta quelque peu.

— A cause de vous, lâcha-t-elle, les choses se gâtent de plus en plus dans la famille.

— Vraiment ? Je suis désolé. Comment ça ?

— Cory ne m'aime pas. Il a peur de moi, je crois. Il veut m'envoyer à l'école en septembre, en pension.

— Qu'un adulte ait peur d'une enfant, c'est absurde. Qu'est-ce qui te fait croire ça ?

— Parce que je le hais, et il le sait. Je voudrais qu'il soit mort.

— Comment sais-tu qu'il veut te mettre en pension ? Il en a parlé avec toi ?

— Non. Il en a seulement discuté avec Maman, mais j'ai entendu ce qu'ils se disaient.

— Un coup de chance pour toi, dans un sens, non ? Maintenant tu sais à quoi t'en tenir.

Les yeux de Nettie brillèrent un bref instant derrière le voile des cheveux, traversés par une expression espiègle.

— Ça n'est pas difficile d'entendre et de voir des choses si on sait s'y prendre. J'ai écouté ce que se disaient Maman et Cory des tas de fois.

— Oh ? (Il la fixa intensément, éprouvant un soudain malaise, qu'il dissimula en adoptant un ton léger.) Je suppose que tu as aussi entendu des tas de fois ce que nous nous disions, ta mère et moi ?

— Chaque fois que j'en ai eu envie. Quelquefois j'ai écouté et regardé, les deux.

— Tu as vraiment pris d'épouvantables habitudes, ma petite fille. On ne t'a jamais dit que c'était mal d'espionner les gens ?

— C'est souvent utile. On apprend des choses.

— Voyez-vous ça. Sur ta mère et sur moi, par exemple, qu'est-ce que tu as appris ?

— Oh, c'est assez évident. Vous êtes amoureux l'un de l'autre. Vous vous embrassez toujours quand Cory n'est pas là.

— Ce n'est rien, ça. S'embrasser, de nos jours, entre bons amis, c'est une façon de se dire bonjour.

— Pas comme vous faites, Maman et vous.

— Tu es une petite futée, hein ?

— Je suis extrêmement intelligente. Cory veut m'envoyer dans une école pour surdoués.

220

— Ça te plairait ?

— Non, je refuserai d'y aller.

— Et ta mère, qu'est-ce qu'elle en pense ?

— Elle pense que je devrais attendre encore un an. Elle et Cory se sont disputés à propos de ça. Elle disait qu'il voulait simplement se débarrasser de moi.

— Est-ce que Cory nous soupçonne, ta mère et moi ? C'est ça que tu voulais dire en déclarant que les choses se gâtent à cause de moi ? Je n'ai certainement pas voulu ça.

— Non, non. Cory est complètement bouché de ce côté-là. Incapable de voir ce qui se passe sous son nez.

— Peut-être est-il moins doué que toi pour l'espionnage.

— Il est moins doué que moi pour n'importe quoi. Les choses se sont gâtées à cause de la tension, et c'est vous qui l'avez provoquée avec les conseils que vous m'avez donnés.

— J'ai seulement essayé d'arranger un peu les choses, au contraire, en contribuant à clarifier la situation. Si Cory renonçait à imposer sa présence et s'en allait, ça serait beaucoup mieux pour tout le monde, non ? Le divorce, ça s'obtient très facilement à présent.

— Eh bien, j'ai fait de mon mieux pour l'inciter à partir, mais ça n'a servi qu'à envenimer les rapports entre lui et Maman. Ils s'affrontent tout le temps à propos de moi.

— Qu'est-ce que tu as fait ? Je pourrais peut-être suggérer quelque chose d'autre.

— J'ai saisi toutes les occasions qui se présentaient pour manifester mon hostilité, c'est tout. J'ai même menacé de le tuer.

— Une menace pareille, de la part d'une fille de ton âge, ça ne se prend pas au sérieux. Il n'en a tenu aucun compte, j'imagine.

— Vous croyez ça ? Pas moi. Je peux vous dire que ça l'a beaucoup impressionné. Plus tard, je l'ai entendu demander à Maman si elle ne pensait pas que je devrais voir un psychiatre, mais Maman n'a pas voulu en entendre parler.

— Un bon point pour ta mère. Tu peux toujours compter sur elle pour te défendre. N'empêche, je veux bien que Cory ait été impressionné, mais je parie que ta menace aurait été plus efficace si tu avais fait quelque chose pour la renforcer.

— Fait quoi ? Je ne tiens pas à m'attirer de sérieux ennuis, vous savez.

— Non, bien sûr que non. Je pensais seulement à quelque tour à lui jouer, un truc quelconque à inventer pour lui faire peur. Intelligente comme tu l'es, tu devrais pouvoir imaginer quelque chose.

— Ça ne devrait pas être bien difficile. Il n'en faut pas beaucoup pour le démonter, Cory. C'est un inquiet ; il se tourmente facilement.

— Pas sans raison, à ce que je vois. Tu sais, des trucs, j'en connais quelques-uns moi-même, au cas où ça t'intéresserait. Je crois pourtant que je ferais mieux de m'abstenir de comploter avec toi.

— Pourquoi pas ? Ce serait notre secret.

— Bon, eh bien, j'y réfléchirai, mais je suis sûr que tu sauras trouver quelque chose de mieux toi-même.

Elle acheva sa pomme, jeta le trognon, replia une jambe et plaça la salière en équilibre sur son genou. Ses yeux brillaient d'excitation, mais en même temps il semblait que l'on pût y lire une sorte de détachement latent, analytique et froid, destiné à survivre à toute excitation, toute colère, toute émotion.

— Vous voulez que j'amène Cory à quitter Maman, n'est-ce pas ? Ça permettrait à Maman d'obtenir un énorme dédommagement dont vous profiteriez plus tard, quand vous l'épouserez. Parce que votre but, c'est bien d'épouser Maman, n'est-ce pas ?

— Quel effet ça te ferait ? (Soudain, il n'était pas loin d'éprouver lui-même de la peur.) Si tu détestes Cory parce qu'il a épousé ta mère, est-ce que tu ne me détesterais pas tout autant ?

— Pas du tout.

Elle rit tout en raflant la salière d'un geste vif et

secouant la tête pour ramener ses cheveux en arrière afin de dégager ses yeux.

— Vous êtes différent de Cory. Ça pourrait être assez distrayant de vous avoir dans la famille.

— Je suis ravi que tu le penses.

Il quitta sa position accroupie et se redressa, posant à nouveau ses pieds à plat sur la terre molle.

— Tiens-moi au courant des événements, veux-tu?

— Oui, d'accord.

Elle se remit à rire, avec une sorte de jubilation enfantine, comme si elle savourait à l'avance un bon tour à jouer à Cory.

— Et maintenant vous feriez bien d'aller rejoindre Maman. Vous pouvez être tranquille! Cory n'est pas là. Personne ne vous verra l'embrasser. Pas même moi.

Il trouva Stella à l'arrière de la maison, dans une pièce ensoleillée dotée de portes vitrées à glissière qui donnaient sur une large terrasse revêtue de dalles colorées. Elle se tenait debout dans l'encadrement, regardant au-delà de la terrasse. L'entendant approcher, elle se retourna et vint à sa rencontre. Elle portait une robe-fourreau blanche et des sandales blanches. Grâce à des bains de soleil judicieusement calculés, sa peau présentait à la fois la teinte et le luisant d'un bonbon au caramel. D'une main, elle tenait une cigarette, et de l'autre, ce qui le réjouit fort, un verre à long pied où barbotait une olive. Personne ne le vit l'embrasser. Pas même Nettie.

— Je t'attendais, chéri, déclara-t-elle.

— Voilà qui chatouille agréablement mon ego, je dois l'avouer; je vais me rengorger. Tu es la seconde ravissante créature à me dire ça en moins d'une demi-heure.

— Je suis jalouse de l'autre.

— Il n'y a pas de quoi. Je viens de m'entretenir avec ta précoce fille dans le verger.

— Nettie? Elle devient impossible, cette petite! Que diable est-elle allée faire dans le verger?

— Je te l'ai dit: elle m'attendait. Elle mangeait aussi une pomme verte.

— Nettie t'aime bien, je crois, et ça ne lui arrive pas souvent. Ça doit être un effet de ton charme irrésistible. Je me suis offert un martini avant l'heure. En veux-tu un ?

— Je commençais à craindre que tu ne m'en proposes pas.

— Sers-toi. Dans le shaker, sur la table, là. Je me suis souvenue de ton dosage. Quatre pour un.

— Bravo. Tu en prends un autre avec moi ?

— Plus tard, chéri. Avec les martinis à quatre pour un, mieux vaut y aller doucement, surtout quand on commence tôt.

— Tu as raison. Ils vous font du bien, mais à dose modérée, comme les pommes vertes. Si par hasard tu en doutais, demande à Nettie. Je me réfère à elle ; c'est une autorité en la matière.

Elle s'installa sur un sofa en cuir blanc et replia ses jambes sous elle, tandis qu'il allait à la table et se versait un martini. Après avoir ajouté une olive dans son verre, il alla s'asseoir auprès d'elle sur le sofa, se tournant de façon à lui faire face.

— Que voulait-elle exactement, Nettie ?

— A ce que j'ai compris, elle tenait à m'accuser de rendre la situation pénible dans votre petite famille.

— C'est absurde. Cory ne soupçonne absolument rien. Tu es un bon voisin, chéri, c'est tout.

— Oh, ça n'a apparemment rien à voir avec toi ni avec moi. Ça se limite strictement à Cory et Nettie. Elle le déteste, tu sais.

— Je sais. Mais en quoi es-tu concerné ?

— On ne peut pas dire que je le sois. Seulement, Nettie le pense. Elle s'imagine que j'ai plus ou moins contribué à créer ce climat d'hostilité.

— J'ai parfois eu l'impression moi-même que tu incitais Nettie à se montrer encore plus intraitable qu'elle n'aurait naturellement tendance à l'être.

— Ça n'était pas intentionnel, je t'assure. Si je sers en quelque sorte de catalyseur innocemment, certes, mais malencontreusement — la solution serait peut-être que je me tienne à l'écart. C'est cela que tu veux ?

— Non. Je ne pourrais pas l'endurer. La vérité, c'est que je n'aurais jamais dû épouser Cory.

— Ça, c'est certain, tu n'aurais pas dû. Il te fallait attendre et m'épouser, moi.

— Chéri, j'espère que ça ne t'ennuie pas trop d'être le suivant.

— Nullement. J'y compte bien. Mais d'abord, évidemment, il y a ce petit obstacle du divorce à franchir. Il vaudrait mieux que tu l'obtiennes dans les meilleures conditions.

Elle se pencha pour l'embrasser. Durant le baiser, il caressa un de ses genoux dénudés qui exposait sa jolie teinte caramel, et il continua de le coiffer de la main, intimement, une fois le baiser terminé.

— Je ne pense pas que le problème se posera longtemps, dit-elle. Nettie se chargera de trancher la question.

— L'antagonisme entre Nettie et Cory est donc si fort que ça ?

— Plus encore que tu ne crois. Elle le déteste farouchement, elle le hait, et de son côté, il a peur d'elle.

— Peur d'une enfant ? Tu dois exagérer.

— Absolument pas. L'autre jour, elle a menacé de le tuer.

— Quand j'étais gosse, autant que je m'en souvienne, j'ai menacé de tuer plusieurs personnes à différentes occasions. C'était un simple excès de langage, puéril et sans conséquence.

— Nettie n'est pas une enfant ordinaire. Si elle proférait ses menaces dans un accès de colère hystérique, on pourrait ne pas y attacher d'importance. Mais ce n'est pas le cas. Elle demeure parfaitement calme, d'une froideur implacable. Il y a de quoi avoir peur, vraiment, et j'avoue comprendre que Cory soit alarmé. Il veut l'envoyer dans un pensionnat.

— Tu permettrais ça ?

— Non. Nous avons eu une scène très désagréable à ce sujet, Cory et moi.

225

— Quand même, qu'un homme ait peur d'une môme, ça me paraît plutôt ridicule !

— Enfin, toujours est-il qu'entre eux le conflit est devenu presque insupportable. Patiente encore un peu, mon chéri. Nettie ne mettra pas longtemps à le résoudre, notre problème.

— Tu crois qu'elle le contraindra à la séparation ?

— Oui. Et le divorce s'ensuivra tout naturellement. On ne saurait reprocher à une mère de se refuser à voir partir son enfant.

— Où est-il, Cory, en ce moment ?

— Il est allé au village en voiture. Il devrait revenir d'un instant à l'autre.

— Dommage. J'espérais un tête-à-tête un peu plus prolongé. Bah, chaque chose en son temps. Que dirais-tu d'un autre martini, à présent ?

Elle lui tendit son verre ; il le prit et se dirigea vers la table. Tandis qu'il se penchait légèrement vers le shaker pour verser le mélange, ses yeux revêtirent une expression songeuse, spéculative, comme s'il prenait soudain en considération une idée jusqu'alors négligée.

**
*

Entendant frapper à la porte de sa chambre, Stella lança « Entrez ! » sans se détourner de son image reflétée par le miroir de sa coiffeuse. Dans la glace, elle vit la porte s'ouvrir et Cory pénétrer dans la pièce. Il referma la porte et s'appuya contre elle, serrant la poignée à deux mains derrière son dos. C'était un petit homme aux cheveux blonds assez fins et soigneusement plaqués en travers pour recouvrir une zone dégarnie au sommet du crâne. Au long d'une année de mariage, Stella avait pu constater l'instabilité de son caractère, bien qu'il fût d'un naturel aimable et généreux. Il était sujet à des sautes d'humeur incontrôlées et souvent la proie d'une anxiété qu'il maîtrisait mal. En cet instant, dans le regard qu'il lui lançait à travers la pièce, répondant à celui qu'elle lui adressait dans la glace, elle lisait de l'inquiétude et même du tourment.

— Entre, chéri, dit-elle, toujours sans se retourner. J'ai dormi un peu. Est-ce qu'il se fait tard ?

— Non, il n'est pas tard.

Quittant la porte, il alla s'asseoir sur le bord du lit ; elle le suivit des yeux dans le miroir.

— 5 heures environ.

— Alors, tout va bien. On dîne tôt ce soir, mais cela ne doit pas nous empêcher de prendre des cocktails ; nous avons amplement le temps.

Elle s'attela de nouveau à la tâche interrompue par l'arrivée de Cory : le brossage de ses cheveux. Reprenant l'énumération au point où elle l'avait laissée, elle formait lentement et sans bruit les chiffres sur ses lèvres, faisant semblant de respecter scrupuleusement ce petit rite absurde où le nombre précis de coups de brosse revêt une importance capitale. Mais cela créait une diversion.

— Tu t'es servie de la .22 ? demanda-t-il brusquement.

— La quoi ?

— La carabine de calibre .22. Elle était dans le râtelier, dans la bibliothèque.

— Bien sûr que non. Tu sais bien que je ne touche jamais à tes armes à feu.

— Elle a disparu.

— Tu es sûr de ne pas l'avoir enlevée toi-même et laissée quelque part ? Tu es assez distrait et tu oublies facilement, Cory, reconnais-le.

— Je n'y ai pas touché depuis des semaines. Je pensais que tu aurais pu la prêter à Gavin ou à quelqu'un d'autre.

— Eh bien, il n'en est rien. Je ne me permettrais pas de prêter ta carabine à Gavin ni à qui que ce soit.

— Quelqu'un l'a prise. Je me demande qui.

— C'est ridicule.

Elle posa la brosse sur la coiffeuse et pivota, tournant le dos au miroir, pour lui faire face.

— Sois raisonnable, Cory. Qui diable pourrait vouloir prendre ta carabine ?

— Quelqu'un. (Son ton trahissait soudain à la fois de l'agressivité et de l'appréhension.) Où est Nettie ?

— Dans sa chambre, je crois. Pourquoi ? Tu ne soupçonnes tout de même pas Nettie d'avoir pris ta carabine ?

— Ça ne ferait pas de mal de le lui demander.

— Mais si, ça pourrait faire beaucoup de mal. Cette tension permanente entre Nettie et toi devient intolérable.

— Est-ce ma faute ? J'ai fait tout ce que je pouvais pour entrer dans ses bonnes grâces.

— Elle a notre mariage sur le cœur ; elle t'en veut de m'avoir épousée. Il faut te montrer patient, c'est tout.

— Ma patience est mise à rude épreuve, ces temps-ci. Il faudrait qu'elle aille en pension, Nettie. Cela lui permettrait peut-être de s'adapter ; c'est une chance à courir.

— Ne revenons pas là-dessus. Ça ne ferait que reculer le problème, et d'ailleurs Nettie est trop jeune pour quitter la maison.

— On ne peut pas dire qu'elle soit jeune, Nettie. Elle n'a pas d'âge.

— Je crains de ne pas apprécier cette remarque. Qu'entends-tu par là ?

— Tu sais très bien ce que je veux dire. Elle essaie délibérément de détruire notre union. Elle ne reculerait devant rien pour parvenir à ses fins. Peut-être y est-elle déjà parvenue.

— Arrête, Cory. Je ne veux pas t'entendre dire des choses pareilles. Tant de haine envers une enfant, de la part d'un homme mûr, c'est écœurant.

— Moi, je ne la hais pas. C'est elle, oui, qui me hait. Pour tout dire, franchement, elle me fait peur.

— Oh, ne sois pas lâche à ce point.

— Traite-moi de ce que tu voudras, mais il y a chez elle quelque chose de pas normal. Elle est complètement renfermée. Rien ne l'atteint.

— C'est une petite extraordinairement brillante. Tu ne peux pas t'attendre qu'elle manifeste de l'intérêt pour des choses qui n'intéressent que des enfants médiocres.

— Si ce n'était que ça ! C'est bien plus grave.

Il se mit debout et enfonça ses mains dans les poches de sa veste.

— Je veux lui parler, si ça ne t'ennuie pas.

— A propos de cette carabine qui manque ?

— Oui.

— Alors, si, ça m'ennuie.

— Tant pis, j'insiste. Si tu ne veux pas la faire venir ici, j'irai la trouver.

— Très bien. Puisque tu y tiens ; passons-en par là. Je vais la chercher.

Elle quitta la pièce et longea le corridor jusqu'à la porte de Nettie. Tournant la poignée, elle constata que la porte était fermée à clef, et il y eut un si long intervalle de silence, après qu'elle eut frappé, qu'elle se demanda si Nettie ne s'était pas endormie ou n'était pas simplement sortie de la maison, en fermant la porte à double tour et emportant la clef. Sur le point de s'en aller, elle entendit soudain la voix de Nettie de l'autre côté de la porte.

— Qui est-ce ?

— C'est Maman. Je voudrais que tu viennes avec moi, dans ma chambre. Nous avons un problème à régler immédiatement.

Une clef tourna dans la serrure et la porte s'ouvrit. Nettie portait, comme la veille, chemisette blanche et jeans. Derrière elle, un livre ouvert gisait sur une portion de planche éclairée par le soleil.

— J'étais allongée par terre en train de lire, dit-elle. Quel problème ? C'est nouveau ? Ça me concerne ?

— Tu verras. Tu n'as pas à t'inquiéter. Allez, viens, ma chérie.

Elles gagnèrent ensemble la chambre de Stella. Cory attendait, toujours debout près du lit, immobile, les mains enfoncées dans les poches de sa veste. Stella eut l'impression qu'il serrait les poings et elle éprouva un très bref élan de compassion, prenant fugitivement conscience de la profondeur de son désarroi. Elle se tourna vers Nettie, qui regardait fixement Cory ; ses yeux avaient instantanément revêtu un aspect vitreux, comme des yeux d'aveugle.

— Cory veut te demander quelque chose, dit-elle. Réponds-lui sincèrement, s'il te plaît ; sans mentir.

Nettie demeura coite. Cory, qui guettait sa réaction, voyant qu'il était vain d'espérer un acquiescement de sa part, se décida à parler. Il le fit avec une sorte de pénible précipitation, lâchant ses mots comme s'il lui restait juste assez de souffle pour les prononcer.

— Ma carabine .22 a disparu. L'as-tu prise ?

Ayant apprécié l'ampleur de son inquiétude d'après son ton et son débit, Nettie prit elle-même un ton léger et moqueur pour répondre.

— Oui, je l'ai prise.

Cet aveu candide créa un choc. Stella, qui s'attendait à la voir nier, et Cory, qui pensait devoir procéder à un interrogatoire éprouvant, la contemplèrent tous deux avec une expression éberluée qui frôlait le comique.

— Mais enfin, pourquoi ? lâcha Stella. Tu sais bien que tu n'as pas le droit de te servir de cette carabine sans surveillance.

— Je ne sais pas trop, fit Nettie. J'avais peut-être envie de tuer Cory.

Stella s'effondra sur la banquette devant sa coiffeuse. Cory ne bougea pas.

— Tu ne dois pas dire des choses comme ça, c'est très mal.

Par son intonation, Stella semblait simplement réprimander l'innocent usage de termes obscènes dont Nettie n'aurait pas compris la signification.

— Où est-elle, à présent, cette carabine ?

— Dans ma chambre. Je l'ai mise dans le placard.

— Va la chercher et rapporte-la ici.

Sans un mot, Nettie fit demi-tour et sortit. Quand elle fut partie, Stella resta assise à fixer le plancher, ignorant Cory, et Cory, mains dans les poches, demeura figé près du lit. N'ayant rien à se dire, ou plutôt gardant pour eux ce qu'ils auraient pu se dire, ils attendaient en silence le retour de Nettie. Elle arriva une ou deux minutes plus tard, la carabine sous le bras. Stella, la voyant s'avancer résolument vers Cory, réalisa soudain que le canon de la carabine était pointé en plein sur la poitrine de celui-ci. Se dressant à moitié, elle étendit un bras, en un geste où la supplication se mêlait à l'appréhension.

— Maintenant, je vais peut-être tuer Cory, déclara Nettie.

Après quoi, tout se succéda en un étrange enchaînement d'une implacable tranquillité, où chaque son et chaque mouvement paraissaient délicatement atténués, estompés. La détonation sembla ne faire guère plus de bruit qu'un bouchon qui saute. Stella, le bras toujours tendu, s'effondra de nouveau sur la banquette. Cory, mourant les mains dans les poches, baissa la tête pour fixer avec une sorte d'ébahissement, juste avant de s'écrouler, le petit trou qui venait de s'ouvrir au-dessus de son cœur. Nettie se tourna vers Stella, ainsi que se sont toujours tournés vers leurs mères les enfants désemparés.

— Mais elle était à blanc ! fit-elle. *Gavin m'a dit que c'était une balle à blanc.*

**
*

Après avoir descendu l'escalier, l'officier de police Martin Underhill, délégué du shérif, traversa le hall et pénétra dans la bibliothèque. L'obscurité commençait d'envahir la pièce et il lui fallut plusieurs secondes pour s'habituer à la pénombre avant de repérer Stella, assise dans un fauteuil à haut dossier, placé près d'une fenêtre mais à contre-jour. Elle ne se leva pas pour aller à sa rencontre et ne fit aucun mouvement. Il traversa la pièce et s'assit dans un autre fauteuil en face d'elle. Il y avait dans son maintien quelque chose de rassurant, de déférent, ce qu'elle interpréta comme un tribut dû à son rang, à sa position dans la région, alors qu'en fait, dans ses contacts avec les gens, Underhill témoignait toujours des mêmes égards, quelle que fût leur condition.

— Comment vous sentez-vous, madame Singer ? s'enquit-il.

— Suffisamment bien, je vous remercie.

— Je crains qu'il n'y ait un certain nombre de points à éclaircir. Etes-vous en état de m'aider ?

— Je suis toute disposée à vous dire ce que vous avez besoin de savoir.

— Bon. Pour commencer, pourriez-vous encore une fois me relater exactement ce qui s'est passé ?

— Comme je vous l'ai dit, la carabine de Cory avait disparu. La .22 que vous avez vue là-haut. On l'avait enlevée de ce râtelier, là-bas, et Cory en était fort contrarié. Il soupçonnait Nettie de l'avoir prise et, par la suite, il s'avéra qu'il avait raison. Nettie l'a avoué. Je l'ai envoyée la chercher pour qu'elle la rende. Elle est revenue au bout d'une minute ou deux, tenant la carabine sous le bras, et j'ai vu que l'arme était pointée droit sur Cory. Elle a dit quelque chose, parlant de le tuer, ce qui était une simple manifestation d'hostilité enfantine, mais alors le coup est parti, et Cory s'est écroulé. Voilà, c'est tout.

— Malgré cette phrase où elle parlait de le tuer, vous êtes convaincue qu'il s'est agi d'un accident ?

— Bien sûr ! Je vous ai dit que cette menace n'était pas autre chose qu'une façon enfantine d'exprimer son hostilité.

— Qu'est-ce qui l'a provoquée, cette hostilité ?

— Rien de spécial. Je veux dire, aucun incident particulier. Nettie n'a jamais admis mon mariage avec Cory. Pour elle, c'était un intrus.

— Je vois. Mais elle était chargée, cette carabine, madame Singer. C'est ça l'ennui. Pensez-vous qu'elle était déjà chargée quand Nettie l'a prise au râtelier ?

— J'en doute fort. Cory ne laissait jamais chargées ses armes à feu.

— Eh bien, alors, ma foi... Vous vous rendez sûrement compte que Nettie doit l'avoir chargée elle-même. Y avait-il des balles à sa portée, aisément accessibles ?

— Il y avait des balles pour toutes les armes à feu quelque part. J'ignore au juste où Cory les rangeait.

— Pensez-vous que Nettie ait pu les trouver, ces balles ?

— C'est tout à fait possible, mais je suis sûre que ce n'a pas été le cas.

— Oh ? Qu'est-ce qui vous fait dire ça ?

Stella se renferma un instant dans le silence, plongée dans un proche souvenir. Elle réentendait les paroles de Nettie, comme en écho au coup de feu, un écho presque noyé par le surgissement brutal de l'horreur.

— Quelque chose qu'elle a dit juste après avoir tiré sur Cory.

— Qu'a-t-elle dit ?

— Elle a dit : « Gavin m'avait dit que c'était une balle à blanc. »

Il la fixa dans la pénombre, cherchant à déchiffrer l'expression de son visage. Il n'y avait rien à déchiffrer ; le visage n'exprimait rien. Il commençait à apprécier le terrible effort qu'elle devait fournir pour conserver une apparente quiétude.

— Qui est Gavin ? demanda-t-il.

— Gavin Brander. Un voisin. Il habite à cinq cents mètres d'ici environ, sur la route.

— Que voulait-elle dire, Nettie ?

— Je ne sais trop. J'y ai pensé sans cesse, mais je n'arrive pas à y voir clair ; je suis dans l'incertitude.

— Vous avez demandé à Nettie ?

— Non. Elle a vécu une très pénible épreuve, vous comprenez. Elle se repose dans sa chambre. Je ne sais pas si elle est en mesure de répondre à des questions.

— Quand même. Il faut essayer. Je m'y prendrai aussi délicatement que possible. Pourriez-vous aller la chercher ?

— Si vous insistez...

— C'est nécessaire, je le crains. Je suis désolé.

Resté seul, il écouta d'abord distraitement le bruit décroissant de ses pas, traversant le hall, montant l'escalier, et ensuite prêta l'oreille aux battements d'une horloge ancienne qui, derrière lui dans l'ombre, meublait le silence. Le temps passait, paisiblement, au rythme du balancier, mais bientôt Underhill entendit à nouveau un bruit de pas dans le hall. Nettie entra, suivie de Stella. Nettie fit au policier, qui s'était levé, une espèce de petite révérence saugrenue et s'installa dans le fauteuil à haut dossier que Stella avait occupé. Elle semblait parfaitement calme. L'épithète « sereine » vint spontanément à l'esprit d'Underhill. Si la fillette avait été fortement ébranlée, elle s'était remise de ses émotions avec une remarquable rapidité.

— Nettie, dit Stella, voici M. Underhill. Il faut lui répondre de ton mieux.

Nettie inclina brièvement la tête et fixa d'un air grave et tranquille Underhill, lequel se rassit et se pencha en avant, les mains plaquées sur les genoux.

— Nettie, commença-t-il, pourquoi avez-vous pris la carabine de votre beau-père ?

— Je voulais lui jouer un tour.

— Oh ? Quel genre de tour ?

— Je voulais lui faire croire que j'allais le tuer en lui tirant dessus.

Elle paraissait faire cet aveu de malignité en toute innocence, comme si elle confessait quelque espièglerie un peu douteuse à l'occasion de Halloween (1).

— Pourquoi donc vouliez-vous faire ça ?

— Parce que je le haïssais. Je voulais qu'il aille au diable, et qu'il y reste.

— La carabine était-elle chargée quand vous l'avez prise ?

— Non.

— Où vous êtes-vous procuré la balle ?

— Gavin me l'a donnée. Il disait que c'était une balle à blanc.

— Vous ne connaissez donc pas la différence entre une vraie balle et une balle à blanc ?

---

(1) Fête anglo-saxonne, à la veille de la Toussaint, où les enfants se déguisent, vont sonner chez les gens, et leur jouent des tours plus ou moins pendables s'ils refusent de leur faire un cadeau. *(N.d.T.)*

— Si, bien sûr. Une vraie balle vous tue. Pas une balle à blanc.

— Je parle de leur aspect. N'êtes-vous pas capable de faire la différence rien qu'en les regardant ?

— Si, je suppose, à condition de faire vraiment attention. Mais ça ne s'est pas passé comme ça. Je l'ai à peine regardée ; je veux dire, la balle que m'a donnée Gavin. Je l'ai mise aussitôt dans ma poche, machinalement, et plus tard aussi, c'est machinalement que je l'ai mise dans la carabine.

Underhill se pencha encore un peu plus, étreignant ses genoux. Il détacha nettement ses mots, leur donnant à peu près le rythme des battements de l'horloge.

— Ecoutez-moi, Nettie. Je voudrais que vous réfléchissiez bien à ce que vous allez me répondre. Pensez-vous que Gavin ait fait exprès de vous donner une vraie balle, espérant ainsi que, en vous en servant, vous tueriez votre beau-père ?

— C'est forcé, non ? Sinon, comment peut-on expliquer ce qui est arrivé ?

— Oh !

Underhill se leva, martela une de ses paumes du poing, puis s'assit de nouveau avec lenteur.

— Mais pourquoi ? Pourquoi aurait-il voulu la mort de Cory Singer ?

Nettie sembla reculer un peu, se renfoncer dans l'ombre. Sa voix se fit soudain ténue et réticente.

— Je n'ai pas envie de le dire.

— Pourquoi donc ?

— Parce que ce n'est pas à moi de le faire.

Stella, debout derrière le fauteuil de Nettie, laissa échapper un long soupir, et Underhill leva les yeux. Toute couleur avait quitté son visage ; un visage de marbre, où rien ne bougeait à part les lèvres.

— Elle veut dire que c'est à *moi* de répondre, et je suppose que c'est à moi, en effet. Gavin Brander est amoureux de moi. Et moi, hélas, j'étais amoureuse de lui.

— Vous *étiez,* madame Singer ?

— On ne peut continuer d'aimer un homme qui est

capable de se servir d'une enfant pour commettre un meurtre.

— Cela paraît difficile, c'est le moins qu'on puisse dire.

Underhill s'exprimait d'un ton léger, un peu caustique, mais à l'intérieur il bouillonnait, saisi d'une rage rentrée.

— Si vous voulez bien m'excuser, je crois qu'il faut que j'aille voir immédiatement M. Brander.

Gavin Brander ouvrit la porte. Underhill, restant en retrait sur le seuil, se présenta. Brander haussa les sourcils, apparemment surpris. Il s'écarta et, d'un geste de la main, pria Underhill d'entrer. Ils passèrent du hall au living-room, où Underhill pénétra le premier.

— Je viens de dîner, dit Brander. Puis-je vous offrir un verre ? J'allais en prendre un moi-même.

— Non, merci.

Underhill, déjà installé dans un fauteuil, tenait son chapeau sur ses genoux.

— Je suis en service.

— Oh ? Oui, ma foi, je suppose qu'il vous faut travailler à toute heure, vous autres.

Remettant son verre à plus tard, Brander s'empara d'un autre fauteuil.

— Quelle est, au juste, la raison de votre visite ?

— J'enquête sur une mort. Un voisin à vous. Cory Singer.

Il observait Brander avec acuité ; si Brander jouait la comédie, il fallait reconnaître qu'il la jouait supérieurement. Son visage ne trahissait rien d'autre que le choc modéré normalement ressenti à l'annonce du décès d'une personne avec qui l'on entretient des rapports de bon voisinage.

— Mort, ce vieux Cory ? Voilà une mauvaise nouvelle. Etant donné que vous intervenez, j'imagine qu'il y a quelque chose qui cloche.

— Effectivement. Cory Singer a été tué d'un coup de feu par sa belle-fille.

— Bon sang !

236

Toujours de la comédie ? En ce cas, encore une fois, c'était réussi.

— Nettie l'a donc tué, en fin de compte ! Elle a fini par le faire !

— Pourquoi dites-vous cela ?

— Oui, évidemment, n'étant pas en relation avec la famille vous ne pouvez pas savoir... Il existait une très forte hostilité entre Nettie et Cory. De la part de Nettie, surtout. Elle lui rendait la vie dure. Tout récemment, elle a même menacé de le tuer, mais je crains de n'avoir vu là qu'un puéril excès de langage. Une erreur de ma part, semble-t-il.

— Plutôt de sa part à lui, dirais-je.

— Oui, tout à fait. Ce qui m'amène à me demander pourquoi vous êtes venu me voir, moi. Puis-je le savoir ?

— Parce que cette enfant, Nettie, déclare que vous lui avez donné la balle qui a tué son beau-père. Elle déclare aussi que vous lui aviez dit que c'était une balle à blanc.

Brander resta quelques secondes les yeux fixés sur Underhill, l'air désemparé, hébété, presque niais, comme si ce dernier s'était à l'improviste exprimé dans une langue inconnue. Puis, la compréhension semblait se faire jour en son esprit, il partit d'un énorme éclat de rire où perçait l'incrédulité.

— Ça n'est pas sérieux, vous plaisantez !

— C'est une accusation sérieuse. Je ne suis pas venu ici pour être amusant.

— Nettie a l'imagination particulièrement fertile, sachez-le. J'allais dire que c'est une incorrigible menteuse, mais soyons charitable.

— Vous contestez l'accusation ?

— Catégoriquement. Pourquoi diable irais-je commettre une aussi colossale idiotie ? Réfléchissez un instant : Si je lui avais donné une vraie balle destinée à tuer Cory, en lui disant que c'était une balle à blanc, j'aurais certainement dû prévoir qu'elle cracherait le morceau une fois Cory mort. C'est insoutenable, un coup tordu pareil !

— Certes. Mais ça peut se nier.

— Je vois. En somme, tout se ramènerait à ma parole contre la sienne. J'ai toujours su que c'était une petite diablesse drôlement futée, Nettie, mais il semblerait que j'aie sous-estimé la profondeur de sa malignité. Je crois que je vais boire un coup.

Il se leva et se dirigea vers un meuble-bar où il s'empressa de verser dans un verre une bonne dose de whisky qu'il avala d'un trait avant de se retourner.

— Excusez-moi. J'avoue être un peu ébranlé. Quand même, l'accusation ne tient pas. Pourquoi voudrais-je tuer Cory, que ça soit directement, indirectement ou je ne sais comment ?

— Parce qu'il se trouvait être le mari de Stella Singer.

Brander pivota vers la bouteille de whisky. Cette fois-ci, il ajouta de l'eau et revint à son fauteuil en emportant son verre. Underhill, qui ne cessait de l'observer, estima qu'il avait perdu un peu de son assurance. Toutefois, cela n'indiquait rien de précis. L'innocent faussement accusé a plutôt tendance à se montrer plus nerveux que le coupable accusé à juste titre.

— C'est donc ainsi que ça se présente, dit Brander. Bon. Eh bien, je ne songe pas à nier que je suis amoureux de Stella. Je le lui ai dit, et je suppose qu'elle vous l'a dit. Nettie aussi est dans le secret, je crois. En même temps qu'une menteuse, c'est une petite espionne accomplie, vous savez, et il m'est arrivé une fois ou deux de manquer de discrétion.

— Vous confirmez le mobile ?

— Non, non. Absolument pas. En ce qui me concerne, il n'y en a pas, de mobile. A la vérité, le ménage de Stella et Cory ne marchait pas du tout. Cory aurait été éliminé sous peu, j'en suis tout à fait certain ; je n'avais donc aucune raison d'avoir recours au meurtre, expédient draconien, certes, mais aussi dangereux que criminel.

— Nettie Singer connaît-elle le maniement des armes à feu ?

— Je crois qu'elle a fait un peu de tir sous surveillance.

Les yeux de Brander s'agrandirent d'abord, puis s'étrécirent pour fixer Underhill avec intensité.

— Suffisamment, j'en suis sûr, pour connaître la différence entre une balle à blanc et une vraie balle.

— Un point pour vous. Cependant, elle prétend l'avoir à peine regardée. Elle l'aurait glissée machinalement dans sa poche et ensuite retirée de sa poche tout aussi machinalement pour la loger dans la carabine. C'est possible. Il est même possible qu'elle ait noté la différence, mais vaguement, sans que ça marque et l'amène à en tenir compte.

— Non, sérieusement, vous croyez à une absurdité pareille ? De toute façon, la question ne se pose pas. Je ne lui ai pas donné de balle, aucune, à blanc ou pas. Sa version des faits est un pur mensonge. Incroyablement ingénieux, d'ailleurs, je l'avoue. A maints égards, je semble être hautement qualifié pour servir de bouc émissaire.

— Vous vous en tenez là ? Votre parole contre la sienne ?

— Que pourrais-je faire d'autre ? Vous ne vous attendez tout de même pas que je collabore à ma propre destruction ?

— Non.

Underhill se leva brusquement, faisant claquer son chapeau contre sa cuisse.

— Il va y avoir une audition des témoins, bien entendu. Nous verrons alors si l'on croit votre version plutôt que la sienne.

Il alla jusqu'à la porte, s'immobilisa et se retourna :

— Permettez-moi de vous mettre en garde contre un excès de confiance, monsieur Brander. J'ai dans l'idée que Nettie, en tant que témoin, saura se montrer fort convaincante.

Mais Brander semblait avoir recouvré toute son assurance. En guise de réponse, il leva son verre et sourit.

La porte n'était pas fermée à clef ; Stella l'ouvrit sans bruit, se glissa à l'intérieur et, figée, tendit l'oreille dans l'obscurité. Elle ne percevait pas le moindre bruit, mais la chambre elle-même semblait retenir son souffle et palpiter sourdement, comme un énorme animal dont le cœur aurait battu à grands coups. Un rayon de lune, pénétrant de biais par une fenêtre à l'est, traçait sur le plancher comme un sentier lumineux, au-delà duquel, dans l'ombre épaisse, Stella le sentait, Nettie écoutait elle aussi, allongée dans le lit, attendant que sa mère rompe le silence.

— Nettie, dit Stella.

— Oui, Maman.

— Il faut que je te parle. Tu as sommeil ?

— Non, Maman. Viens t'asseoir sur mon lit. Je t'attendais.

Stella franchit le rayon de lune et s'approcha du lit. Elle s'assit, joignant les mains sur ses genoux, mais une troisième main, menue et chaude, telle une petite motte de terre inondée de soleil, vint se faufiler entre elles et y demeura blottie.

— Nettie, où l'as-tu eue, cette balle ?

— Je te l'ai dit, Maman. Gavin me l'a donnée.

— Tu en es bien sûre ? Il faut que tu en sois tout à fait sûre. Si les policiers croient cela, Gavin sera arrêté pour meurtre.

— S'ils ne le croient pas, est-ce que je serai arrêtée ? Ils m'emmèneront d'ici, loin de toi ?

— Je ne sais pas. J'essaierai de te protéger.

— Ne t'inquiète pas, Maman. Ils me croiront, parce que c'est la vérité. Gavin me l'a donnée, cette balle. Il a dit qu'elle était à blanc, mais elle ne l'était pas. Il a dit qu'il voulait m'aider à effrayer Cory, mais en réalité il voulait que je le tue. Est-ce qu'il te manquera, Gavin, Maman, quand il sera parti ?

— N'y pense pas, laisse donc, dit Stella. Il est déjà parti.

Elle leva les yeux vers la vitre illuminée par le clair de

lune. Entre ses mains froides, la petite main chaude bougea. Stella ne réagit pas et ne dit rien, s'enfermant dans le silence. Résignée à ce monde à deux, terrible et secret, qu'elle allait devoir affronter, il ne lui restait plus rien à dire.

The Tool
Traduction de Philippe Kellerson

La femme d'un soir

par

Hal Elson

Une lumière bleutée tremblotait au-dessus de l'hôtel.
Des clients s'installaient déjà dans la salle à manger
ouverte de l'autre côté de la piscine lorsqu'une jeune
femme apparut sur la terrasse supérieure. Elle descendit l'escalier de pierre en faisant claquer ses sandales.
Son maillot de bain blanc luisait sous l'éclairage du
crépuscule.

Elle était comme tant d'autres une touriste esseulée,
et cependant différente des autres. Parvenue au bord
du bassin, elle ajusta son bonnet de bain et piqua une
tête dans l'eau. Elle parcourut à la nage deux fois la
longueur de la piscine, puis fit la planche avec délices.
Roger la considéra avec nonchalance — inutile de
s'exciter puisqu'elle s'était contentée de le saluer d'un
signe de tête.

Il se retourna en percevant un bruit de pas près de
lui. C'était le directeur de l'hôtel, souriant :

— Vous ne désirez pas encore dîner, monsieur
Peters ?

— Oh, la chaleur ne favorise pas l'appétit !

L'inconnue dans l'eau nagea jusqu'au bord de la
piscine, et le directeur s'adressa à elle :

— Le bain est-il agréable, mademoiselle Boyd ?

— Oui, en ville, la température est torride ! Ne fait-il
jamais frais par ici ?

— Jamais. A propos, puis-je me joindre à vous pour
le dîner ?

242

— Vous le pourriez... si je dînais !

— Que je suis déçu ! Un petit effort, voyons...

Mlle Boyd s'arracha à l'eau et réclama une cigarette. Après avoir tâté ses poches, le directeur haussa les épaules, et ce fut Roger qui offrit à l'inconnue une cigarette et du feu. Le directeur fit les présentations. Comme on le hélait de son bureau, il allait s'éloigner avec agacement quand il s'immobilisa :

— Il y a soirée dansante au Royal Palm, aujourd'hui. J'espère avoir le plaisir de...

— Je regrette, mais je ne m'y rendrai pas.

— Vous m'en voyez plus que navré.

Il s'en alla, l'épaule basse.

— Il est sincèrement désolé, confia la jeune femme à Roger.

— Que voulez-vous dire ?

— Tous les hommes seront là-bas, avec la même idée en tête.

— Sans doute parce qu'il n'y a rien d'autre à faire.

Elle éclata de rire :

— Oui, je suppose qu'on ne peut guère le leur reprocher ! Pensez-vous que le climat en soit la cause ?

— Oh ! c'est simplement leur manière de prouver qu'ils sont des hommes et des amants !

— Ma foi, faire l'amour est une manière de le prouver, en effet.

— Pas nécessairement. Et certainement pas lorsqu'on est marié comme c'est le cas de M. LaFarge !

— Ah, lui, rien ne lui échappe. Mais à vous entendre, on vous croirait marié, à moins que vous ne soyez rigoriste ?

— Ni l'un ni l'autre.

— Mais l'attitude de LaFarge vous choque ?

— Oh ! je n'ai cure de son comportement !

— Vous venez de New York ? questionna-t-elle en souriant.

— N'est-ce pas le cas de tout le monde, ici ?

— Exact. Je suis ici justement pour fuir New York, mais tous ceux que je rencontre en arrivent !

— Cela vous déçoit ?

— Sur ce plan-là, oui, mais l'île est superbe.

— Il y fait trop chaud et c'est trop luxuriant. Je préfère les climats plus tempérés. Enfin, j'obéis aux prescriptions médicales : j'avais besoin de repos et je ne peux prétendre m'être fatigué ici.

— C'est ce que j'ai remarqué.

— Vraiment ? Je n'imaginais pas que vous aviez pris garde à mon existence !

— Vous êtes le seul mâle à ne pas m'avoir fait d'avances ! Je me demandais même si vous n'étiez pas homo !

— Hé non ! riposta-t-il en souriant. Quant à vous, j'avais mon opinion.

— Vous pensiez aussi que j'en étais ?

— Non, mais je vous jugeais un peu snob. Du moins, n'êtes-vous pas comme les autres isolées à chasser le compagnon.

— Et j'ai tort ?

— Non, seulement pour la plupart, les hommes repartiront déçus.

— Et vous ?

— Moi, rappelez-vous, je suis ici pour me reposer.

— Effectivement, et cela vous interdit de prendre un verre ?

— Oh ! un verre, deux verres, ça ne me troublerait pas !

— Si nous nous faisions servir dehors ? suggéra-t-elle.

— Volontiers.

Un serveur en veste blanche leur apporta la commande et s'inclina avant de s'éclipser. Dans la piscine, de l'eau jaillissait de la bouche de trois nymphes vertes. Des murmures provenaient de la salle à manger, mais en dehors de cela, point de bruit.

— Il n'y a pas de musique ce soir, observa Roger. Y a-t-il une réception ailleurs ?

— Rien de particulier. On joue au Casino, on danse au Royal Palm. Etes-vous joueur ?

— Pas même pour m'amuser, et les boîtes de nuit ne m'intéressent pas.

— Vous allez avoir une soirée solitaire.

Captant l'allusion, il la dévisagea :

— Comptez-vous aller danser sans cavalier ?

— Cela vous ennuierait de m'accompagner ? fit-elle, gracieuse.

Il réalisa qu'elle l'avait piégé, mais après tout...

— Au contraire, j'en serais ravi, affirma-t-il.

**
*

L'obscurité s'épaississait et la nuit fraîchissait. L'eau de la piscine était immobile. Roger en vidant son verre tourna son regard vers la salle à manger. Celle-ci était déserte et sans autre éclairage qu'une lampe au-dessus du bar. Les clients avaient abandonné l'hôtel pour se rendre ailleurs. Chancelant, Roger se leva, s'approcha de la balustrade et s'y pencha légèrement. Au-dessous de lui, le flanc de la colline s'inclinait en pente escarpée, jalonnée d'arbres élancés qui tendaient vers Roger leurs branches sombres. Au-delà, c'était la jungle. Il se détourna en frissonnant parce que là-bas, c'était l'île elle-même qui s'étalait, avec ses terreurs et sa violence cachées, tout ce que les touristes n'avaient jamais vu. Roger s'interrogea sur lui-même. Pourquoi avait-il accepté la proposition de Mlle Boyd ? Et si elle était comme les autres ? Il s'en voulut de cette idée mais, tout en dépréciant la jeune femme, elle la rendait accessible.

Après avoir ingurgité trois cocktails forts en rhum, il se sentit plus léger et insouciant. Où était Mlle Boyd ? Elle s'était absentée depuis une demi-heure pour aller se changer. Roger pénétra dans l'hôtel et demanda au réceptionniste le numéro de la chambre de la jeune femme. L'autre, le sourire en coin, le lui communiqua. Ces gens-là devinent tout, se dit Roger.

Il parcourut une succession de couloirs obscurs avant d'atteindre la chambre de Mlle Boyd — mais était-ce bien celle-là ? Il craqua une allumette et constata que la porte s'ornait du chiffre 7. Il frappa, perçut un claquement de talons sur le dallage, et le battant s'ouvrit sur la jeune femme.

— Je suis presque prête. Voulez-vous entrer ?

L'invitation était imprévue. Après une hésitation, il fit un pas en avant et se retrouva à l'intérieur de la pièce.

— Excusez-moi d'avoir tant tardé, Roger, mais les boissons que nous avions absorbées... J'ai dû m'étendre un moment.

Elle souriait, très différente de la jeune femme rencontrée à la piscine, avec un regard adouci, un corps détendu.

— C'est si calme ! Pas un bruit, pas un chat !

— Je pense que les clients de l'hôtel sont tous sortis, dit-il en promenant ses yeux autour de lui. C'est spacieux, chez vous, remarqua-t-il.

— Et très isolé.

— J'ai eu du mal à repérer mon chemin jusqu'à vous.

— Mais vous y êtes arrivé.

— Il le fallait...

Se rapprochant de lui, elle lui noua ses bras autour du cou, chercha ses lèvres. Pétrifié, il resta d'abord immobile, et quand il remua, c'était trop tard. Elle lui échappa pour courir vers la salle de bains. Quand elle en ressortit, un châle blanc drapé sur les épaules, elle se dirigea vers Roger et lui glissa la clé de sa chambre dans la main en murmurant :

— Nous en aurons besoin plus tard.

Un unique taxi attendait sous l'abri-garage. Le chauffeur les aida à s'installer dans le véhicule. Ils roulèrent sur les pavés, empruntèrent un large virage vers une courbe descendante et foncèrent dans la nuit. Roger eut l'impression de se mouvoir dans le vide. Tout peut arriver, pensa-t-il, sentant la clé dans sa main et évoquant le début de la soirée. Mlle Boyd descendant les marches de la piscine, les présentations faites négligemment par LaFarge... quelque chose de simple et de banal... Mais l'était-ce réellement ? Roger fourra la clé dans sa poche. Tout à l'heure, après le rituel de quelques danses et de quelques verres, il devrait s'en servir, de cette clé. Il n'y avait pratiquement pas de barrière entre les formalités polies et le lit aux draps frais de Mlle Boyd. Est-elle comme les autres ? se demanda-t-il.

— Vous ne dites rien, commenta-t-elle. Quelque chose ne va pas ?

— Cette route obscure ne me plaît pas.

— Les chauffeurs la connaissent par cœur.

Elle lui étreignit la main. Un virage brusque la fit basculer contre lui. Une senteur de rhum flottait encore autour d'elle.

— Ces cocktails sont plus forts que je ne l'imaginais, remarqua-t-il. Vous sentez, cette odeur de rhum ?

— J'ai une bouteille dans ma salle de bains, et j'en ai avalé une gorgée avant de sortir.

Bizarre. Un peu plus tôt, elle s'était plainte des cocktails. Mais quelle importance ? La voiture poursuivait sa randonnée.

Vingt minutes après, elle stoppait devant le Royal Palm. Le night-club, faiblement éclairé, était bourré de gens qui évoluaient au son d'un meringué interprété par un orchestre local. Un maître d'hôtel accompagna les arrivants à une table. Après une courte pause, l'orchestre attaqua un autre meringué, et Mlle Boyd se leva :

— Nous dansons ?

— Pourquoi pas ?

Il se dirigea avec elle vers la piste. Danser ? En réalité, elle se pressait un peu trop contre lui, elle usait un peu trop de son corps.

De retour à leur table, elle vida son verre d'une lampée cependant qu'il regardait autour d'eux. Une majorité d'hommes, parfois groupés sans femme à leur table, des autochtones, tous avec l'air de rapaces affamés. Tout en buvant, ils épiaient les femmes qui, l'espace d'une danse, restaient assises. Parfois, ils se levaient pour s'approcher d'elles. Aucun d'eux ne se présenta à la table de Roger, mais ils ne manquèrent pas de l'observer, l'un d'eux en particulier.

Si Roger s'en aperçut, tel ne fut pas le cas de

Mlle Boyd. Etait-elle troublée par l'alcool ? Oui, il le lut dans ses yeux, le devina à sa manière de s'agripper à lui et de se frotter contre lui en dansant. Elle commençait à attirer l'attention. Roger éprouva du soulagement lorsqu'on annonça le début du spectacle. Cela lui éviterait de danser le meringué pendant un moment. Ce n'était pas sa spécialité, et il le confessa à sa compagne.

— Oui, mais c'est ici une manie, admit-elle.

— Une sorte de drogue, presque. Quand on s'y laisse aller, on ne doit plus pouvoir s'en passer.

— N'est-ce pas pour cela que nous sommes venus ici ? Pour nous laisser aller ? riposta-t-elle en levant son verre.

Jusqu'où ? eut-il envie d'interroger. Mais un roulement de tambour l'en empêcha. Les lampes s'éteignirent et le silence s'instaura. Un rayon de lumière blanche vint couper la piste de danse, se vrillant sur une femme nue. Celle-ci se mit à onduler au rythme lent des bongos. Les conversations s'interrompirent. Jusqu'à la fin de son numéro, la danseuse capta tous les regards. Des applaudissements ensuite saluèrent sa performance. Après elle, un groupe musical occupa la piste pendant que les serveurs s'affairaient entre les tables. Les cubes de glace tintèrent dans les verres. Roger ne savait plus combien de cocktails il avait ingurgités. Un maître d'hôtel vint en apporter d'autres. Roger se demanda s'il devait conseiller à son invitée de moins boire. Trop tard, elle avait déjà le regard flou.

La danseuse quasiment nue commença un autre numéro en solo et, le rythme des bongos s'accélérant, ses mouvements se firent plus suggestifs. A la fin, des applaudissements enthousiastes la remercièrent. Les lampes se rallumèrent et l'orchestre entama un meringué.

D'un bond, Mlle Boyd se leva, prête à danser. Roger hésita. Mais constatant que l'inconnu de haute taille, à la table voisine, les scrutait, il se décida à conduire sa cavalière vers la piste. La jeune femme se serra étroitement contre lui, dodelinant de la tête, balançant les hanches. Les épaulettes de sa robe lui glissèrent des épaules sans qu'elle se préoccupât de les remettre en place.

Quand ils regagnèrent leur table, après trois danses successives, l'inconnu survint, s'inclina en saluant Roger :

— Vous permettez ?

Pivotant vivement vers Mlle Boyd, il l'invita à danser. Chancelante, mais souriante, elle se dressa et l'autre la soutint par le bras.

Roger les suivit un moment du regard sur la piste, puis les perdit de vue. Ils reparurent dès que la musique s'arrêta. L'homme salua et s'écarta tandis que Mlle Boyd s'écroulait sur sa chaise.

— Quel merveilleux danseur ! s'exclama-t-elle. L'avez-vous au moins remarqué ?

— Oui, mais faites attention, il ne vous a pas quittée des yeux de toute la soirée.

— Quel mal y a-t-il à cela ?

— Aucun, s'il se contente de vous admirer.

— Etes-vous jaloux ou simplement collet monté ?

— Rien de tel, mais je suis responsable de vous puisque c'est moi qui vous ai amenée ici.

— Voyons ! Que peut-il arriver sur une piste de danse ?

— Sans doute rien, mais prenez garde tout de même. Cet homme reviendra vous inviter.

— Et vous préférez que je refuse ?

— Je ne peux pas vous empêcher d'agir à votre guise.

Plus tard, effectivement, le grand inconnu se présenta à nouveau à leur table. Une courbette, un sourire, et il entraîna la jeune femme à l'autre bout de la piste. Quelle éfait donc sa stratégie ? Roger prit son verre. Le contenu en était aussi insipide que de l'eau. Croyant Roger gris, le serveur en avait-il profité pour le duper ? Roger avait cependant les lèvres desséchées. Une sorte de langueur envahit son corps et il eut l'impression d'être disposé à agir avec témérité.

Entendant le fracas d'une bouteille sur le parquet, il se tourna et vit un homme de son âge qui s'efforçait de relever une grosse dame affalée sur la piste. La femme larmoyait dans son ivresse, et elle tenta d'embrasser son compagnon. Celui-ci la remit sur pied, lui tapota familièrement l'épaule et lui remplit son verre.

Roger se détourna. Brusquement, l'ambiance avait changé. La musique, plus sauvage, s'était amplifiée, et les danseurs se déchaînaient. Les femmes ne se contentaient plus des pas presque compassés et stricts du meringué. S'abandonnant à la musique, elles imprimaient à leurs hanches des ondulations frénétiques.

Quelques minutes après, le grand inconnu revint à sa table et vida son verre. Où était Mlle Boyd ? S'était-elle éclipsée pour se repoudrer ? Roger patienta, puis se leva pour s'approcher de la table voisine. L'homme à son tour se dressa et s'inclina avec raideur.

— Mlle Boyd ? fit-il. Un autre l'a invitée à danser.

Roger pivota pour chercher des yeux sa compagne. En vain. Il repartit vers la table où l'inconnu était assis avec des amis. L'homme se haussa du col en souriant :

— Encore vous ? Vous n'avez pas récupéré votre cavalière ? Dommage !

— Que lui est-il arrivé ?

— Qui le sait ? Peut-être a-t-elle filé avec l'autre monsieur.

Inutile de poursuivre l'entretien. L'homme était hilare et ses amis s'amusaient. Roger fit demi-tour, promena son regard sur l'assistance, repéra l'homme qui les avait servis. Celui-ci ne savait rien. Le directeur peut-être pourrait renseigner Roger. Mais non, le directeur eut un haussement d'épaules.

— Cette dame a pu brusquement décider de partir.

— Certainement pas seule. Il a dû lui arriver quelque chose.

— Ici ? C'est impossible. Peut-être que...

— Inutile que je discute avec vous. Où est le commissariat ?

— Oh ! il ne vous servira à rien d'aller les voir ! Le capitaine ne sera pas à son quartier général, je vous le garantis.

— Et c'est le seul représentant de l'autorité ?

250

— Non, mais ses subordonnés ne lui rapporteront l'affaire que demain matin, en admettant qu'il se rende à son bureau.

— Qu'est-ce que cela signifie ?

— Eh bien... il n'y est pas continuellement.

— Alors, où puis-je le joindre ?

Un haussement d'épaules accueillit sa question, et Roger se dirigea vers la sortie. Le taxi qui l'avait amené avec Mlle Boyd s'avança :

— Vous désirez rentrer à l'hôtel, monsieur ?

— Non. Quelque chose a dû se produire... et je ne trouve plus la jeune dame que j'ai amenée ici. Conduisez-moi au poste de police.

— Ah... je ne vous le conseille pas, monsieur.

— Votre opinion m'importe peu.

— Comme vous voudrez, mais le capitaine...

— ... ne sera pas là avant demain matin ? D'accord, déposez-moi à l'hôtel.

Le chauffeur démarra. Il était tard, à présent. Nulle lumière ne brillait et rien ne bougeait. Roger se carra sur la banquette du taxi.

— Que se passe-t-il quand un crime est commis dans l'île ? questionna-t-il.

— Comment, monsieur ?

— Oui, supposons que quelqu'un soit assassiné, enlevé ou violé ? Doit-on attendre jusqu'au lendemain matin pour faire quelque chose ?

Le chauffeur le lorgna par-dessus son épaule en ricanant :

— Le rapt n'a pas cours ici, répondit-il. Le viol ? on fait l'amour si facilement dans l'île qu'il n'est pas nécessaire d'user de violence, enchaîna-t-il, secouant la tête. Dans votre pays, évidemment, c'est différent. Quant au meurtre, oui, il arrive qu'un homme en tue un autre à propos d'une femme.

— Et, le matin venu, le capitaine débarque pour éclaircir l'affaire ?

— En fait, poursuivit le chauffeur sans tenir compte de la question, nous avons peu de crimes, pas de gangsters, rien de comparable à ce qui existe chez vous aux Etats-Unis.

Les deux hommes ayant fait le tour du sujet, le silence plana dans la voiture jusqu'à l'arrivée à l'hôtel.

— Si vous descendez en ville demain matin, monsieur...

Le chauffeur n'eut pas droit à une réponse. Roger monta les marches du perron et pénétra dans le hall de l'hôtel. Un réceptionniste somnolait derrière le comptoir. Lui demander si Mlle Boyd était de retour ? Non. Roger gagna la chambre de la jeune femme, en ouvrit la porte, alluma. Personne.

*
**

La lumière du jour filtrait entre les lames du store. Un rire éclata sous le balcon. L'obscurité de la nuit avait quitté l'île. Roger alla frapper à la porte de Mlle Boyd, puis se servit de la clé pour ouvrir. La chambre était toujours déserte. Il descendit voir le directeur de l'hôtel à qui il raconta les incidents de la soirée.

— Et selon vous, quelque chose serait arrivé à Mlle Boyd ? fit l'autre en examinant ses ongles. Vraisemblablement, elle est partie passer la soirée, et la nuit, avec quelqu'un d'autre. Après tout, ce ne serait pas la première fois que pareille chose arriverait ici.

— Certainement, mais cette hypothèse n'est pas valable en ce qui concerne Mlle Boyd.

— Attendez de voir si elle revient. Il est encore tôt, objecta le directeur, conciliant.

— J'ai assez attendu.

— Dans ce cas, vous devez souhaiter vous rendre au commissariat... Alors, asseyez-vous, car le capitaine se couche tard et ne se lève pas avant midi.

— Et, en attendant, personne ne peut intervenir ?

— Je crains que non. Un peu de café, monsieur ?

Une heure encore, et Roger quittait l'hôtel en voiture. Le soleil brûlait et, tout au long du parcours vers la ville, le taxi ne rencontra personne avant de s'arrêter devant le poste de police.

A l'intérieur du bâtiment, on expliqua à Roger que le capitaine était absent et qu'il arriverait plus tard.

Que de « plus tard » ! Ce fut en effet à midi. Et le capitaine... c'était l'inconnu de haute taille remarqué la veille.

— Oui, que puis-je pour vous ? s'enquit-il avec l'ébauche d'un sourire.

— C'est au sujet de...

— Ah oui, la jeune dame que vous cherchiez hier ! Vous ne l'avez donc pas trouvée ?

— Vous le savez foutrement bien...

Le sourire s'effaça et le capitaine leva une main.

— Ça suffit. Hier soir, vous aviez bu, et j'en ai tenu compte. Aujourd'hui, vous êtes à jeun et moi, j'ai mal à la tête.

Etait-ce un avertissement ? Roger se dit que l'autre pouvait aller au diable.

— Où est Mlle Boyd ? insista-t-il. Vous ne me faites pas peur, vous savez.

— Cela se peut. Et vous voulez voir la jeune femme ? Dommage, elle a quitté l'île.

— Aucun avion n'a décollé d'ici la nuit dernière, et vous ne l'ignorez pas.

— C'est ce matin qu'elle est partie. Elle avait eu un petit différend avec l'un de ses cavaliers d'hier soir. Comme elle avait un peu trop bu, on l'a retenue.

— Où ?

— Dans notre prison, naturellement.

— Pour quelle raison ? Je ne saisis pas très bien.

— J'ai été aussi clair que je souhaitais l'être. Maintenant, si vous voulez bien me laisser... Enfin, vous connaissez les faits ? Ah, vous voulez peut-être essayer notre geôle ? Je pourrais vous y enfermer sous plusieurs chefs d'accusation et vous auriez du mal à y remédier. Un séjour d'un mois ou deux dans une cellule crasseuse...

Un coup de bluff ? Certainement pas. Roger préféra s'éloigner, et il sauta dans son taxi qui démarra aussitôt.

— La jeune dame est-elle saine et sauve ? questionna le chauffeur.

— Il paraît qu'elle se serait envolée dans l'avion de ce matin.

— C'est exact, c'est moi qui l'ai conduite à l'aéroport.

— Je ne comprends pas. Elle n'était pas à l'hôtel, mais en prison.

— En prison ? Sûrement pas. Elle a passé la nuit dans la maison du capitaine. Voyez-vous, le programme est toujours le même. Quand il s'entiche d'une femme, il la fait appréhender, la garde toute la nuit chez lui et...

— Et il l'embarque dans l'avion du lendemain matin, acheva Roger.

De la main, il plongea dans sa poche pour y attraper la clé de Mlle Boyd qu'il jeta par la fenêtre de la portière.

Holiday
Traduction de Simone Huink

Retour au pays

par

JONATHAN CRAIG

Earl Brennan revint à Hegner un après-midi de la fin de septembre à l'heure où le soleil a déjà disparu derrière les montagnes et où les sommets voilés de brume allongent leurs ombres sur la vallée.

L'événement s'était produit en ce lieu, là-haut sur la crête, voici près de cinquante ans.

Hegner ne figurait sur aucune carte. Il ne s'agissait que de quatre baraques en bois, délabrées, au croisement de deux chemins de montagne.

Brennan gara sa voiture couverte de boue devant l'épicerie et, pianotant nerveusement sur le volant, observa l'arête des sommets qui se dressaient, noirs, sur le ciel rougeoyant. Agé de soixante-dix ans, il en paraissait cinquante, avec ses cheveux blancs soigneusement coupés. Il frissonna un petit peu en se souvenant...

« Je n'aurais pas dû revenir », pensa-t-il. « Je dois vieillir. »

Et pourtant, il n'avait pas eu le choix. Une force soudaine et irrésistible l'avait poussé à quitter la grande route et parcourir soixante kilomètres sur un chemin sinueux jusqu'à cette petite vallée oubliée. Il savait que cela arrivait à tout homme dans sa vie : il est un âge où l'on ne peut s'empêcher de retourner sur les lieux de son enfance, même si elle s'est déroulée à Hegner et qu'un événement inqualifiable s'y est produit, un demi-siècle plus tôt.

Il essaya de détacher son regard des montagnes, mais en vain. Après toutes ces années passées, les plaintes de Flossie Tyner et les cris rauques de ses quatre compagnons résonnaient encore à ses oreilles. Il ressentait aussi la terreur qui l'avait saisi après qu'ils eurent accompli le forfait et se furent éloignés en courant du corps de la jeune fille, qui gisait au bord du chemin de crêtes.

Il n'avait pas pensé que tout cela se terminerait par un meurtre. D'ailleurs, ce qui s'était passé avant, il ne l'avait pas voulu non plus. Mais les autres garçons l'avaient provoqué. Et puis, c'était la pleine lune : une espèce de folie s'était emparée d'eux. Il en avait été malade et honteux. Jamais plus il n'avait levé la main sur quiconque.

Où étaient-ils, aujourd'hui, ces quatres jeunes gens avec lesquels il avait vécu cet instant de folie nocturne ? Jody Simms, Lute Munson, Billy Stritt et Buck Danley. Ils avaient tous quelques années de plus que lui lorsque c'était arrivé. A présent, ils devaient avoir chacun plus de soixante-dix ans.

Ils n'avaient jamais été inquiétés. Personne, même, ne les avait soupçonnés. Le lendemain matin, Sue Ellen, la sœur aînée de Flossie Tyner, avait découvert le corps de la jeune fille. Un rassemblement, dont faisaient partie les cinq garçons, avait alors eu lieu autour du père de Flossie devant cette même épicerie, puis sur la tombe où reposait déjà depuis longtemps la mère de la victime. Après l'inhumation du corps, Caleb Tyner avait juré de venger sa fille.

Earl eut de nouveau un frisson en se souvenant des paroles prononcées par le vieux Tyner. Dans ces montagnes où régnait la violence et où l'on hésitait pas un instant à venger l'honneur d'un parent, la rage d'un père blessé était terrible à voir et l'on pouvait être sûr qu'il accomplirait sa vengeance même si, pour l'assouvir, il devait y consacrer toute sa vie.

« Caleb Tyner avait plus de cinquante ans à l'époque », pensa Earl. « Il n'est sans doute plus en vie aujourd'hui. Il doit être enterré là-bas, sur la colline, avec sa femme et sa fille. »

« Arrête d'y penser ! » se dit Earl tandis qu'il sortait de son véhicule et s'engageait sur l'allée boueuse menant à l'épicerie. Il achèterait un cigare et, s'il rencontrait de vieux habitants du village, il leur demanderait des nouvelles de Jody, Billy, Lute et Buck, et peut-être aussi de quelques autres anciennes connaissances. Il ferait ensuite un petit tour en voiture, jetterait sans doute un coup d'œil à l'ancienne maison de ses parents et irait à la grotte du Poisson aveugle et quelques autres endroits où il jouait dans son enfance. Puis il reprendrait la grande route et poursuivrait son voyage.

« Ce ne sera qu'une courte visite », se dit-il pour se rassurer. Il venait tout juste d'arriver, mais était déjà impatient de repartir. Une sorte de gêne, d'anxiété même, l'envahissait.

Il entra dans l'épicerie, ferma la porte derrière lui, puis s'immobilisa, stupéfait de voir à quel point le commerce avait peu changé.

Un homme d'un certain âge derrière le comptoir en planches, un autre homme à peu près aussi âgé et un vieillard assis sur des caisses près du poêle ventru, tous trois vêtus de blouses tachées et usées, des chapeaux informes sur la tête.

— Entrez, Monsieur, dit le patron. Qu'est-ce que je peux pour vous ?

Earl s'approcha du comptoir.

— Vous avez des cigares ?

— Je n'ai qu'une qualité ordinaire. Trois pour dix cents. C'est quand même mieux que rien, non ?

— Ils feront l'affaire, répondit Earl en posant l'argent sur le comptoir.

Il prit trois cigares dans la boîte qu'on lui tendait et les glissa dans sa poche de poitrine.

— Il fait un froid piquant, dit le patron. Cela ne m'étonnerait pas qu'on ait de la neige.

— Peut-être. Excusez-moi, mais vous ressemblez à une personne que j'ai connue jadis : Tom Bradley.

257

L'épicier éclata de rire.

— J'espère que je lui ressemble. C'était mon père. Vous êtes du coin ?

— Oui. Mais j'ai vécu ici il y a longtemps. Vous n'étiez pas encore né.

— Vraiment ? Et vous connaissiez mon père ?

— Nous étions bons amis. J'ai passé beaucoup de temps dans cette boutique.

— Il n'y avait pas d'autre endroit où se tenir. Pas plus à l'époque qu'aujourd'hui. Puis-je vous demander votre nom ?

— Earl Brennan.

L'épicier fronça les sourcils.

— On dit que j'ai une bonne mémoire, mais je ne me souviens pas de vous.

— Moi, je me souviens de lui, intervint le vieillard. Mais ce n'est sûrement pas grâce à sa voix. Il parle comme un monsieur de la ville, à présent. Ne le prenez pas mal.

Earl se retourna et, apercevant le regard voilé du vieil homme, il comprit qu'il était aveugle.

— On aurait pu se douter que le vieux Walker se souviendrait de vous, dit l'épicier. Il a une mémoire d'éléphant.

— Etes-vous Jed Walker ? demanda Earl.

— Pour sûr, et depuis quatre-vingt-quatorze ans. J'espère, d'ailleurs, le rester encore un bon moment.

— Je me souviens de vous, dit Earl.

— Ça fait longtemps que tu as quitté le village, mon garçon. La dernière fois que je t'ai vu, tu avais à peu près vingt ans. Il me semble que tu es parti brusquement.

— Et cela vous a profité, dit le patron, si l'on en juge par vos vêtements et votre voiture.

— C'est vrai, j'ai eu de la chance.

— Tu étais un drôle de vantard à l'époque, dit le vieillard. Tu l'es encore ?

— Non. J'ai soixante-dix ans, maintenant, monsieur Walker.

258

— Et ces garçons avec lesquels tu étais acoquiné. De braves types mais de vrais noceurs.

Le vieillard s'interrompit, puis reprit :

— Voyons, il y avait Buck Danley, Jody Simms, Lute Munson et… euh… Billy Stritt !

Le vieillard éclata de rire.

— … Ah ça, pour sûr, vous étiez de drôles de cocos !

— Certains d'entre eux sont-ils encore au village ?

— Non. On ne les a pas revus depuis presque aussi longtemps que tu es parti.

— Que sont-ils devenus ?

Le vieil homme fit passer sa chique d'une joue à l'autre puis cracha dans le poêle.

— Ils ont simplement disparu. Tous les quatre, d'un seul coup. Personne ne sait où ils sont allés. On ne les a tout bonnement plus vus du jour au lendemain.

— Disparus ? Tous les quatre ?

— Tous les quatre. Cela s'est produit deux ou trois mois après ton départ. Ils se sont volatilisés corps et âmes.

— Je me souviens d'une conversation que mon père avait eue avec d'autres habitants du village lorsque j'étais encore gamin, intervint l'homme d'un certain âge assis près du poêle. Ils disaient que le diable devait les avoir emportés. C'étaient de vrais voyous.

— Allons donc ! grogna le vieillard. Le diable n'a rien à voir là-dedans, pas plus qu'un monstre. Certains ont cru en cette histoire de monstre. Moi, jamais.

— Un monstre ? demanda Earl.

— Oui. C'est qu'ils ont disparu à peu près à l'époque où la petite Tyner a été retrouvée morte dans la montagne. Tu te souviens d'elle ? Elle s'appelait Flossie ?

Earl passa la langue sur ses lèvres.

— Oui.

— Certains pensaient donc qu'un monstre errait dans le voisinage. Il aurait tué Flossie, puis les quatre garçons dont il aurait dissimulé les corps. Mais ce ne sont que bavardages. Je n'ai jamais cru à cette histoire.

— C'est un mystère, intervint l'épicier. Et personne ne saura jamais ce qui leur est arrivé.

Earl fut sur le point d'émettre une remarque mais il se retint. « Oublions cette histoire », pensa-t-il. « Pourquoi chercher à comprendre ? Un événement inexplicable est arrivé après mon départ, mais il ne pouvait avoir aucun rapport avec l'affaire. »

— Je crois que je vais aller faire un tour, dit-il en se dirigeant vers la porte. J'ai été très heureux de bavarder avec vous, messieurs.

— Eh bien, allez faire un tour, puis revenez continuer notre conversation, dit l'épicier.

— Merci. Peut-être que je repasserai.

De retour à son véhicule, Earl s'engagea sur le chemin en lacet qui menait à la baraque où il était né, à environ quatre kilomètres. Il ne se donna même pas la peine de sortir de voiture. Il ne restait rien du logis sinon un enchevêtrement de planches calcinées à moitié couvertes de végétation et un tas de pierres qui avait été autrefois la cheminée.

« Il fera bientôt nuit », pensa Earl. « Je ferais bien de partir. »

Pourtant, il avait envie d'aller voir la grotte du Poisson aveugle.

« Non », se dit-il. « Ce n'est pas la grotte que tu veux voir, c'est la baraque juste à côté. La vieille baraque des Tyner où vivait Flossie jusqu'au jour où... Et pourquoi y aller ? Pourquoi, Earl ? Pour te torturer ? »

Il fit encore trois kilomètres, puis gara son véhicule au départ du sentier escarpé qui conduisait au logis des Tyner et à la caverne, juste au-dessus.

« Un chemin difficile », pensa-t-il en sortant de la voiture. « Trop long et trop raide pour un homme de mon âge. »

Mais il se mit tout de même en route.

Arrivé à un croisement, il s'arrêta pour se reposer. A cinquante mètres, une baraque en planches, à demi enfouie sous les broussailles et un chêne nain. Aucune fumée ne s'élevait de la cheminée. « Il y a longtemps, sans doute, qu'elle a été abandonnée », pensa-t-il.

Il était un peu surpris de la trouver encore debout. Il y a cinquante ans, elle n'était déjà plus neuve.

« Flossie... »

Earl hocha la tête comme pour chasser ce souvenir de son esprit puis reprit sa marche. « A quoi bon penser à cette nuit », se dit-il. « Ça ne sert à rien. »

— Arrêtez-vous là, monsieur ! dit une voix de femme derrière lui. Et retournez-vous. Mais lentement. *Très* lentement.

La femme, un vieux fusil à la main pointé sur la poitrine d'Earl, était petite, vieille et courbée. Sa mâchoire édentée et son visage creusé de rides lui donnaient une physionomie grotesque.

— ... Qu'est-ce que vous faites à fouiner sur ma terre ? dit-elle d'une voix grinçante. Parlez, nom d'un chien !

— Je m'appelle Brennan. Je suis du coin. J'allais simplement...

— Avec ces vêtements de ville ? Vous mentez. Vous êtes un inspecteur du cadastre ou je ne sais trop quoi. Je répète ma question et si vous mentez encore, je...

— Tournez le canon de votre fusil, madame. Je suis né et j'ai grandi ici. Il y a longtemps que je suis parti. Je ne faisais que me promener, enfin, je ne faisais que revoir les anciens endroits où j'avais l'habitude...

— Quels genres d'endroits ?

— Eh bien, comme la grotte du Poisson aveugle, l'ancienne baraque de mes parents, près d'Indian Knob, et puis l'épicerie de Bradley, en bas, au carrefour.

— Citez-moi d'autres personnes que vous connaissez ici en dehors de Bradley.

— Il n'en reste pas beaucoup. Le vieux Jed Walker. Les garçons avec lesquels j'ai grandi sont tous partis.

— Dites-moi quand même leurs noms.

— Il y avait Jody Simms, Lute Munson, Billy Stritt et Buck Danley.

— Ça doit être un peu avant mon époque. Je ne me souviens pas davantage de vous. Comment m'avez-vous dit vous appeler ?

— Earl Brennan.

La femme se figea, scrutant du regard le visage d'Earl.

— Vous parlez bien pour quelqu'un d'ici. Mais, en effet, il y a un petit accent de la montagne dans votre voix.

— Il y a longtemps que je suis parti.

La vieille femme étudia Earl encore un long moment de ses yeux éteints, cerclés de rides, puis elle abaissa lentement son arme.

— De toute façon vous êtes trop vieux pour être fonctionnaire. Vous avez dû dire vrai, mais... vous observiez ma maison d'une drôle de manière.

— J'ai connu la famille qui l'occupait. Les Tyner. Je me demandais si...

— Ils sont d'avant mon époque aussi. Deux ou trois familles ont vécu ici entre leur départ et mon arrivée.

La femme avança d'un pas sur le sentier qu'avait emprunté Earl.

— ... Ce n'est pas un endroit pour un homme de votre âge. Si vous voulez, vous pouvez venir vous reposer un moment chez moi.

Earl hésita, mais le désir de voir l'intérieur de l'ancien logis des Tyner fut plus fort.

— Eh bien...

— Faites comme bon vous semble. Ça ne me dérange pas.

— Dans ce cas... volontiers.

Earl suivit la vieille femme jusqu'à la baraque.

— Asseyez-vous dans ce fauteuil d'osier, proposa-t-elle tandis qu'elle fermait la porte. Il n'est pas très confortable mais il n'y en a pas d'autre.

— Merci.

— J'espère que vous avez du tabac sur vous. Je n'ai pas fumé depuis une semaine.

— Je suis désolé, répondit Earl. Je ne fume que le cigare.

— Ça ira. Je vais en ouvrir un et je récupérerai le tabac pour bourrer ma pipe.

Earl tendit un cigare à la femme et en prit un pour lui-même.

— J'ai laissé ma pipe là-bas sur l'évier, dit la vieille femme, en contournant son hôte pour se rendre au fond de la pièce.

Earl actionna son briquet et chauffa son cigare à la flamme.

Il ne se rendit pas compte qu'un lourd poêlon en fer s'abattait sur sa nuque et le projetait au sol, inconscient.

Lorsqu'il revint à lui, il se crut un instant en proie à un cauchemar. Il était étendu sur une surface froide et humide dans ce qui semblait être une grotte. Penché sur lui, le visage grimaçant de la vieille, éclairé par la lueur vacillante d'une lanterne.

Il comprit bien vite qu'il ne s'agissait pas d'un cauchemar. La grotte, la vieille femme et la douleur lancinante dans sa tête étaient bien réelles. Il grogna et essaya de bouger, sans succès. Ses pieds et ses poings étaient liés.

— Vous m'avez fait peur, dit la femme. J'ai cru que je vous avais tué. Ç'aurait été dommage.

Elle eut un rire sourd, découvrant ses gencives noires.

— ... Oh ! Ne craignez rien. J'ai bien l'intention de vous faire mourir. Mais lentement. Je vais prolonger votre mort le plus longtemps possible.

— Pourquoi ? marmonna Earl, la bouche desséchée.

— Pourquoi ? Eh bien, monsieur Earl Brennan, ce sera pour la même raison que vos amis Jody, Lute, Billy et Buck sont morts. Ils ont connu cette fin il y a cinquante ans. Maintenant votre tour est venu.

Earl ravala difficilement sa salive.

— Flossie ! souffla-t-il. Flossie Tyner.

— Oui. Pauvre petite Flossie ! Morte depuis cinquante ans. Sauvagement agressée par vous et vos acolytes !

La vieille avança de quelques pas sur la gauche et leva la lanterne bien au-dessus de sa tête.

— ... Regardez-les. Regardez à quoi vos bons amis ressemblent aujourd'hui, monsieur Brennan.

Lentement, douloureusement, Earl tourna la tête.

Appuyés contre la paroi de la grotte en position assise, quatre squelettes dont les crânes grimaçaient dans la lumière jaune de la lanterne.

— ... Il reste une place libre au bout, comme vous pouvez le constater. Elle vous est destinée. Je l'ai gardée pour vous pendant toutes ces années.

Earl détourna le regard.

— ... Nous nous trouvons dans une caverne contre laquelle la maison a été édifiée. Je peux entrer et sortir à tout moment.

La vieille eut de nouveau son rire étouffé.

— Et j'ai l'intention de venir souvent vous voir, monsieur Brennan.

— Qui êtes-vous ?

— Je suis celle qui a attiré vos bons amis dans ce piège, monsieur Brennan, et celle qui vous a attendu si longtemps. J'étais certaine que vous reviendriez un jour. Je me doutais que vous en ressentiriez le besoin.

— Vous saviez ? Vous saviez tout sur moi, Jody et les autres ?

— Earl s'interrompit pour reprendre sa respiration.

— Mais comment ? Comment avez-vous pu savoir ?

— Parce que Flossie me l'a dit. Vous l'avez laissée pour morte, mais elle ne l'était pas. Elle n'a pas vécu longtemps après que je l'ai trouvée ce matin-là, mais suffisamment néanmoins pour tout me dire.

— Mais Flossie a été retrouvée par sa sœur, Sue Ellen.

— Je ne suis pas surprise que vous ne me reconnaissiez pas. Je ne ressemble guère à la jeune fille de dix-neuf ans que j'étais alors.

Earl fixait la vieille, sans voix.

— ... Mon père n'a pas été le seul à jurer de venger la mort de Flossie. Moi aussi, j'ai fait ce serment. Mais je n'ai jamais dit à mon père ce que Flossie m'avait confié avant de mourir. Je savais qu'il se serait contenté de vous tuer les uns après les autres à coups de fusil.

La vieille femme posa la lanterne par terre et se pencha sur Earl pour s'assurer que ses liens étaient suffisamment serrés.

— ... Or, ce n'était pas la manière dont je voulais vous voir mourir. Cette mort facile et rapide aurait été trop bonne pour vous. Je voulais que vous mouriez lentement et dans la douleur.

— Ecoutez, Sue Ellen, supplia Earl. S'il vous plaît, écoutez-moi !

— Bien sûr, la fin que je vous avais choisie n'était pas facile à réaliser. Si mon père n'était pas mort soudainement, peu après que vous avez tué Flossie, je n'aurais jamais pu mettre mon plan à exécution. Mais, alors, je me suis retrouvée seule à la maison.

— Sue Ellen...

— Arrêtez de pleurnicher ! Ecoutez plutôt comment je m'y suis prise. J'ai attendu le moment où j'ai été seule en compagnie de vos quatre amis. Cela a pris du temps. Souvent, ils n'étaient que deux, parfois trois, mais jamais tous les quatre ensemble, sauf un soir. Or, j'étais prête. Je les ai attirés ici en leur promettant qu'ils ne le regretteraient pas. Je n'éprouvais pas plus de honte que n'importe quelle garce.

— Sue Ellen ! Si vous me laissiez seulement...

— Il y avait même du whisky qui les attendait. Je leur ai dit qu'il valait mieux aller dans la grotte pour qu'on ne puisse apercevoir aucune lumière et que personne n'ait envie de coller son nez à la fenêtre.

La vieille femme s'interrompit, puis indiquant du menton une porte dans la paroi de la caverne :

— Il y a une lourde porte en chêne ici. De l'autre côté, elle est équipée d'une grosse barre de fer et de moraillons qui la tiennent bien fermée. C'est moi-même qui les y ai placés, monsieur Brennan. Cela faisait partie de mon plan.

— Mais je n'ai jamais voulu ce qui est arrivé à Flossie ! dit Earl en sanglotant. Jamais. Je vous le jure, Sue Ellen !

— Et lorsque la petite fête a été bien engagée, je suis passée à l'action. J'avais quitté la grotte et refermé la porte avant que les gars n'aient compris ce qui leur arrivait. Ils ont eu une mort pénible, monsieur Brennan. Ils avaient du whisky à volonté mais ni eau, ni nourriture. Il leur a fallu beaucoup de temps. Vous auriez dû voir leurs doigts pleins de sang à force de s'agripper à la porte.

— Par pitié, Sue Ellen, ne...

— Pitié ? Quelle pitié ? Vous allez souffrir, monsieur Brennan. (La vieille hocha la tête lentement.) Et ne croyez pas que je craigne qu'on aperçoive cette grosse voiture au pied de la montagne. Bientôt, j'arracherai des morceaux de vos vêtements et les porterai à la grotte du Poisson aveugle. Je les accrocherai aux rochers acérés juste au bord de la rivière souterraine. Et lorsqu'on s'interrogera sur cette belle voiture et qu'on me demandera si j'en ai vu le propriétaire, je répondrai : « Oui, je lui ai parlé. Il est allé à la grotte où il aimait jouer lorsqu'il était gosse. » Ils iront voir si vous y êtes et apercevront les morceaux de vos vêtements déchirés par le roc au moment où vous avez glissé et êtes tombé dans la rivière. Je poserai aussi votre chapeau au bord de l'eau.

— Je vous en prie, Sue Ellen, je vous en prie ! Vous ne pouvez pas faire cela !

— Et vous ne vous contenterez pas de mourir de faim et de soif. Vous allez endurer beaucoup d'autres souffrances. Vous allez vivre des moments plus atroces que tous ceux que vous avez pu connaître dans vos cauchemars.

La vieille eut son rire sourd, puis s'apprêtant à quitter la grotte :

— ... Après tout, ça fait cinquante ans que je réfléchis aux mauvais traitements que je pourrais vous infliger, monsieur Brennan. Y songer m'empêchait, d'une certaine façon, de penser à ce que vous aviez fait à Flossie.

Yesterday's Evil
Traduction de Philippe Barbier

La veuve fatale

par

ROBERT COLBY

C'est peu après que le paquebot eut levé l'ancre à New York et mis le cap sur la France que je retrouvai Julie Hazelton. Elle était sur le pont, allongée dans un transat, les yeux clos, un livre ouvert sur les genoux. Même sous la clarté impitoyable du soleil de midi, elle demeurait d'une étonnante séduction. Pendant un moment, je restai près de son fauteuil, gêné, aussi nerveux qu'un nageur sur le grand plongeoir à l'instant où il va piquer une tête.

Au bout de quelques secondes, elle prit conscience de ma présence. Elle ouvrit lentement ses yeux d'un gris-bleu limpide et son regard se fixa sur moi.

— Cal! Cal Reese! dit-elle d'une voix douce qui semblait caresser mon nom et le mettre en valeur par l'intérêt passionné qu'elle ressentait. Je n'arrive pas à le croire!

Je souris et avançai la main en disant :

— Touchez-la, c'est vraiment ma main.

Elle la prit, la serra, et je sentis sur la paume les pulsations chaudes de ses doigts qui s'attardaient. Je m'installai près d'elle dans un fauteuil et j'allumai sa cigarette.

— C'est absolument merveilleux! s'exclama-t-elle, en exhalant par ses narines délicates de légers nuages de fumée. Quelle délicieuse coïncidence!

— Julie, avouai-je, ce n'est pas tout à fait une coïncidence. J'avais projeté de prendre des vacances, mais rien d'aussi coûteux qu'un voyage en Europe, en première classe. Et puis, j'ai remarqué un entrefilet dans le journal : « Julie Hazelton, veuve du millionnaire de Wall Street, s'embarquera le 3 juin pour la France... » Je n'ai pas pu résister à la tentation ; j'ai agi sur un coup de tête.

J'observais son visage, craignant d'y lire un reproche, mais elle souriait de contentement en faisant de petits signes de tête. Son expression me révélait qu'elle était à la fois heureuse et troublée. Quelques années auparavant, nous nous étions aimés, et pendant les brefs entractes qui avaient séparé ses trois mariages, notre idylle avait continué comme si elle n'eût jamais subi d'interruption.

Julie avait reconnu sans détour que, d'un point de vue purement sentimental, je représentais l'homme de ses rêves : mais elle n'arrivait pas à surmonter l'obstacle qu'aurait constitué un mariage avec moi, simple directeur des ventes d'une entreprise de produits chimiques, qui ne gagnait que 25 000 dollars par an. « Ce n'est pas que je t'aime moins, Cal, aurait-elle pu me dire, mais j'aime l'argent encore davantage. »

Ce dernier aveu eût été un peu excessif. Issue d'une famille très pauvre, Julie avait été élevée dans la misère noire. Au cours de ses années d'adolescence, un désir impérieux s'était emparé d'elle : celui d'avoir de la fortune et d'être quelqu'un, en se bornant au besoin à devenir simplement Madame... Quelqu'un.

Poussée par son mauvais sens des valeurs et sa conception fausse de la vie, elle s'était mariée trois fois, chacun de ses conjoints étant plus riche que le précédent.

A vrai dire, Julie n'était pas dominée par un insatiable besoin d'argent, mais hantée par la crainte de la pauvreté. Conscient de ce qui la faisait agir, je ne lui en voulais pas. Cependant, je n'étais pas homme à me tenir modestement à l'arrière-plan en attendant mon heure. Le temps passait et je ne réussissais pas à découvrir une autre partenaire susceptible de rivaliser si peu que ce fût avec elle. De plus, Julie m'avait fait une promesse inouïe : « Avant ma trentième année, je posséderai en propre un million de dollars et alors je t'épouserai. Attends-moi, Cal, tu ne le regretteras pas. »

Julie était d'une sincérité absolue et d'une force de caractère telle qu'elle ne renonçait jamais à atteindre son but. J'étais sûr qu'elle ne parviendrait pas à gagner un million. Il lui faudrait donc l'obtenir par le mariage. Néanmoins, aucun homme ne serait disposé à lui allouer un million de dollars et à lui rendre ensuite sa liberté pour qu'elle puisse m'épouser. C'était un rêve irréalisable.

Or elle avait maintenant vingt-neuf ans, était libre, et possédait non pas un, mais deux millions.

Son premier mari, Milton Shockley, était propriétaire d'un petit groupe de dépôts de spiritueux. Il s'avéra que, loin d'être un millionnaire, il avait hypothéqué tous ses biens jusqu'à la gauche. Le mari numéro deux, Charles Shoemaker, était vice-président d'une entreprise de conserves de viande. Il vivait et agissait en millionnaire, mais malgré cette ostentation, il n'avait jamais eu à son actif plus de deux cent mille dollars.

Quant au numéro trois, c'était Malcolm Hazelton, déjà nommé, gros bonnet de Wall Street. Lui, c'était du vrai et il était capable, à tout moment, de liquider en Bourse un million de dollars de valeurs. Julie, après avoir débuté modestement, sinon naïvement, avec Milton Shockley et ses dépôts de spiritueux branlants, avait réalisé ses ambitions en la personne de Malcolm Hazelton, spéculateur habile sur le marché financier.

J'ignore comment elle avait compté s'y prendre pour soutirer un million à la faveur de ses trois mariages, mais c'était un problème que Julie n'avait jamais eu à résoudre. Les trois hommes étaient décédés de mort violente peu après l'avoir épousée. Milton Schockley avait été tué dans un accident de chasse pour s'être trouvé sur la trajectoire d'une balle destinée à un chevreuil. Charles Shoemaker avait été écrasé par un chauffard qui s'était enfui. Quant à Malcolm Hazelton, il était tombé de sa terrasse, au dix-neuvième étage, après avoir bu comme un trou au cours d'un cocktail.

— Mes mariages paraissent voués à la catastrophe, m'avait dit Julie tristement, avec un grand soupir de découragement. On dirait que je suis punie pour avoir recherché l'argent au lieu de l'amour.

Tout en me gardant d'exprimer mon opinion, il m'avait semblé qu'après avoir perdu trois maris peu attachants et récolté leurs biens, elle ne pouvait guère s'estimer punie. N'était-ce pas plutôt un bienfait du sort ?

Peu après la mort de Malcolm Hazelton, j'avais appelé Julie pour lui présenter mes condoléances, tout en estimant qu'il eût été plus franc de la féliciter. Julie me dit qu'elle avait beaucoup « d'affection » pour Malcolm et se sentait très déprimée. De plus, la mort accidentelle de son troisième époux avait provoqué en elle un profond sentiment de culpabilité. Je ne réussis pas à la persuader qu'il s'était agi tout bonnement d'une triste coïncidence et qu'elle n'avait pas été poursuivie, d'un mariage à un autre, par une mystérieuse et maléfique influence. C'était là, lui avais-je dit, une superstition ridicule.

Ayant hérité d'un coquet magot de deux millions de dollars, Julie était maintenant libre, dégagée de toute attache et en mesure de tenir sa promesse de m'épouser. J'étais moi-même assez pressé, cela va de soi. L'attente avait été longue et l'afflux de tout cet argent n'avait nullement tempéré mon ardeur.

Cependant, tout en m'assurant que ses sentiments envers moi n'avaient jamais varié et qu'elle souhaitait vivement tenir sa parole, Julie m'avait déclaré qu'elle ne se sentirait pas dans de bonnes dispositions pour se remarier avant d'avoir eu le temps de surmonter son choc et son chagrin.

— Ne sois donc pas cynique, chéri, m'avait-elle dit. Naturellement, j'éprouve du chagrin pour Malcolm. N'ai-je pas de cœur ? Même la mort d'un petit chien dans la rue me fait pleurer...

D'autre part, les policiers, très sceptiques, avaient

trop d'expérience pour admettre aisément la coïncidence de morts accidentelles frappant successivement trois maris. Ils fouinaient partout sans ménagement et ne semblaient pas disposés à déclarer forfait. Les policiers ne pouvaient pas savoir, comme moi que, malgré sa recherche effrénée de la sécurité que donne la fortune, Julie était d'un naturel trop sensible et trop doux pour être jamais capable de violence.

De toute façon, elle m'avait dit ne pas vouloir m'épouser tant qu'elle serait l'objet du moindre soupçon, si absurde fût-il. Il nous faudrait donc, pour le présent, vivre chacun de notre côté. Elle ne m'avait même pas permis de lui téléphoner, s'engageant à reprendre contact avec moi dès qu'elle serait prête, mais pas avant.

Elle était exagérément braquée sur ce point et son attitude me parut un peu étrange. En outre, à en croire les rumeurs, on la voyait souvent en compagnie d'un personnage bien connu, Gordon Cleary. Je n'avais d'autre choix que d'entrer dans son jeu. Mais, après n'avoir reçu d'elle pendant près de trois mois, ni un coup de téléphone, ni une lettre, je ne pus m'empêcher de lui téléphoner. Une femme de chambre me répondit que Madame n'était pas en ville, qu'elle ignorait où elle se trouvait et quand elle serait de retour. Ayant rappelé quelques jours après, je dus cette fois supporter d'un majordome anglais une rebuffade prononcée avec cet horripilant accent britannique, poli et flegmatique, vous signifiant que vous êtes un malotru pour tenter ainsi d'entrer en communication avec un personnage royal.

Une quinzaine de jours plus tard, je remarquai l'entrefilet paru dans le journal et pris ma décision. J'embarquerais sur le même paquebot et j'insisterais pour que Julie se prononce, en ma faveur ou non.

Maintenant que nous étions assis l'un près de l'autre dans des transatlantiques, je lui demandai nettement :

— Pourquoi m'as-tu évité si longtemps, Julie ? Tu ne m'envoies pas le moindre mot, puis tu pars furtivement pour l'Europe.

Elle me lança un coup d'œil en biais avant de regarder vers le large et me demander :

— Tu veux savoir la vérité, Cal ?

— Vois-tu autre chose à me dire ?

— J'ai décidé de ne pas t'épouser et de ne jamais te revoir.

— Ah ! Un million ou deux ne t'ont pas soulagée. Tu as trouvé un autre type cousu d'or.

— C'est stupide, Cal. Mais je ne puis t'en vouloir le moins du monde de supposer le pire. Non, je possède tout l'argent que je pourrais jamais désirer. Je t'aime toujours passionnément, mais j'ai peur de t'épouser.

— Pourquoi ?

— Parce que je ne veux pas te perdre.

— Chérie, ne sois pas stupide !

— Je me refuse à risquer ta vie, dit-elle. Tu pourrais être le quatrième, le quatrième accident mortel.

— C'est tout ? répliquai-je avec soulagement.

Elle poursuivit d'un ton grave :

— J'y pense depuis longtemps. J'ai eu trois maris, qui sont tous morts quelques mois plus tard dans d'affreux accidents. Pourquoi ferais-tu exception ?

Je m'efforçai de trouver une réponse sensée. Ce n'était pas facile.

— Tu raisonnes comme une femme, avec tes sentiments. Tu n'es quand même pas une sorcière chevauchant un balai et qui ne peut se marier sans provoquer la mort subite de son partenaire. C'est une crainte puérile !

— Oui, mais...

— Tout cela, repris-je, vient d'une idée de culpabilité ancrée dans ta conscience. Comme tu as épousé ces hommes uniquement pour leur argent, tu t'imagines que le résultat ne pouvait être que désastreux. Avais-tu l'intention de m'épouser, moi aussi, pour ma fortune ?

— Idiot ! fit-elle avec un petit rire.

— Alors, n'y pense plus. Quand on s'épouse par amour, avec un cœur pur, il ne peut rien vous arriver. Je me sentirai en parfaite sécurité.

— Comme je voudrais le croire, dit-elle en souriant.

— Ecoute, Julie, je serai sur mes gardes à tout instant, pour t'être agréable. Mais, même si nous ne devions avoir que six mois ou un an à vivre ensemble, ce serait beaucoup mieux pour moi qu'une vie entière passée sans toi.

Elle me prit la main et la serra en disant :

— Je crois que tu parles sincèrement.

— En effet.

— Alors, je vais y réfléchir de nouveau. Accorde-moi seulement encore un peu de temps.

— Combien de temps ? Des semaines ? Des mois ?

— Non, répondit-elle d'un ton décidé, je te donnerai ma réponse demain dans la matinée.

A la requête de Julie, je la laissai seule pour qu'elle réfléchisse. Ce même soir, me sentant énervé, je me rendis au salon du pont-promenade pour boire un verre. En entrant, j'aperçus Julie assise à une table, avec un homme qu'il me sembla vaguement reconnaître. Dissimulant ma colère sous un visage impassible, je me dirigeai vers eux d'un pas dégagé.

L'expression de Julie, quand elle leva les yeux vers moi, était souriante et candide.

— Cal, quelle bonne surprise ! Je suis contente de te voir ; je tiens à ce que tu fasses connaissance avec un ami de longue date, Gordon Cleary.

Le nom me revint immédiatement en mémoire et quant au visage, je l'avais vu de temps à autre à la télévision, lorsqu'une commission sénatoriale enquêtait sur le compte de ce personnage. Gordon Cleary était un millionnaire aux traits d'une beauté insolente, et qu'on disait être un homme de paille à la tête de plusieurs entreprises régulières, mais qui recevaient les fonds de certaines associations de malfaiteurs.

— Enchanté de vous rencontrer, Gordon, dis-je en exprimant un mensonge.

Il me fit un petit signe de tête et découvrit ses dents, mais sans sourire. Le navire roulait et je dus m'appuyer à la table pour conserver mon équilibre.

— Me permettez-vous de me joindre à vous ? demandai-je à Julie.

— Bien sûr, répondit-elle aimablement.

— Elle vous le permet, dit Cleary, mais moi, non. Peut-être plus tard, hein? En attendant, je vous paye une consommation au bar.

— Vous êtes un type vraiment sport, répliquai-je en souriant franchement. Alors, sautez par-dessus bord et nagez jusqu'à terre.

Je m'assis sans hésiter, en me plaçant de façon à ne présenter à Cleary que mon profil, et je n'adressai la parole qu'à Julie. Elle essaya avec tact de le faire participer à notre conversation, mais il se borna à émettre quelques grognements. Au bout d'un moment, il se leva sans un mot et partit.

— Tu as été très impoli, me reprocha Julie. Tu aurais pu faire un petit effort pour le mettre à son aise. Il était évidemment jaloux, mais ne t'en voulait pas personnellement.

— Désormais, il m'en voudra, dis-je.

— Il est terriblement riche et puissant, poursuivit-elle. C'est stupide de se faire un ennemi d'un homme tel que lui.

— A quel point est-il riche, Julie?

— Ça ne se compte plus quand on possède autant que lui.

— C'est un escroc de haut vol.

— Ne crois pas tout ce que tu lis dans la presse, dit-elle d'un ton sec. Il a quelques relations dans le milieu, c'est tout.

— C'est lui l'homme du milieu, et comment se fait-il qu'il se trouve justement à bord?

— Et toi, me lança-t-elle, les lèvres crispées par un sourire de dédain, comment se fait-il que tu y sois?

— C'est différent.

— Vraiment? En fait, il s'est montré bien plus franc que toi. Il m'a appelée pour dire qu'il avait eu l'intention de se rendre en Europe par avion, mais qu'il prendrait le bateau pour être près de moi, si j'y consentais.

— Et que lui as-tu répondu?

274

— J'ai dit que ce paquebot n'était pas un yacht privé et que je n'avais aucun moyen de l'en empêcher.

— Tu aurais pu tout aussi bien lui envoyer une invitation sur bristol gravé. S'il a raflé tant de fric, pourquoi ne l'as-tu pas épousé depuis longtemps ?

— Parce qu'il était déjà marié. Il a récemment divorcé. Tu saisis ?

— Maintenant, Julie, la voie est libre pour toi et lui.

— Oui, mon chou, il n'y a plus d'obstacles.

— C'est tout ce que je voulais savoir, dis-je en me levant.

— Attends ! s'écria-t-elle en me saisissant par la manche. Je te taquinais, voyons !

Je me rassis et la mis au défi :

— Prouve-le. Epouse-moi ce soir même. Nous irons voir le commandant.

— Je n'arrête pas de réfléchir, dit-elle avec une expression de gravité. Tu t'en souviens ? C'est au sujet de ta sécurité. Je n'ai aucun autre motif d'attendre.

Dès lors, je fus certain que tout allait s'arranger pour le mieux. Après avoir pris quelques drinks, on se sépara à la porte de sa cabine. Dans le couloir, je tombai sur Gordon Cleary.

— A votre place, gronda-t-il sourdement, je cesserais de fréquenter Julie. Vous pourriez avoir le cœur brisé... ou le crâne.

— Ce serait bien long à la nage, lui conseillai-je d'un ton moqueur, mais en vous hâtant, vous pourriez encore atteindre la côte.

La soirée suivante, Julie et moi fûmes mariés par le commandant et je m'installai tout de suite dans la cabine de mon épouse, plus spacieuse et luxueuse que la mienne. Nous y sommes restés pendant presque toute la traversée, follement heureux d'être seuls pour la première étape de notre lune de miel.

La dernière nuit à bord, les passagers se mirent en tenue de soirée pour le bal du commandant. J'étais prêt bien avant Julie et je me rendis au bar. J'avais à peine goûté à ma consommation que Gordon Cleary parut à mon côté.

— Mes félicitations, Reese, dit-il d'un ton sarcastique ; j'espère que vous serez très heureux ensemble, bien que, à en juger par les événements passés, vous n'ayez plus beaucoup de temps à passer en ce monde. Peut-être avez-vous remarqué que les maris de Julie ont été condamnés du jour où ils l'ont épousée ? Ils sont tous morts à bref délai, dans des accidents affreux.

— Si c'est une menace, répondis-je, merci de m'avoir prévenu. Je vous attendrai de pied ferme. Si c'est un aveu, quelques personnes de ma connaissance aimeraient en être informées, même indirectement. Maintenant, fichez-moi le camp !

Je le regardai se diriger vers une table, où il s'assit pour tenir un conciliabule avec deux individus. L'un, du genre étudiant, avait les cheveux coupés en brosse et des épaules d'haltérophile ; c'était un tas de muscles impressionnant. Julie m'expliqua par la suite qu'il remplissait auprès de Cleary les fonctions de garde du corps et d'homme à tout faire. L'autre, plus âgé, était un « associé » dans ses affaires.

Julie fut bouleversée par les menaces à peine voilées de Cleary. Pour la rassurer, je lui dis que probablement celui-ci n'avait fait qu'épancher sa bile. Mais elle n'en fut pas convaincue. Elle était sûre que cet homme pouvait être très dangereux. Dès le début, il était tombé désespérément amoureux d'elle et l'avait depuis lors poursuivie sans relâche. C'est tout au moins ce qu'elle me raconta.

Cette même nuit, peu avant onze heures, alors que le bal du commandant battait son plein, Cleary se présenta à notre table et invita Julie à danser. Avant que je puisse prononcer un mot, elle se leva avec un ravissant sourire et l'accompagna vers la piste de danse. Furieux, j'allai faire un tour sur le pont et m'arrêtai un moment à l'arrière du paquebot, près du bastingage, afin d'allumer une cigarette.

Tout à coup, quelqu'un survint silencieusement derrière moi et m'agrippa par le cou pour m'étrangler. Mon briquet s'échappa de mes mains et tomba sans bruit dans la mer écumeuse. Je m'attendais à y être précipité à mon tour dans quelques secondes car j'étais serré dans un étau de muscles, ma trachée cédait sous la pression et j'allais perdre connaissance.

A cet instant parurent deux couples de joyeuse humeur et l'étreinte se desserra aussitôt. Quand j'eus recouvré mes esprits, je m'avisai que mon assaillant était un homme jeune, aux cheveux en brosse et aux épaules massives. Son visage était resté dans l'ombre et il s'était enfui si rapidement que personne n'aurait pu le reconnaître.

Julie fut aux cent coups. Elle avait simplement voulu m'aider en consentant à danser avec Cleary, afin de le calmer, s'efforçant, dans mon intérêt, de l'inciter à faire la paix avec moi. Elle soupçonnait maintenant que la mort de ses trois maris avait été l'œuvre de Gordon Cleary qui, en fait, avait habilement organisé les « accidents ».

J'étais enclin à partager cette façon de voir et nous prîmes donc la décision de nous mettre en rapport avec la police dès notre retour aux Etats-Unis. Entre-temps, vu la présence à bord d'une douzaine de jeunes costauds aux cheveux en brosse, nous n'avions guère de chance d'identifier mon adversaire.

Gardant le secret sur nos projets et modifiant souvent notre itinéraire, nous parcourûmes rapidement l'Europe, faisant une courte escale sur la Côte d'Azur, puis nous envolant vers Rome, Copenhague et Londres. Notre lune de miel s'écoulait dans le découragement, comme assombrie par une menace ; ce qui nous conduisit à l'abréger et regagner New York en avion.

Les policiers se montrèrent compréhensifs, mais prudents. Ils estimaient Gordon Cleary très capable d'avoir fait exécuter par des tueurs les maris de Julie. S'ils réussissaient à le prouver, ils pourraient faire inculper cet individu, qui leur avait si souvent échappé grâce à des astuces légales, ou abrité derrière le rideau de fumée d'une apparente respectabilité. Ils se mirent résolument en quête de preuves.

En attendant, Julie fit l'acquisition d'une propriété dans le Connecticut. Notre ménage s'y installa pour mener une existence relativement normale, ouatée par le bien-être et embellie par un environnement magnifique.

Cleary avait probablement eu vent de l'enquête dont il était l'objet, car il n'y eut plus d'événements tragiques ni de menaces. Je ne fus victime d'aucun attentat destiné à infliger à Julie un quatrième veuvage par accident.

A vrai dire, la carrière notoirement louche de Cleary fut interrompue peu après le premier anniversaire de notre mariage. On le logea pour dix ans dans un pénitencier, afin qu'il pût réfléchir aux inconvénients d'avoir omis de verser intégralement la part de ses gains revenant au fisc.

Le matin où elle lut cette information, Julie replia le journal en exhalant un long soupir de soulagement et dit :

— Enfin, c'est terminé ! Nous pouvons maintenant nous détendre et jouir sans crainte du reste de notre vie. Je ne regrette qu'une chose : c'est qu'il n'ait pas été condamné pour ses véritables crimes et exécuté. Cette affaire n'est-elle pas vraiment typique ?

— Typique, en effet, répondis-je en étouffant un bâillement, pendant que le majordome anglais nous versait une seconde tasse à café.

A présent, il me protégeait moi aussi des contacts vulgaires du monde extérieur.

— Crois-tu vraiment qu'il l'ait fait ? reprit Julie, pensive.

— Fait quoi, chérie ?

— Qu'il ait fait tuer mes maris, en maquillant les meurtres en accidents ?

— Ma foi, la police n'a pu rien prouver, mais elle en était convaincue. Et je le suis également.

— Mais comment ? dit-elle en grignotant délicatement un toast. Je n'arrive pas à imaginer de quelle façon ces accidents bidon ont pu être si habilement agencés, sans laisser la moindre trace. Mais je ne connais pas grand-chose aux crimes, ni à la psychologie des criminels. Maintenant que je suis à même d'y penser et d'en discuter sans trembler, je ne puis m'empêcher de me poser des questions.

Je souris d'un air indulgent et dis :

— A mon avis, c'est surtout le choix du moment qui a été décisif. L'assassin payé par Cleary était patient. Il est resté aux aguets, attendant l'instant précis qui lui permettrait d'utiliser comme couverture une situation déjà existante.

Elle acquiesça d'un signe de tête en disant :

— Il y a d'abord eu la partie de chasse avec Milton. C'était une occasion idéale.

— Bien sûr. Le tueur pénètre dans les bois, derrière toi et Shockley. Il est vêtu d'un costume de chasse, je suppose, et il porte un fusil, ce qui est normal. Il se cache derrière un arbre et pan ! tout est fini. Après quoi, il disparaît. Il t'expose même à des soupçons, Julie, parce qu'il te serait impossible de prouver sans conteste que tu n'as pas tué Shockley.

Ses yeux se fixèrent sur moi et elle s'efforça nerveusement à rire. Mais sa gaieté sonnait faux et elle me dit d'un ton de reproche :

— Je n'aime pas que tu plaisantes au sujet d'une affaire aussi horrible.

— Je ne blaguais pas, Julie.

— Tu m'accusais donc ?

— C'est ridicule, Julie. Comment peux-tu avoir une idée pareille ? Non, j'essayais simplement de t'expliquer que la police pouvait, au départ de l'enquête, envisager les choses sous plusieurs angles. Quant à l'assassinat de ton second mari, Charlie Shoemaker, tué par un chauffard, n'importe qui peut louer une voiture, se déguiser grâce à quelques accessoires, écraser un homme pendant qu'il traverse la rue et s'enfuir à toute vitesse.

Julie ferma les yeux et sa gorge se contracta.

— Et pour Malcolm ? me demanda-t-elle. Comme je

te l'ai dit, il avait pris une cuite pendant le cocktail et nous nous sommes disputés. Il est parti furieux, mais une dizaine de minutes après, je me suis lancée à ses trousses en taxi. Quand je suis rentrée chez nous, il était déjà tombé de la terrasse, ou bien on l'avait poussé. Mais comment a-t-on pu le faire? A mon arrivée, la porte d'entrée était verrouillée.

— C'est très simple. Le mec de Cleary s'était sans doute muni d'un double de la clé, ou il s'y connaissait en serrures. Ce détail est sans importance. Probablement, il savait se diriger dans l'immeuble, y aller et venir sans être vu. Il est resté aux aguets jusqu'à ce qu'il trouve Hazelton seul. Encore une fois, le choix du moment opportun.

Elle me lança un regard admiratif et dit :

— Tu as une réponse logique à tout. Vraiment, chéri, tu es rudement intelligent.

Je ne pouvais qu'être de son avis, car, en vérité, et malgré les nombreuses complications qu'il me sera toujours impossible de lui révéler sans me dénoncer, j'avais dès le début connu les réponses. J'avais mis au point avec un soin minutieux le plan de chaque meurtre, en me réservant une certaine marge de manœuvre de manière à pouvoir m'adapter à des circonstances imprévues et choisir l'instant propice. Il n'empêche que, si je n'avais pas été favorisé par la chance, j'aurais pu être pris.

Enfin, j'ai maintenant ma Julie, le superbe domaine du Connecticut, avec ses écuries, son court de tennis, sa piscine et des domestiques empressés à satisfaire mes moindres caprices. Nous faisons partie de clubs très sélects où se voient uniquement des gens huppés, et nous possédons quatre voitures de grand prix. Voyager à travers le vaste monde et acquérir tout ce qui nous plaît ne nous posent pas d'autre problème que la signature d'un chèque.

Je suppose que je devrais me sentir constamment ravi, savourant mon triomphe, adorant Julie et le paradis qui m'entoure. J'aime toujours la vie facile et la liberté sans bornes que peut procurer la magie de deux millions de dollars. Pourtant, après une année passée avec Julie, sa conquête terminée et ce qu'elle semblait receler de mystérieux et d'excitant s'étant, à l'usage, révélé assez banal, je commence vraiment à me lasser d'elle.

Ayant atteint son but : la sécurité que donne la richesse, Julie a perdu son dynamisme et s'est amollie ; elle est devenue trop malléable et trop facile à deviner pour être intéressante. De plus, il n'y a plus pour moi à présent de défis lancés au sort, de combinaisons astucieuses, d'hommes à traquer dans l'ombre ; surtout, plus d'actes de violence et de risques qui font battre le cœur à tout rompre.

Depuis quelque temps et en dépit de tout bon sens, je suis de plus en plus émoustillé par certaines nanas bien roulées de notre entourage, particulièrement par le tempérament volcanique de l'épouse d'un jeune homme qui a hérité de trop d'argent. Il n'a jamais rien fait de sa vie et passe tout son temps à piloter des voitures de course, des avions ultrarapides, ou à pratiquer la nage sous-marine. Ce sont là des sports notoirement dangereux, qui risquent de se terminer parfois tragiquement.

Pour sa part, Julie est enchantée par la vie qu'elle mène et, loin d'être déçue par son mariage avec moi, elle me trouve plus séduisant que jamais.

Puisque j'ai peu d'espoir de voir ses sentiments changer et qu'il est très improbable qu'elle me laisse tomber en me faisant cadeau de la majeure partie de sa fortune, je suis fort préoccupé par son bonheur et sa sécurité futurs.

Pas plus tard qu'hier, elle a failli se tuer en montant à cheval. Un de ses étriers s'est détaché à l'instant où elle franchissait une haie.

J'ai beau essayer de chasser de mes pensées ce pressentiment funeste, je ne puis m'empêcher de craindre qu'un de ces jours — bientôt — Julie ne soit victime d'un déplorable accident mortel.

Dans la vie, le hasard est maître, et si pareil malheur

devait arriver, j'espère pouvoir le supporter avec courage. Julie et moi aurons tout de même vécu ensemble une merveilleuse année.

The accidental widow
Traduction de F. W. Crosse

TABLE

Achevé d'imprimer en janvier 1986.
sur les presses de l'Imprimerie Bussière
à Saint-Amand (Cher)

PRESSES POCKET — 8, rue Garancière — 75006 Paris.
Tél. : 46-34-12-80.

— N° d'édit. 2193. — N° d'imp. 3082. —
Dépôt légal : février 1986

Imprimé en France